Titolo originale:
Slam

La traduttrice ringrazia gli skater Claudio Carello
e Giovanni «Gianni» Tocco per i preziosi suggerimenti.

Per i brani tratti da *Hawk – Occupation: Skateboarder*
copyright © 2000, 2001 by Tony Hawk. All rights reserved.
Reprinted by arrangement with HarperCollins Publishers, LLC.

Visita *www.InfiniteStorie.it*
il grande portale del romanzo

ISBN 978-88-6088-875-4
© Nick Hornby, 2007
© 2008 Ugo Guanda Editore S.p.A., Viale Solferino 28, Parma
www.guanda.it

NICK HORNBY
TUTTO PER UNA RAGAZZA

Traduzione di Silvia Piraccini

UGO GUANDA EDITORE
IN PARMA

a Lowell e Jesse

1

Dunque, tutto procedeva piuttosto bene. Anzi, direi che da un sei mesi succedevano praticamente soltanto cose belle.

– Per esempio: la mamma si era tolta dai piedi Steve, il suo strazio di fidanzato.

– Per esempio: dopo una lezione, la Gillett, la prof di arte e design, mi aveva preso da parte per chiedermi se pensavo di studiare arte all'università.

– Per esempio: improvvisamente, dopo aver fatto per settimane la figura del cretino in pubblico, avevo imparato due nuovi trick di skate. (Scommetto che non andate tutti sullo skate, quindi mi sa che devo chiarire subito una cosa, tanto per evitare terribili equivoci. Skate = skateboard. Noi non diciamo mai skateboard, quindi sarà l'unica volta che userò questa parola in tutta la storia. E se continuerete a immaginarmi fare lo scemo su un paio di schettini, mettiamo, o di pattini o quel che è, la colpa sarà soltanto vostra.)

Tutto questo, e in più avevo conosciuto Alicia.

Stavo quasi per dire che forse dovreste sapere alcune cose di me, prima che parta spedito a raccontare di mia mamma, Alicia e tutto il resto. Se mi conosceste un po', in effetti potrebbero interessarvi. Ma, riletto quel che ho appena scritto, mi sa che ne sapete già molto, o almeno avrete già indovinato un bel po' di cose. Tanto per cominciare avrete forse indovinato che mia mamma e mio papà non vivono insieme, a meno che non crediate che mio papà sia tipo da fregarsene che sua moglie abbia dei fidanzati. Be', non è tipo. E forse avete indovinato che vado sullo skate e anche che a scuola la mia materia forte era arte e design, a meno che non mi crediate uno che tutte le prof di tutte le materie prendono da parte per dirgli di andare all'università. E magari litigano fra loro per me: «No, Sam! Lascia perdere l'arte! Fai fisica!» «Macché fisica! Pensa che tragedia per il genere umano, se abbandonassi il francese!» E giù botte.

Ecco, no. Sono cose che a me non succedono. Vi do la mia parola: io una rissa tra i professori non l'ho mai scatenata.

E non bisogna essere Sherlock Holmes o non so chi per capire che Alicia era una ragazza che per me contava qualcosa. Mi fa piacere che alcune cose non le sappiate e non possiate indovinarle, cose pazzesche, che in tutta la storia del mondo sono capitate soltanto a me, a quanto ne so. Se foste in grado di indovinarle tutte grazie a quelle poche frasi iniziali, comincerei a temere di non essere la persona complessissima e interessantissima che sono, ah-ah.

Questo periodo in cui tutto procedeva piuttosto bene risale a un paio di anni fa, quindi avevo quindici, quasi sedici anni. Non vorrei sembrare patetico, e non voglio assolutamente che vi rattristiate per me, ma questa sensazione di vivere una vita accettabile mi era nuova. Era una sensazione che non avevo mai avuto e in realtà da allora non è mai più tornata. Non voglio dire che prima fossi infelice. Ma per un motivo o per l'altro c'era sempre stato qualcosa che non andava, qualcosa di cui preoccuparmi. (E come vedrete ne ho avute, di preoccupazioni, dopo di allora, ma ci arriveremo.) Per esempio, i miei genitori stavano per divorziare e litigavano. Oppure avevano divorziato ma litigavano lo stesso, perché dopo il divorzio continuarono a litigare per un pezzo. Oppure non andavo benissimo in matematica – odio matematica – oppure volevo mettermi con una che non voleva mettersi con me... Tutti problemi che si erano dissolti di colpo, senza che me ne accorgessi, in realtà, un po' come succede a volte con le nubi. E in più quell'estate giravano più soldi. Mia mamma aveva un lavoro e mio papà non era arrabbiato con lei, e questo significava che ci dava quel che avrebbe dovuto darci fin dall'inizio. Così, insomma... i soldi miglioravano la situazione.

Se voglio raccontare questa storia come si deve, senza cercare di nascondere niente, c'è una cosa che devo confessare, perché è importante. Eccola. So che sembrerà stupido, e di solito non sono il tipo, davvero. Non credo assolutamente in cose tipo gli spiriti, la reincarnazione o robaccia del genere, ma... niente, è una cosa che cominciò a succedere e... Comunque, adesso lo dico e potrete pensare quel che vi pare.

Io parlo con Tony Hawk e Tony Hawk risponde.

Alcuni di voi, probabilmente gli stessi che mi immaginavano volteggiare su un paio di schettini, non avranno mai sentito parlare di Tony Hawk. Vabbè, adesso vi spiego chi è, anche se prima vorrei dire che dovreste già saperlo. Non conoscere Tony Hawk è come non conoscere Robbie Williams, o anche Tony Blair. Anzi, se ci pensate bene è peggio. Perché di politici ce ne sono un mucchio, e anche di cantanti, ci sono centinaia di programmi alla tele. Probabilmente George Bush è più famoso di Tony Blair e Britney Spears o Kylie sono famose quanto Robbie Williams. Ma di skater ce n'è uno solo, in realtà, e si chiama Tony Hawk. Be', certo, non ce n'è uno solo. Ma lui è decisamente il Grande. È il J.K. Rowling degli skater, il Big Mac, l'iPod, l'Xbox. L'unica giustificazione che accetterò da quelli che non lo conoscono è che non sono interessati allo skate.

Quando cominciai a skateare, mia mamma mi comprò su Internet un poster di Tony Hawk. È il regalo più figo che mi hanno mai fatto, e nemmeno il più costoso. Fu appeso immediatamente alla parete della mia camera e presi l'abitudine di raccontargli i fatti miei. All'inizio con Tony parlavo soltanto di skate – dei problemi che mi si presentavano o dei trick che avevo imparato. Mi precipitai a raccontargli del primo rock 'n' roll che ero riuscito a fare perché sapevo che avrebbe avuto più significato per un'immagine di Tony Hawk che per una mamma della vita reale. Non voglio criticare mia mamma, ma lei di skate non capisce niente. Quando le raccontavo quelle cose, lei cercava, sì, di fare la faccia entusiasta, ma in realtà nei suoi occhi non brillava niente. Continuava a dire: Oh, che bello. Ma se le avessi chiesto cos'era un rock 'n' roll, avrebbe fatto scena muta. Quindi che senso aveva? Tony invece sapeva. Forse è per questo che mia mamma mi comprò quel poster: così avevo qualcun altro con cui parlare.

Le risposte cominciarono ad arrivare poco dopo che ebbi letto il suo libro, *Hawk – Occupation: Skateboarder*. A quel punto sapevo più o meno quali erano i suoi discorsi e potevo prevedere alcune cose che avrebbe detto. A dire la verità, potevo prevedere praticamente *tutte* le cose che mi avrebbe detto, perché erano frasi del libro. L'avevo letto quaranta o cinquanta volte e da allora l'ho riletto qualche altra volta. Secondo me è il libro più bello che sia mai stato scritto, e non soltanto se vai sullo skate. Tutti dovrebbero leggerlo, perché anche chi non ama lo skate può imparare qualcosa da quel libro. Tony Hawk ha fatto veramente di tutto, come tutti i politici, i musicisti e le star delle soap. Ma, dopo averlo letto quaranta o cinquanta volte, praticamente lo sapevo a memoria. Così per esempio, quando gli raccontai dei rock 'n' roll, disse: «Non sono difficilissimi. Ma sono il fondamento per imparare a tenersi in equilibrio e governare la tavola sulla rampa. Bravo, complimenti!»

Il «Bravo, complimenti!» era conversazione pura. Per intenderci: era nuovo. Me l'ero inventato. Ma per il resto si trattava di parole che aveva già usato, più o meno. Sì, vabbè, non più o meno. Esattamente quelle. In un certo senso avrei preferito non conoscere il libro tanto bene, perché così avrei potuto tagliare la frase «Non sono difficilissimi». Non avevo proprio voglia di sentirmelo dire, dopo sei mesi che cercavo di impararli. Avrei preferito che dicesse, non so: «Ehi! Quelli sono il fondamento per imparare a tenersi in equilibrio e governare la tavola!» Ma tagliare «Non sono difficilissimi» non sarebbe stato corretto. Quando pensi a Tony Hawk che parla dei rock 'n' roll, gli senti dire: «Non sono difficilissimi». A me, almeno, succede. Non puoi riscrivere la storia o tagliarne dei pezzi solo perché fa comodo a te.

Dopo un po' cominciai a parlare d'altro con Tony Hawk, della scuola, della mamma, di Alicia, tutto, e scoprii che aveva da dire la sua anche su queste cose. Erano sempre parole del libro, ma il libro è sulla sua vita, non soltanto sullo skate, quindi lui non parla soltanto di sacktap e shove-it.

Per esempio, se gli raccontavo che mi ero arrabbiato con mia mamma senza motivo, lui diceva: «Io ero incredibile. È pazzesco che i miei non mi abbiano mai avvolto nel nastro adesivo, infilato un calzino in bocca e sbattuto in un angolo». E quando gli raccontai di una rissa furiosa a scuola disse: «Io non mi cacciavo mai nei guai perché ero felice con Cindy». Cindy era la sua fidanzata di allora. Non tutto quello che diceva Tony Hawk mi era utilissimo, per essere sincero, ma mica era colpa sua. Se nel libro non c'era niente di adatto al cento per cento, dovevo arrangiarmi alla meno peggio con le frasi a disposizione. E la cosa sorprendente era che, quando le avevi adattate, avevano sempre senso, se ci riflettevi sopra.

A proposito, d'ora in poi Tony Hawk sarà TH: io lo chiamo così. La gente di solito lo chiama Birdman, visto che sembra davvero un falco come dice il cognome, ma a me sembra un po' un'americanata. E poi quelli di qui sono dei pecoroni e credono che Thierry Henry sia l'unico sportivo con le iniziali TH. Be', invece no, e ci godo a provocarli. Le lettere TH mi danno la sensazione di avere un codice segreto personale.

Ma la ragione per cui parlavo dei miei discorsi con TH è che ricordo di avergli detto che tutto procedeva bene. C'era il sole ed ero stato quasi tutto il giorno a Grind City, che, come forse sapete o forse no, è uno skate park a qualche fermata di autobus da casa mia. Cioè, magari non sapevate che era a qualche fermata di autobus da casa mia, visto che non sapete dove abito, ma se siete dei fighi o conoscete dei fighi potreste aver sentito parlare dello skate park. Comunque, quella sera io e Alicia andammo al cinema, ed era tipo la terza o quarta volta che uscivamo insieme e lei mi prendeva moltissimo. Quando arrivai a casa, la mamma stava guardando un DVD con la sua amica Paula e mi sembrò felice, anche se forse lo era solo nella mia immaginazione. Forse quello felice ero io perché guardava un DVD con Paula e non con Steve, lo strazio di fidanzato.

«Com'era il film?» chiese mia mamma.

«Sì, bello» risposi.

«Almeno un pezzetto l'hai visto?» disse Paula e io andai in camera mia, perché non volevo fare quel discorso con lei. E mi sedetti sul letto, guardai TH e dissi: «Non va mica tanto male».

E lui: «La vita è bella. Ci siamo trasferiti in una casa nuova, più grande, su una laguna, vicino alla spiaggia e, soprattutto, col cancello».

Come dicevo, le risposte di TH non sono proprio azzeccate al cento per cento. Non è colpa sua. Il fatto è che il libro non è abbastanza lungo. Come vorrei che avesse un milione di pagine, a) perché così probabilmente non l'avrei ancora finito e b) perché così TH potrebbe dirmi la sua su tutto.

E gli raccontai la giornata a Grind City e i trick ai quali mi ero allenato, dopodiché gli parlai di cose di cui normalmente non parlo con lui. Gli raccontai un po' di Alicia, di quello che succedeva a mia mamma e del fatto che Paula era seduta dove di solito era seduto Steve. Lui non aveva granché da dire su questi argomenti, ma, non so perché, avevo l'impressione che gli interessassero.

Secondo voi è da pazzi? Forse sì, ma non me ne importa niente, davvero. Chi è che non parla mai con qualcuno mentalmente? Chi è che non parla con Dio, o con un gatto o un cane, o con qualcuno che ama ed è morto, o magari semplicemente con se stesso? TH... Lui non era me. Ma era la persona che avrei voluto essere, quindi si può dire che è la versione migliore di me stesso e non può essere una cosa brutta avere la versione migliore di se stessi che se ne sta lì, alla parete di una camera da letto, a guardarti. Sembra incoraggiarti a non mollare.

Comunque, volevo solo dire che ci fu un momento – magari un giorno, o forse qualcuno in più, non ricordo – in cui tutto sembrava essersi ricomposto. E quindi, ovviamente, era anche il momento di combinare un bel casino.

2

Un altro paio di cose, prima di procedere. Anzitutto, all'e-
poca di cui parlo mia mamma aveva trentadue anni. Tre
più di David Beckham, uno più di Robbie Williams, quattro meno di Jennifer Aniston. Lei sa tutte le date. Se volete
può fornirvi un elenco molto più lungo. L'elenco però non
comprende persone giovanissime. Lei non dice mai, tipo:
«Ho quattordici anni più di Joss Stone». Sa solo di gente
che ha più o meno la sua età ed è ancora in forma.

Per un po' non mi ero reso conto fino in fondo che era
troppo giovane per essere la madre di un quindicenne, ma
soprattutto quell'ultimo anno la cosa aveva cominciato a
sembrarmi un po' stramba. Anzitutto ero cresciuto di una
decina di centimetri, quindi sempre più gente la prendeva
per mia zia, o perfino per mia sorella. E oltretutto... Non
esiste un modo carino per dirlo. Farò così: riporterò un discorso fatto con Lepre, che è uno con cui skateo. Ha un
paio d'anni più di me e anche lui va a Grind City, e ogni
tanto ci vediamo alla fermata dell'autobus con le nostre ta-
vole, oppure alla Bowl, che è l'altro posto dove skateiamo
quando non abbiamo voglia di andare a Grind City. Non è
una vera e propria bowl. È tipo un bacino di cemento che
nelle intenzioni avrebbe dovuto abbellire un po' i palazzi
della zona, ma di acqua non ce n'è più, perché avevano cominciato a temere che i ragazzini ci annegassero dentro. Se
posso dire la mia, semmai dovevano temere che i ragazzini
la bevessero, quell'acqua, visto che la gente ci pisciava den-

tro tornando dal pub o posti del genere. Adesso il bacino è asciutto, quindi se hai soltanto una mezz'oretta e vuoi fare un po' di skate è perfetto. Siamo in tre ad andarci sempre – io, Lepre e Pessimo, che in realtà non sa andare sullo skate e proprio per questo è soprannominato Pessimo, ma almeno è uno che dice cose sensate. Se volete imparare qualcosa dello skate, guardate Lepre. Se volete fare discorsi che non siano completamente demenziali, parlate con Pessimo. In un mondo perfetto ci sarebbe qualcuno con l'agilità di Lepre e il cervello di Pessimo, ma, come sapete, non viviamo in un mondo perfetto.

Insomma, quella sera mi stavo dando da fare alla Bowl e c'era Lepre e... Come dicevo, Lepre non è esattamente una cima, ma comunque. Ecco cosa disse.

«Ehi, Sam» disse.

Vi ho detto che mi chiamo Sam? Be', adesso lo sapete.

«A posto?»

«Eh. Tu?»

«Normale.»

«Mmm. Senti un po', Sam. Mi è venuto in mente cosa volevo chiederti. Hai presente tua mamma?»

Adesso capite in che senso Lepre è scemo? Sì, gli risposi. Avevo presente mia mamma.

«In questo momento si vede con qualcuno?»

«Mia mamma?»

«Eh.»

«Perché ti interessa sapere se in questo momento mia mamma si vede con qualcuno?»

«Fatti i fatti tuoi» rispose. Ed era tutto rosso in faccia.

Non credevo alle mie orecchie. Lepre che voleva uscire con mia mamma! Di colpo vidi la scena: io che entravo in casa e vedevo loro due avvinghiati sul divano a guardare un DVD, e non potei trattenere un sorriso. Mia mamma non era una grande intenditrice di fidanzati, ma mica era così stupida.

«Che c'è da ridere?» disse Lepre.

«No, no, niente. Ma... secondo te mia mamma quanti anni ha?»

«Quanti anni ha? Boh.»

«Indovina.»

Lui guardò nel vuoto, come se cercasse di vederla lì nell'aria.

«Ventitré? Ventiquattro?»

Stavolta non risi. Lepre era così scemo che non si riusciva nemmeno a riderci sopra.

«Vabbè» dissi. «Ti aiuto. Io quanti anni ho?»

«Tu?»

Non capiva il collegamento.

«Sì, io.»

«Boh.»

«Vabbè, quindici.»

«Eh. E allora?»

«Allora, diciamo che lei ne aveva venti quando ha avuto me.» Non volevo dirgli quanti anni aveva veramente. Forse non bastavano per scoraggiarlo.

«Eh.» E di colpo ci arrivò. «Ah. È tua mamma. Non avevo capito. Cioè sì, sapevo che era tua mamma, ma non avevo mai... tipo... fatto la somma... Cazzo. Senti, non dirle che te l'ho chiesto, va bene?»

«Perché? Sarebbe un complimento.»

«Sì, ma... sai com'è. Trentacinque anni. Sarà un po' un disastro. E io non voglio una fidanzata di trentacinque anni.»

Scrollai le spalle. «Se lo dici tu.»

Fine. Ma avete capito, vero? E Lepre non è l'unico. Gli altri miei amici non direbbero mai niente, ma da come si rivolgono a lei mi rendo conto che la considerano una papabile. Io non lo capisco, ma quando si tratta di parenti non lo si capisce mai, giusto? E comunque quello che penso io non importa. Il punto è che ho una madre di trentadue anni che piace – che piace *ai ragazzi della mia età*.

E adesso vi dico l'altra cosa. La storia della mia famiglia, a quanto ne so, è una storia che si ripete. Qualcuno – mia mamma, mio papà, mio nonno – all'inizio pensa che andrà bene a scuola, che poi magari si iscriverà all'università e che alla fine farà soldi a palate. Invece fa una scemenza e trascorre il resto dei suoi giorni a cercare di rimediare allo sbaglio. A volte si ha l'impressione che i figli facciano sempre meglio dei genitori. Non so, uno col papà che faceva tipo il minatore entra in una squadra di Premiership, o vince a *Pop Idol*, o inventa Internet. Pensando a queste storie ti sembra che il mondo sia in costante ascesa. Invece nella nostra famiglia tutti inciampano sempre sul primo gradino. Anzi, di solito non trovano nemmeno le scale.

Non ci sono premi in palio per chi indovina lo sbaglio fatto dalla mia mamma trentaduenne, e lo stesso vale per il mio papà trentatreenne. Il padre di mia mamma fece lo sbaglio di credere che sarebbe diventato un calciatore. I soldi a palate li avrebbe fatti così. Gli fu offerto di entrare nella squadra giovanile del Queens Park Rangers, ai tempi in cui il QPR era forte. Così mollò la scuola e firmò, e durò un paio d'anni. Oggi, dice, ai ragazzi fanno continuare la scuola, così hanno in mano qualcosa se non ce la fanno. A lui non fecero fare un bel niente e a diciotto anni era fuori, senza istruzione e senza un mestiere. Mia mamma dice che lei sarebbe potuta andare all'università, invece si sposò appena prima di compiere diciassette anni.

Tutti credevano che avrei fatto una scemenza con lo skate e io cercavo continuamente di fargli capire che di scemenze da fare non ce n'erano. Tony Hawk diventò un professionista a quattordici anni, ma per un po' nemmeno in

California poté ricavarci dei soldi. Come facevo io a diventare un professionista a Islington? Chi mi avrebbe pagato? E perché? Così smisero di preoccuparsi per quella faccenda e cominciarono invece a preoccuparsi per la scuola. Sapevo quanto contava per loro. Contava molto anche per me. Volevo essere il primo nella storia della mia famiglia a prendere un titolo di studio mentre andavo ancora a scuola. (Mia mamma aveva preso un titolo di studio dopo la scuola, ma solo perché quando ero nato io l'aveva mollata.) Io avrei interrotto quella catena. Il fatto che la Gillett mi avesse chiesto se pensavo di studiare arte e design all'università... Era un bel colpo. Andai dritto a casa a dirlo alla mamma. Adesso rimpiango di non averlo tenuto per me.

Alicia non andava alla mia scuola. La cosa mi piaceva. Qualche volta ero uscito con tipe della scuola e mi era sembrato tutto infantile. Ti mandavano bigliettini e, anche se non erano in classe con te, le incrociavi tipo cinquanta volte al giorno. Eri già stufo prima ancora di esserci uscito insieme. Alicia andava alla St Mary and St Michael e mi piaceva sentir parlare di prof che non conoscevo e di ragazzi che non avrei mai visto. C'erano più cose di cui parlare. Che noia stare con qualcuno che sapeva perfettamente quanti brufoli aveva Darren Holmes.

La mamma di Alicia aveva conosciuto la mia in Consiglio. Mia mamma lavora nell'amministrazione e la mamma di Alicia è consigliera, che è un po' come essere primo ministro, solo che non governi tutto il paese. Governi soltanto una piccola parte di Islington. O di Hackney, o di quel che è. È un po' uno spreco di tempo, a dire la verità. Mica lanci bombe su Osama bin Laden o roba simile. Discuti su come attirare più ragazzi in biblioteca, ed è così che mia mamma aveva conosciuto la mamma di Alicia.

Comunque, la mamma di Alicia compiva gli anni e dava una festa, alla quale invitò mia mamma. E le chiese di portarci anche me. Secondo mia mamma Alicia aveva detto che voleva conoscermi. Non ci credevo. Chi è che spara delle vaccate del genere? Io no di certo. E neanche Alicia, posso dire adesso. Io vorrei conoscere TH e Alicia vorrebbe conoscere, non so, Kate Moss o Kate Winslet o qualsiasi ragazza famosa che si veste bene. Ma mica vai in giro a dire che vuoi conoscere il figlio di una che tua madre ha conosciuto in Comune. Il fatto, ve lo dico io, è che la mamma di Alicia voleva trovarle degli amici. O almeno voleva trovarle degli amici, o magari un fidanzato, che avessero la sua approvazione. Be', fu un fallimento totale.

Non so bene perché ci andai, adesso che ci penso. No, non è completamente vero. Ci andai perché avevo detto a mia mamma che non volevo andarci e non volevo conoscere nessuna ragazza che piaceva a lei. E mia mamma aveva risposto: «Fidati, *vuoi* conoscerla».

Ed era serissima quando l'aveva detto, cosa che mi aveva sorpreso. L'avevo guardata.

«Come fai a saperlo?»

«Perché l'ho conosciuta.»

«E secondo te è una che mi piacerebbe?»

«Direi che è una che piace a tutti i ragazzi.»

«Vuoi dire che è una troietta?»

«Sam!»

«Scusami. Ma il senso sembrava questo.»

«È esattamente quello che non ho detto. Sono stata molto attenta. Ho detto che piace a tutti i ragazzi, non che le piacciono tutti i ragazzi. Cogli la differenza?»

La mamma pensa sempre che io sia un sessista, così cerco di andarci cauto – non soltanto con lei, con tutti. Per certe ragazze a quanto pare è decisivo. Se dici qualcosa di non sessista alla ragazza giusta, le piaci di più. Mettiamo che un tuo amico si lamenta di quanto sono stupide le ragazze e tu dici: «Mica tutte le ragazze sono stupide»; ecco, questo può metterti in buona luce. Ovvio che però dovrebbero esserci delle ragazze in ascolto. Se no a cosa serve?

Comunque la mamma aveva ragione. Non aveva detto che Alicia era una troietta. Aveva detto che Alicia era una bellona, ed è molto diverso, giusto? Odio quando mi frega così. Comunque, la cosa risvegliò il mio interesse. La mamma che parlava di una bellona... In un certo senso rendeva ufficiale il giudizio. Volevo proprio vedere com'era una ragazza considerata ufficialmente una bellona. Con questo non voglio dire che volevo parlarci, con quella. Ma dare un'occhiata sì.

Non mi interessava una fidanzata, o almeno non mi sembrava. La storia più lunga che avevo avuto era durata sette settimane e tre di quelle sette non contavano perché non ci eravamo visti. Io volevo lasciarla e lei voleva lasciarmi, così ci evitavamo. Era un modo per non farci lasciare. Per il resto non si era trattato di più di un paio di settimane con una e tre con un'altra. Sapevo che prima o poi avrei dovuto fare qualche sforzo in più, ma preferivo skateare con Lepre che starmene in un McDonald's a non dire niente a una che conoscevo poco.

Mia mamma si mise tutta elegante per la festa e il vestito le stava bene. Se n'era messo uno nero e si era anche truccata, e si capiva che ce la stava mettendo tutta.

«Che ne dici?» chiese.

«Eh. Non male.»

«Non male nel senso di buono o non male nel senso di appena sufficiente?»

«Un po' più che sufficiente e non esattamente buono.»

Ma capì che scherzavo, così mi diede uno schiaffetto dietro l'orecchio.

«Consono?»

Sapevo cosa significava, ma feci una faccia come se avesse parlato in giapponese e lei sospirò.

«È una festa dei cinquant'anni» disse. «Secondo te così vado bene? O sono fuori luogo?»

«Cinquant'anni?»

«Sì.»

«Ha cinquant'anni?»

«Sì.»

«Orpo. Ma allora sua figlia quanti anni ha? Trenta, tipo? E perché dovrei conoscere una che ha trent'anni?»

«Sedici. Te l'ho detto. È normale. Fai un figlio a trentaquattro, come avrei dovuto fare io, e poi quando il figlio ne ha sedici tu ne hai cinquanta.»

«Quindi, quando ha avuto quella, lei era più vecchia di te adesso.»

«Alicia. Sì. Te l'ho detto. Non è strano. È normale.»

«Sono contento che tu non abbia cinquant'anni.»

«Perché? A te cosa ti cambia?»

Aveva ragione. A me non cambiava poi molto.

«Quando compirai cinquant'anni io ne avrò trentatré.»

«E allora?»

«Potrò sbronzarmi. E tu non potrai dirmi niente.»

«È l'argomentazione migliore che abbia mai sentito a favore del fatto di avere un figlio a sedici anni. Anzi, è l'unica argomentazione che abbia mai sentito.»

Non mi piaceva che dicesse queste cose. Avevo quasi l'impressione che fosse colpa mia. Come se le avessi detto io che volevo arrivare con diciotto anni di anticipo. Ecco il problema, quando sei un figlio indesiderato, perché questo ero, diciamocelo apertamente. Devi sempre avere ben chiaro in testa che l'idea è stata loro, non tua.

Abitavano in una di quelle case vecchie e grandi nella zona di Highbury New Park. Non ero mai entrato in una di quelle case. La mamma conosce persone che abitano in posti del genere perché lavora con loro o li vede al gruppo di lettura, ma io no. Abitiamo a sette, ottocento metri da

21

lei, ma non avevo mai avuto motivo di fare quella strada finché non conobbi Alicia. La sua casa era diversa dalla nostra in tutto e per tutto. La sua era grande, mentre noi abitavamo in un appartamento. La sua era vecchia e la nostra nuova. La sua era disordinata e un po' polverosa e la nostra ordinata e linda. E loro avevano libri dappertutto. Non che noi non avessimo dei libri in casa. Ma mia mamma poteva averne, diciamo, un centinaio e io trenta. Loro invece ne avranno avuti mille a testa, o almeno così sembrava. C'era una libreria nel corridoio e ce n'erano altre su per le scale, e tutte avevano gli scaffali strapieni di libri. E poi i nostri erano nuovi, mentre i loro erano vecchi. La nostra casa mi piaceva di più in tutti i sensi, tranne che avrei voluto più di due camere da letto. Quando pensavo al futuro e a come sarebbe stato, era così che vedevo il mio: una casa piena di camere da letto. Non sapevo a cosa mi sarebbero servite, visto che volevo abitare da solo, come uno di quegli skater che una volta avevo visto su MTV. Aveva una casa gigantesca, con la piscina, il tavolo da pool e un mini skate park coperto, con le pareti imbottite, un vert e una minirampa. E lì non abitavano né una fidanzata né i genitori, nessuno. Io volevo qualcosa del genere. Non sapevo come me lo sarei procurato, ma fa niente. Avevo un obiettivo.

Mia mamma salutò Andrea, la mamma di Alicia, e poi Andrea mi portò da Alicia, seduta sul divano a sfogliare una rivista, anche se quella era una festa, e quando io e sua mamma arrivammo lì, lei fece come se la serata più noiosa della sua vita stesse per volgere al peggio.

Non so voi, ma quando i miei fanno quel giochetto di affibbiarmi qualcuno, io decido immediatamente che la persona che mi hanno trovato è la più antipatica della Gran Bretagna. Dovesse anche assomigliare a Britney Spears com'era una volta e considerare *Hawk – Occupation: Skateboarder* il più bel libro mai scritto. Se l'idea era di mia mamma, non mi interessava. Il bello degli amici è che te li scegli tu. Già è brutto che gli altri ti debbano dire chi sono i tuoi parenti, zii, cugini e compagnia. Se non mi lasciassero scegliere nemmeno gli amici, probabilmente non parlerei più con nessuno. Piuttosto preferirei vivere da solo su un'isola deserta, a condizione che fosse di cemento e avessi una tavola. Un'isola spartitraffico deserta, ah-ah.

Comunque. Io potevo anche non aver voglia di parlare con una, ma lei chi si credeva di essere, seduta lì immusonita a guardare dall'altra parte? Probabilmente non aveva nemmeno sentito parlare di Tony Hawk, o dei Green Day, o di una figata qualsiasi, quindi che diritto aveva di fare così?

Pensai di immusonirmi più di lei. Era seduta sul divano, tutta sprofondata, con le gambe allungate, e invece di guardare me guardava verso il tavolo delle cibarie alla parete di fronte. Io mi lasciai sprofondare come lei, allungai le gambe e mi misi a fissare lo scaffale pieno di libri di fianco a me. La nostra posizione era così studiata che probabilmente sembravamo dei giocattolini di plastica, tipo quegli affari che ti danno con l'Happy Meal.

La stavo sfottendo e lei lo sapeva, ma invece di sprofondare ancora di più, che poteva essere un modo di procedere, decise di ridere. E quando rise, sentii scattarmi qualcosa dentro. Di colpo volevo disperatamente piacere a quella ragazza. Come avrete indovinato, mia mamma aveva ragione. Era ufficialmente splendida. Avrebbe potuto farsi rilasciare dal Consiglio di Islington un certificato di splendore, volendo, e non ci sarebbe nemmeno stato bisogno di una spintarella della mamma. Aveva – ha ancora – due occhi grigi grandi così, che più di una volta mi hanno procurato un vero e proprio dolore fisico, più o meno qui, fra la gola e il petto. E ha questi capelli biondo chiaro che sono sempre incasinati e stupendi nello stesso tempo, ed è alta, ma non scheletrica e piatta come molte ragazze alte, e non è più alta di me, e poi la pelle, una pelle che sembra buccia di pesca... Sono negato a descrivere le persone. Comunque posso dire che, quando la vidi, mi arrabbiai con mia mamma perché non mi aveva preso per il collo e non aveva alzato la voce. D'accordo, un consiglio me l'aveva dato. Ma avrebbe dovuto fare molto di più. Avrebbe dovuto dire, non so: «Tu sei scemo, se non verrai te ne pentirai tutta la vita».

«Non dovresti guardare» dissi ad Alicia.

«E chi ti ha detto che ridevo di quello che facevi?»

«O ridevi di quello che facevo o sei fuori di testa. Qui non c'è nient'altro di cui ridere.»

Non era vero in senso stretto. Poteva aver riso vedendo suo papà ballare, tanto per dirne una. E c'erano un mucchio di pantaloni e magliette che facevano abbastanza ridere.

«Potrei aver riso di qualcosa che mi è venuto in mente» disse lei.

«Tipo?»

«Boh. Succedono un sacco di cose che fanno ridere, no?»

«Quindi ridevi di tutte quelle cose? Tutte insieme?»

Per un po' andammo avanti a dire scemate così. Cominciavo a rilassarmi. L'avevo fatta parlare e, quando io faccio parlare una ragazza, il suo destino è segnato e per lei non c'è scampo. Ma poi smise di parlare.

«Che c'è?»

«Credi di concludere qualcosa, vero?»

«Come fai a dirlo?» Ero strabiliato. Era esattamente quello che avevo pensato.

Lei rise. «Quando hai cominciato a parlare non avevi un solo muscolo rilassato. Adesso sei tutto...» E allargò le gambe e le braccia, come per imitare uno che guarda la tele a casa sua. «Be', non concluderai» disse. «Non così presto. Magari mai.»

«Vabbè» risposi. «Grazie.» Mi sembravo un bambino di tre anni.

«Non dicevo in quel senso» disse. «Dicevo solo che... insomma, dovresti insistere.»

«Forse non ho voglia di insistere.»

«Questo so che non è vero.»

Mi girai a guardarla, per vedere se diceva sul serio, e capii che un po' mi prendeva in giro e un po' no, quindi potevo anche perdonarla di averlo detto. Sembrava più grande di me e stabilii che era perché doveva affrontare in continuazione ragazzi che si innamoravano di lei esattamente dopo due secondi.

«Dove preferiresti essere in questo momento?» mi chiese.

Non sapevo bene cosa dire. Conoscevo la risposta. La risposta era: non avrei preferito essere in nessun altro posto. Ma piuttosto che dirglielo sarei morto.

«Boh. Forse sullo skate.»

«Fai skate?»

«Sì. Skate nel senso di skateboard.» Lo so, avevo detto che non avrei usato mai più questa parola, ma a volte serve. Mica sono tutti dei fighi come me.

«So che cos'è lo skate, grazie.»

Stava guadagnando troppi punti. Ancora un po' e mi ci voleva la calcolatrice per fare la somma. Comunque non volevo parlare dello skate finché non avessi saputo che ne pensava.

«E tu? Dove preferiresti essere?»

Esitò, come se stesse per dire una cosa imbarazzante. «Veramente mi piacerebbe essere qui, su questo divano.»

Per la seconda volta era come se sapesse cosa stavo pensando, solo che adesso era stata ancora più brava. Aveva in-

25

dovinato la risposta che avrei voluto darle e l'aveva fatta passare per sua. Il suo punteggio veleggiava verso i bilioni.

«Esattamente qui. Ma senza nessun altro nella stanza.»

«Ah.» Sentii che cominciavo ad arrossire e non sapevo cosa ribattere. Lei mi guardò e rise.

«Nessun altro» disse. «Vuol dire neanche te.»

Sottraete pure i bilioni. Sì, capiva che cosa pensavo. Ma voleva usare i suoi superpoteri a fini malvagi, non a fin di bene.

«Scusa se ti sono sembrata sgarbata. Ma odio quando i miei danno una festa. Mi viene voglia di guardare la tele da sola. Sono noiosa, vero?»

«Ma no. Figurati.»

Qualcuno potrebbe dire che era noiosa. Per quei pochi secondi sarebbe potuta andare in qualsiasi punto del mondo e invece sceglieva casa sua, per guardarsi *Pop Idol* senza scocciatori. Quel qualcuno, però, non avrebbe capito perché lei disse quel che disse. Lo disse per stuzzicarmi. Sapeva che mi ero aspettato, per un solo secondo, che dicesse qualcosa di romantico. Sapeva che avevo sperato dicesse: «Esattamente qui, ma senza nessun altro nella stanza oltre a te». E omise le ultime tre parole per umiliarmi. Bella mossa, non c'è che dire. Crudele ma bella.

«Quindi non hai fratelli o sorelle?»

«E questo cosa c'entra?»

«Se i tuoi non stessero dando una festa, potresti essere sola nella stanza.»

«Ah. Eh già. Ho un fratello. Ha diciannove anni. È al college.»

«Cosa studia?»

«Musica.»

«A te che musica piace?»

«Oh, notevole.»

Per un attimo pensai che si riferisse alla musica, che le

26

piacesse la musica notevole, ma poi mi resi conto che mi prendeva in giro per i miei sforzi di fare conversazione. Cominciava a tirarmi scemo. O parlavamo o non parlavamo. E, se bisognava parlare, chiederle che musica le piaceva era legittimo. Forse non era il massimo dell'originalità, ma a sentir lei sembrava che le avessi chiesto di spogliarsi.

Mi alzai in piedi.

«Dove vai?»

«Scusa, mi sa che ti faccio perdere tempo.»

«Ma no, dai. Siediti.»

«Puoi anche *far finta* che qui non ci sia nessuno, se vuoi. Puoi startene lì per i cavoli tuoi a pensare.»

«E tu cosa fai? Con chi vai a parlare?»

«Con mia mamma.»

«Aaaah. Che dolce.»

Partii all'attacco.

«Sta' a sentire. Tu sei stupenda. Ma il problema è che lo sai e credi per questo di poter trattare gli altri da cani. Be', mi dispiace, ma io non sono disperato fino a questo punto.»

E la mollai lì. Fu uno dei miei momenti migliori: le parole erano uscite bene, credevo in quelle parole e ne ero soddisfatto. E non avevo neanche cercato l'effetto. Lei mi aveva veramente, letteralmente stufato. Per circa venti secondi. Dopo venti secondi mi calmai e cercai il modo di riprendere la conversazione. E sperai che la conversazione si trasformasse in qualcos'altro – un bacio e poi il matrimonio, dopo esserci frequentati per un paio di settimane. Ma ero stufo di come mi faceva sentire. Ero troppo agitato, troppo attento a non sbagliare, e risultavo penoso. Se dovevamo riprendere la conversazione, doveva essere lei a volerlo.

Mia mamma stava parlando con un tipo e non fu entusiasta di vedermi. Avevo l'impressione che non avesse ancora affrontato l'argomento figlio. Per intenderci: so che mi vuole bene, ma ogni tanto, proprio nelle situazioni come quella lì, dimentica opportunamente di accennare al fatto che ha un figlio di quindici anni.

«Ti presento mio figlio, Sam» disse mia mamma. Ma capivo che avrebbe preferito dire che ero suo fratello. O suo padre. «Sam, Ollie.»

«Ollie» dissi, e scoppiai a ridere. Lui ci rimase male e mia mamma mi sembrò scocciata, così cercai di spiegare.

«Ollie» ripetei, come se potessero capire, ma non capirono.

«Tu hai capito» dissi a mia mamma.

«No.»

«Come il trick di skate.» Perché c'è un trick che si chiama ollie.

«Fa ridere? Davvero?»

«Sì» risposi. Ma non ne ero più tanto sicuro. Probabilmente ero ancora confuso dopo aver parlato con Alicia e non davo il meglio di me.

«Il nome sarebbe Oliver» disse lei. «Credo, almeno.» Lo guardò e lui annuì. «Non hai mai sentito il nome Oliver?»

«Sì, ma...»

«Ecco, Ollie è la forma abbreviata.»

«Sì, lo so, ma...»

«E se si chiamasse Mark?»

«Non fa ridere.»

«No? Non capisci? Mark! Come il Deutsche Mark! Ah-ah-ah!» disse la mamma.

Mai andare a una festa con la propria mamma.

«Il Deutsche Mark!» ripeté.

Dopodiché arrivò Alicia e io guardai mia mamma come per dire: «Ripeti un'altra volta 'Il Deutsche Mark' e Ollie

28

sentirà cose che non vorresti mai fargli sapere». Lei capì, credo.

«Non vai via, vero?» domandò Alicia.

«Boh.»

Mi prese per mano e mi riportò al divano.

«Siediti. Hai fatto bene ad andartene. Non so perché ho fatto così.»

«Sì che lo sai.»

«Perché, allora?»

«Perché gli altri te lo lasciano fare.»

«Ripartiamo da zero?»

«Se vuoi» dissi. Non ero sicuro che lei ne fosse capace. Avete presente quella storia per cui non bisognerebbe fare smorfie perché, se il vento cambia, la faccia rimane così? Ecco, temevo che il vento fosse cambiato e lei fosse destinata a rimanere musona e spocchiosa per sempre.

«Dunque» disse. «Mi piace un po' di hip-hop, ma non molto. I Beasty Boys e Kanye West. Un po' di hip-hop, un po' di R&B. Justin Timberlake. Conosci i REM? A mio papà piacciono un casino e così ho cominciato ad ascoltarli. E poi suono il piano, quindi a volte ascolto musica classica. Ecco fatto. Mica sono morta, no?»

Scoppiai a ridere. E così si ripartiva. In quel momento smise di trattarmi come un nemico. Di colpo ero un amico e per cambiare le cose non avevo dovuto fare altro che andarmene.

Essere un amico era meglio che essere un nemico, su questo non ci pioveva. Dopotutto avevo ancora una festa da affrontare e avere un'amica significava avere qualcuno con cui parlare. Mica volevo starmene lì a sentire mia mamma sganasciarsi dal ridere alle pessime battute di Ollie, quindi dovevo stare con Alicia. Così, nel breve periodo ero contento di essere suo amico. Nel lungo periodo, invece, non ne ero tanto sicuro. Non voglio dire che non sarebbe stato bello avere Alicia per amica. Sarebbe stato fantastico averla per amica. Era spiritosa e non conoscevo molte persone come lei. Ma ormai sapevo di non voler essere suo amico, non so se mi spiego, e temevo che quella sua disponibilità all'amicizia mi precludesse ogni altra possibilità. So che è sbagliato. Mia mamma mi dice sempre che prima di tutto, prima di tutto il resto, deve esserci l'amicizia. Ma avevo l'impressione che, quando ero arrivato alla festa, lei mi avesse guardato come se fossi un fidanzato potenziale e che perciò graffiasse. La domanda era: aveva rinfoderato le unghie per un motivo? Perché le ragazze sono fatte così. A volte capisci che hai delle buone possibilità dal fatto che lei vuole litigare con te. Se il mondo non fosse incasinato com'è, non sarebbe così. Se il mondo fosse normale, il fatto che una ragazza ti tratti bene sarebbe buon segno, ma nel mondo reale le cose non vanno così.

Come poi scoprii, il fatto che Alicia mi trattasse bene era buon segno, quindi forse il mondo non è incasinato come credevo. E capii che era buon segno praticamente subito, perché si mise a parlare di cosa potevamo fare insieme. Disse che voleva venire a Grind City a vedermi skateare e poi mi domandò se volevo andare a vedere un film con lei.

Ormai facevo castelli in aria. Era come se avesse già stabilito che avremmo cominciato a frequentarci, ma niente è mai così semplice, giusto? E poi, come mai non aveva il fidanzato? Alicia avrebbe potuto avere chiunque, secondo me. Anzi, forse era un dato di fatto.

Così, quando accennò alla possibilità di andare insieme al cinema, cercai di... sì, insomma, di tergiversare un po', per vedere come reagiva.

«Devo vedere cos'ho da fare» risposi.

«Cioè?»

«Mah, sai, ci sono sere che devo studiare. E nei weekend di solito faccio un sacco di skate.»

«Vedi tu.»

«Ma comunque. Devo trovarmi qualcun altro con cui venire?»

Mi guardò come se fossi pazzo, o scemo.

«Cosa vorresti dire?»

«Non ho nessuna voglia di andare al cinema con te e il tuo fidanzato» risposi. Capite il mio piano geniale? Così potevo scoprire come stavano le cose.

«Se avessi il fidanzato non ti avrei invitato, ti pare? Se avessi il fidanzato, tu non saresti nemmeno seduto qui e probabilmente neanch'io.»

«Credevo che ce l'avessi.»

«E da cosa l'avresti capito?»

«Mah, non so. Ma com'è che non ce l'hai?»

«Ci siamo lasciati.»

«Ah. Quando?»

«Martedì. Sono a pezzi. Come avrai capito.»

«Da quanto tempo stavate insieme?»

«Due mesi. Ma lui voleva fare sesso con me e io non ero pronta per fare sesso con lui.»

«Eh già.»

Mi guardai le scarpe. Cinque minuti prima non voleva dirmi che musica ascoltava e adesso mi raccontava la sua vita sessuale.

«Be', magari cambia idea» sparai. «Sul fatto di voler fare sesso con te, dico.»

«O magari cambio idea io.»

«Eh già.»

Stava dicendo che magari avrebbe cambiato idea sul fatto di essere pronta per il sesso? In altre parole, che avrebbe potuto fare sesso con me? O stava dicendo che avrebbe potuto cambiare idea sul fatto di fare sesso con lui? E se era questo che intendeva dire, come la mettevamo con me? Poteva succedere che cominciassimo una storia ma che da un momento all'altro lei decidesse che era arrivato il momento di fare sesso con lui? Mi sembrava un'informazione importante, ma non sapevo bene come ottenerla.

«Senti» disse. «Saliamo in camera mia? A vedere un po' di tele? O ad ascoltare un po' di musica?»

Si alzò e tirò in piedi anche me. E adesso cosa succedeva? Aveva già cambiato idea sul fatto di essere pronta per il sesso? Era per questo che andavamo di sopra? Stavo per perdere la verginità? Era come guardare un film che non capivo.

Ero quasi arrivato a fare sesso un paio di volte, ma poi avevo fatto marcia indietro. Fare sesso a quindici anni è una cosa grossa, se tua mamma ne ha trentuno. E quella ragazza con cui stavo, Jenny, continuava a dire che non ci sarebbero stati problemi, ma io non capivo bene il senso di quelle parole e non sapevo se lei era una di quelle ragazze che, per ragioni che non ero mai riuscito a capire, in realtà volevano un bambino. Nella mia scuola c'erano un paio di giovani mamme e si comportavano come se il loro figlio fosse un iPod, o un cellulare nuovo, o una cosa del genere, un aggeggio da esibire. Ci sono molte differenze tra un figlio e un iPod. Una delle più grosse è che di solito non ti aggrediscono per portarti via tuo figlio. Se è notte fonda e sei in autobus, non è necessario che te lo tenga in tasca. E questo dovrebbe far riflettere, visto che ti aggrediscono per rubarti qualsiasi cosa valga la pena di avere: significa che un figlio non vale la pena di averlo. In ogni modo, non andai a letto con Jenny; lei lo raccontò a qualche amica e per un po' mi gridarono dietro nei corridoi. E il ragazzo con cui si mise dopo di me... In realtà no, non vi dirò cosa disse. Vi basti sapere questo: erano parole stupide, disgustose e mi facevano fare brutta figura. Da allora cominciai a prendere molto più sul serio lo skate. Significava che potevo passare molto più tempo da solo.

Mentre salivamo le scale per andare in camera sua, mi immaginai la scena: Alicia che chiudeva la porta, mi guardava e cominciava a spogliarsi e, per essere sincero fino in fondo, non sapevo bene come mi sentivo. Perché certo, la cosa aveva i suoi vantaggi. Però forse lei si aspettava che sapessi tutto e invece non sapevo niente. E poi di sotto c'era mia mamma: chi poteva dire che da un momento all'altro non sarebbe salita a cercarmi? E di sotto c'erano anche la mamma e il papà di Alicia, e in più avevo la sensazione che, se lei voleva davvero fare sesso, non c'entrassi tanto io quanto quel ragazzo con cui si era appena lasciata.

Non avrei dovuto preoccuparmi. Entrammo nella sua camera, lei chiuse la porta e poi le venne in mente di aver visto metà di un film che si intitolava *40 anni vergine*, così ci guardammo il resto. Io mi sedetti in una vecchia poltrona che aveva lì e lei si mise per terra fra le mie gambe. E dopo un po' si appoggiò a me premendo la schiena contro le mie ginocchia. È quanto ricordai dopo. Sembrava un massaggio. Poi, finito il film, scendemmo; mia mamma si era appena messa a cercarmi e tornammo a casa.

Ma mentre eravamo per strada, Alicia ci rincorse scalza e mi diede una cartolina in bianco e nero con sopra una coppia che si baciava. Io rimasi a guardare l'immagine e probabilmente avevo un'aria un po' ebete, perché lei alzò gli occhi al cielo e disse: «Girala». E sul retro c'era il suo numero di cellulare.

«Per il cinema domani» spiegò.

«Ah» dissi. «Eh già.»

E quando se ne fu andata, mia mamma sollevò le sopracciglia più che poté e disse: «Allora domani andate al cinema».

«Sì» risposi. «Così pare.»

E mia mamma rise e disse: «Avevo ragione, sì o sì?»
E io risposi: «Sì».
Tony Hawk perse la verginità a sedici anni. Aveva appena partecipato a un contest che si chiamava «Il re del monte» in un posto che si chiamava Trashmore, a Virginia Beach. Nel libro dice che durò metà del tempo di una run in una gara di vert. Una run in una gara di vert dura quarantacinque secondi. Quindi lui durò ventidue secondi e mezzo. Ero contento che me l'avesse detto. Sono cifre che non ho mai dimenticato.

Il giorno dopo era domenica e andai a Grind City con Lepre. O meglio, incrociai Lepre alla fermata dell'autobus, così alla fine ci andammo insieme. Lepre sa fare dei trick che io non so fare – fa gay twist da una vita ed era quasi riuscito a fare un McTwist, che è una rotazione di 540 gradi in rampa.

Quando cerco di parlare di trick con mia mamma, lei si incasina sempre con i numeri. «Cinquecentoquaranta gradi?» disse quando cercai di descriverle un McTwist. «Come cavolo fai a sapere quando hai fatto cinquecentoquaranta gradi?» Come se passassimo il tempo a contare i gradi uno per uno. Ma un 540 è semplicemente 360 più 180 – cioè un giro e mezzo. La mamma mi sembrò delusa quando glielo spiegai così. Mi sa che sperava che lo skate mi avesse trasformato in una specie di genio matematico e fossi in grado di fare mentalmente dei calcoli che gli altri ragazzi riuscivano a fare solo col computer. A proposito, TH ha chiuso un 900. Forse, se vi dico che è una cosa praticamente impossibile, comincerete a capire perché dovrebbero dare il suo nome a una nazione.

I McTwist sono difficilissimi e l'idea di impararli non mi ha ancora nemmeno sfiorato, soprattutto perché per allenarti finisci sempre col mangiare un mucchio di cemento. Ogni due minuti vai a sbattere, ma il bello di Lepre è proprio questo. È tanto scemo che non gliene importa niente se mangia un mucchio di cemento. Andando sullo skate avrà perso trecento denti. È incredibile che i gestori di Grind City non mettano in cima ai muri di cinta i suoi denti, invece dei pezzi di vetro come fa qualcuno per non far entrare la gente di notte.

Però non ero in giornata. Ero distratto. Continuavo a pensare alla serata al cinema. Lo so, sembrerà stupido, ma non volevo finire con un labbro gonfio e sanguinolento, e secondo le statistiche era una cosa che tendeva a capitarmi più la domenica che gli altri giorni della settimana.

Comunque, Lepre si accorse che ero lì a cazzeggiare con qualche ollie e si avvicinò.

«Che succede? Ti è venuta strizza?»

«Boh, sì.»

«Qual è la cosa peggiore che può capitare? È così che ragiono io. Sono stato al pronto soccorso quindici volte, per colpa dello skate. Il momento peggiore è il tragitto fino all'ospedale, perché soffri. Te ne stai lì sdraiato a lamentarti, sangue dappertutto. E pensi: ne valeva la pena? Ma poi ti danno qualcosa per far passare il dolore. Tranne quando sei svenuto. Allora non ti serve. Almeno per un po'.»

«Non sembra male.»

«È la mia filosofia. Il dolore non può ucciderti, no? Tranne quando sei conciato veramente male.»

«Sì. Grazie. È una cosa su cui riflettere.»

«Ah sì?» Sembrava sorpreso. Mi sa che nessuno aveva mai ringraziato Lepre perché gli aveva detto una cosa su cui riflettere. Il fatto è che in realtà non stavo ascoltando.

Non avevo intenzione di raccontargli niente, perché che senso aveva parlare con Lepre? Ma poi mi resi conto che non parlare con nessuno di Alicia mi stava uccidendo e se non ne parlavo con lui dovevo andare a casa a parlarne con la mamma o con TH. Qualche volta non è importante con chi parli: basta parlare. Ecco perché passo la vita a parlare con il poster di uno skater a grandezza naturale. Almeno Lepre era una persona reale.

«Ho conosciuto una.»

«Dove?»

«È importante?» Capii che sarebbe stata una conversazione deludente.

«Vorrei cercare di immaginarmi la scena» disse Lepre.

«Alla festa di un'amica di mia mamma.»

«Quindi è molto vecchia?»

«No. Ha la mia età.»

«Cosa ci faceva alla festa?»

«Ci abita» risposi. «È...»

«Abita alla festa?» disse Lepre. «Come funziona?»

Mi ero sbagliato. Era molto più semplice spiegare le cose a un poster.

«Non abita alla festa. Abita nella casa in cui c'era la festa. È la figlia dell'amica di mia mamma.»

Lepre ripeté quel che avevo appena detto come se fosse la frase più complicata della storia del mondo.

«Aspetta un attimo... La figlia... dell'amica... di tua mamma. Sì. Ci sono.»

«Bene. Stasera usciamo insieme. Andiamo al cinema. E ho paura di rovinarmi tutta la faccia.»

«Perché con lei ti si dovrebbe rovinare la faccia?»

«No, no. Non volevo dire che ho paura che *con lei* mi si rovini la faccia. Ho paura di rovinarmela qui. Di fare un botto. Perché poi, sai... farei schifo.»

«Capito» disse Lepre. «È carina?»

«Molto» risposi. Di questo ero certo, ma ormai non mi ricordavo più com'era fatta. Avevo pensato tanto a lei da non averne più un'immagine chiara in testa.

«Be', allora...» disse Lepre.

«Allora cosa?»

«Ammettiamolo, tu non sei una meraviglia, giusto?»

«Giusto. Ma grazie della fiducia che mi infondi» dissi.

«Adesso che ci penso, secondo me la faccia rovinata potrebbe essere un vantaggio» disse Lepre.

«In che senso?»

«Be', sai, mettiamo che ti presenti con, non so, gli occhi neri, o magari il naso rotto. Puoi sempre dirle che sei brutto per colpa dello skate. Ma se ti presenti così... Che giustificazione hai? Nessuna.»

Mi ero scocciato. Lo sforzo di parlare con Lepre l'avevo fatto, ma era inutile. E non era soltanto inutile – era anche deprimente. Ero davvero agitato per la serata al cinema con Alicia. Anzi, non ricordavo di essere mai stato tanto agitato per qualcosa, mai, a parte il mio primo giorno di scuola alle elementari. E quel cretino mi diceva che l'unico modo per avere qualche speranza era riempirmi la faccia di sangue e lividi, così lei non avrebbe visto com'ero veramente.

«Sai una cosa, Lepre? Hai ragione. Non me ne starò qui a cazzeggiare. Acid drop e gay twist tutto il pomeriggio.»

«Così ti voglio.»

Dopodiché, mentre mi guardava, presi su la mia tavola e andai dritto verso il cancello e poi fuori in strada. Volevo parlare con TH.

Tornando a casa, mi resi conto di non essermi ancora messo d'accordo con Alicia. Quando l'autobus arrivò, salii al piano superiore e andai a sedermi in prima fila, da solo. Poi tirai fuori di tasca la cartolina e feci il suo numero.

Quando dissi pronto non riconobbe la mia voce e per un attimo mi sentii male. E se mi ero inventato tutto? La festa non me l'ero inventata. Ma forse lei non aveva premuto la schiena contro di me come ricordavo e forse aveva accennato al cinema solo perché...

«Ah, ciao» disse e sentii che sorrideva. «Ormai avevo paura che non chiamassi.» E smisi di star male.

State a sentire: so che non avete voglia di sorbirvi tutti i particolari dal primo all'ultimo. So che non avete voglia di sapere a che ora ci saremmo visti o roba del genere. Voglio solo dire che quello fu un giorno assolutamente speciale e ne ricordo più o meno ogni secondo. Ricordo che tempo faceva, ricordo l'odore dell'autobus, ricordo la crosticina sul naso che mi grattavo parlando con lei al cellulare. Ricordo cosa dissi a TH quando arrivai a casa, come mi vestii per uscire, com'era vestita lei e quanto fu facile quando la vidi. Considerato come poi andarono le cose, qualcuno potrebbe forse pensare che sia stata tutta una pacchianata di sdolcinatezza com'è tipico degli adolescenti di oggi. Invece no. Niente di tutto questo.

Il film non lo vedemmo neanche. Davanti al cinema cominciammo a parlare e poi andammo a farci un frappuccino al Borders lì accanto, dopodiché ce ne restammo lì. Ogni tanto uno dei due diceva: «Se dobbiamo andare sarà meglio muoverci». Ma nessuno dei due si muoveva. Fu sua l'idea di andare da lei. E, quando il momento arrivò, fu sua anche l'idea di fare sesso. Ma sto correndo troppo.

Credo di aver avuto un po' paura di lei, prima di quella sera. Lei era bellissima e sua mamma e suo papà erano molto snob, e la mia paura era che si rendesse conto di non essere costretta a uscire con me solo perché alla festa di sua mamma ero l'unica persona della sua età. La festa era finita. Adesso poteva parlare con chi le pareva.

Invece non faceva paura per niente. Non come fanno paura gli snob. In realtà non era esattamente una cima. Ma forse non è giusto dire così, perché non era neanche stupida. Ma visto che sua mamma era consigliera e suo papà insegnava all'università, si poteva presumere che a scuola andasse meglio. Passò metà della serata a parlare dei corsi dai quali era stata espulsa, dei casini in cui si era cacciata e di tutte le volte che era stata messa in castigo. La sera della festa era in castigo: ecco perché c'era. La storia che voleva conoscermi era una balla, come avevo sospettato.

Non voleva andare all'università.

«Tu invece vuoi andarci?»

«Sì. Certo.»

«Perché 'certo'?»

«Boh.»

Invece lo sapevo. Ma non avevo voglia di mettermi a raccontare la storia della mia famiglia. Se avesse scoperto che nessuno di noi – i miei genitori, i miei nonni, i miei bisnonni – era andato all'università, avrebbe potuto passarle la voglia di vedermi.

«Allora cosa farai?» le chiesi. «Quando finirai la scuola.»

«Non voglio dirtelo.»

«Perché?»

«Perché mi prenderesti per una montata.»

«Com'è possibile, se non hai ambizioni?»

«Le ambizioni possono essere di vario genere, sai. Non c'entrano necessariamente gli esami e i titoli di studio.»

Non sapevo cosa pensare. Non mi veniva in mente niente che potesse farmela credere una montata e che non c'entrasse con gli esami, o al limite con lo sport. Di colpo non sapevo più nemmeno cosa significava essere dei montati. Significava darsi delle arie, giusto? Ma non significava darsi delle arie per la propria bravura? Qualcuno aveva mai detto che TH era un montato perché sapeva fare un mucchio di trick difficili?

«Prometto che non ti prenderò per una montata.»

«Voglio fare la modella.»

Ah, ecco, adesso sì che mi era chiaro. Si dava delle arie. Ma io cosa dovevo rispondere? Era una situazione delicata, ve lo assicuro. Stavo per dirvi di evitare di mettervi con una che dice che vuol fare la modella, ma, siamo onesti, non è questo che tutti vorrebbero? Una che sembra una modella senza essere piatta. Insomma, se stai con una che dice di voler fare la modella, mica vorrai sentirti dire che è una da evitare. (Evitate assolutamente di mettervi con una brutta che dice di voler fare la modella. Non perché è brutta, ma perché è matta.)

Allora non sapevo granché di modelle e adesso ne so ancora meno. Alicia era molto carina, questo lo capivo, ma non era magra come un chiodo e aveva qualche brufolo, quindi non sapevo se aveva qualche possibilità di diventare la prossima Kate Moss. Forse no, conclusi. Non sapevo neppure se me l'aveva detto perché quella era davvero la sua ambizione o perché voleva sentirsi dire da me quanto mi piaceva.

«Non è da montati» risposi. «Se volessi fare la modella, ci riusciresti senza problemi.»

Sapevo cosa dicevo. Sapevo che avevo appena incrementato in tutti i sensi le mie possibilità con Alicia. Non sapevo chi credeva cosa, ma non aveva la minima importanza.

Quella sera andammo a letto insieme per la prima volta.

«Hai qualcosa?» mi disse, quando fu evidente che avevamo bisogno di qualcosa.

«No. Figurati.»

«Perché 'figurati'?»

«Perché... dovevamo andare al cinema.»

«E non ti porti niente in tasca? Per ogni evenienza?»

Mi limitai a scuotere la testa. Conosco dei ragazzi, a scuola, che lo facevano, ma solo per vantarsi, quasi tutti. Volevano fare i fighi. Ce n'era uno, Robbie Brady, che deve avermi mostrato la stessa scatola di Durex una quindicina di volte. E io pensavo: Sì, certo, di comprarli sono capaci tutti. Che ci vuole per comprarli? Ma non dissi mai niente. Avevo sempre immaginato che, se mi fosse servito qualcosa, l'avrei saputo con grande anticipo, perché io sono fatto così. Non esco mai dicendo: Stasera mi farò una che non conosco, meglio che mi metta in tasca un preservativo. Avevo sempre sperato che succedesse con un minimo di programmazione. Avevo sempre sperato di poterne parlare prima con lei, così quando fosse arrivato il momento saremmo stati tutti e due preparati all'evento e sarebbe stata una cosa rilassata e speciale. Non mi piacevano le storie che raccontavano i ragazzi della scuola. Loro erano sempre soddisfatti di se stessi, ma quello non era come il sesso di cui si leggeva e nemmeno quello dei film porno. Durava sempre pochissimo, e a volte i due erano all'aperto, e magari lì vicino c'erano altre persone. Sapevo che una cosa così io non la volevo.

«Oh, che bravo ragazzo» disse Alicia. «Il mio ultimo fidanzato aveva sempre un preservativo in tasca.»

Visto? Esattamente questo volevo dire. Ne aveva sempre uno in tasca e non era mai riuscito a usarlo, perché ad Alicia non piaceva che lui le soffiasse sul collo. A volte i preservativi sono efficacissimi per non avere figli. Se sei uno che ce li ha sempre in tasca, nessuno vorrà venire a letto con te. Io almeno stavo con una ragazza che voleva venire a letto con me. Eh già, ma significava che ero messo meglio? L'ex di Alicia non andava a letto con lei perché aveva sempre in tasca un preservativo; io non sarei andato a letto con lei perché non ce l'avevo. Comunque, almeno voleva venire a letto con me. Quindi, tutto sommato ero contento di essere me. E meno male, aggiungo.

«Vado a rubarne uno» disse Alicia.

«E dove?»

«Nella camera dei miei.»

Si alzò in piedi e si avvicinò alla porta. Era in maglietta e mutande e se l'avessero vista non ci sarebbe voluto un genio incredibile per capire che cos'era successo nella sua camera.

«Mi farai ammazzare» disse.

«Dai, non fare lo stupido» rispose, ma non mi spiegò perché aver paura di essere ammazzati era da stupidi. Per me era solo buonsenso.

Così, avevo probabilmente un paio di minuti da trascorrere da solo in camera sua e li usai per cercare di ricordare com'eravamo arrivati a quel punto. La verità era che non era successo granché. Eravamo entrati, avevamo salutato i suoi, eravamo andati di sopra e basta, direi. Non ne avevamo parlato. Avevamo semplicemente fatto quello che volevamo fare. Però ero abbastanza sicuro che lei volesse andare fino in fondo per via del suo ex. Io non c'entravo granché. Cioè, non che secondo me avrebbe voluto farlo se mi avesse detestato. Ma adesso capivo che, quando alla festa mi aveva detto che poteva anche cambiare idea, voleva vendicarsi di lui. Era un dispetto, diciamo. Lui glielo aveva chiesto in continuazione e lei gli aveva risposto in continuazione di no, dopodiché lui si era stufato e l'aveva lasciata, così lei aveva deciso di andare a letto con il primo che capitava, a condizione che fosse minimamente passabile. Avrei giurato che, se quella sera avessimo fatto sesso, non sarebbe rimasto un segreto. Lei avrebbe trovato il modo di fargli arrivare la notizia che non era vergine. Lo scopo di tutta la faccenda era più o meno questo.

E improvvisamente mi passò la voglia di farlo. Lo so, lo so. C'era una ragazza che mi piaceva un casino, mi aveva appena portato in camera sua e mi aveva fatto capire chiaramente che eravamo lì per uno scopo preciso. Ma quando capii la situazione, non mi sembrò la cosa giusta da fare.

Quella sera nella sua camera da letto eravamo in tre, io, lei e lui, e conclusi che, siccome era la mia prima volta, era preferibile limitare il numero di persone. Volevo aspettare che lui se ne fosse andato, per essere certo di interessarle ancora.

Alicia tornò con un quadratino argentato in mano.

«Ta-ta!» disse e lo sollevò in aria.

«Sei sicura che... insomma, che funzioni? Non sarà scaduto?»

Chissà perché lo dissi. Cioè sì, lo so, lo dissi perché cercavo un pretesto. Ma avrei potuto usarne tanti altri e quello non era il massimo.

«Perché non dovrebbe funzionare?»

«Non lo so.» E infatti non lo sapevo.

«Forse perché è dei miei?»

Probabilmente era questo che volevo dire.

«Secondo te i miei non fanno mai sesso? E quindi quest'affare è rimasto nel cassetto per anni?»

Non dissi niente. Ma è questo che dovevo aver pensato, per quanto sia strano, in realtà. Credetemi, sapevo che i genitori facevano sesso. Ma probabilmente non sapevo bene come funzionava per i genitori che stavano insieme. Davo per scontato, credo, che i genitori che stavano insieme facessero meno sesso di quelli separati. A quanto pareva avevo una bella confusione in testa sull'argomento preservativi. Se uno se li portava in tasca, concludevo che non faceva sesso: mica poteva essere sempre vero, no? Ci sarà pur stato qualcuno che li comprava per usarli davvero.

Lei guardò l'involucro.

«21/05/09, dice.»

(Se state leggendo queste pagine nel futuro, devo avvertirvi che tutto questo accadeva molto prima del 21/05/09. Avevamo tutto il tempo che volevamo per usare quel preservativo, anni e anni.)

Mi lanciò il preservativo.

«Dai, sbrighiamoci. Mica abbiamo tanto tempo.»

«Perché?» domandai.

«È tardi e i miei sanno che sei qui. Fra poco cominceranno a bussare alla porta. Di solito fanno così, quando è tardi e sono in camera mia con un ragazzo.»

Evidentemente feci non so che faccia, perché lei si inginocchiò accanto alla sponda del letto e mi baciò sulla guancia.

«Scusami. Non volevo dire così.»

«Cosa volevi dire, allora?»

Sparavo a caso le prime cose che mi venivano in mente. Avrei voluto che fosse ancora più tardi di quel che era, così i suoi avrebbero cominciato a bussare alla porta e io sarei potuto andare a casa.

«Non vuoi farlo, vero?» chiese.

«Ma sì» risposi. E poi: «No, in realtà no».

Rise. «Vedo che non sei confuso neanche un po'.»

«Non so perché lo vuoi fare» dissi. «Mi avevi detto che non eri pronta per fare sesso con il tuo ex.»

«Infatti non ero pronta.»

«E allora come fai a essere pronta con me? Non mi conosci nemmeno.»

«Mi piaci.»

«Quindi lui non ti piaceva molto?»

«No, in effetti no. Cioè sì, all'inizio. Ma poi mi è scaduto.»

Non avevo voglia di fare altre domande sull'argomento. Non aveva senso. Era un po' come se mi dicesse che dovevamo fare sesso in fretta, prima che si stancasse di me, come se sapesse che il giorno dopo non le sarei più piaciuto e quindi dovevamo farlo quella sera. D'altra parte, se si considera la faccenda da un altro punto di vista, tutti sono così. Cioè si fa sesso con qualcuno perché non si è stufi di lui e, quando si è stufi di lui, si smette.

«Se non hai voglia di far niente, perché non te ne vai?» domandò.

«Va bene. Vado.»

Mi alzai in piedi e lei scoppiò a piangere, così non sapevo più cosa fare.

«Non dovevo dirti che voglio fare la modella. Adesso mi sento stupida.»

«Ma quello non c'entra niente» dissi. «Semmai, potrei considerarti irraggiungibile.»

«Irraggiungibile?» ripeté. «E questa da dove ti viene?»

Sapevo da dove veniva. Veniva dal fatto di avere una mamma che mi aveva avuto a sedici anni. Chi conosce la storia della mia famiglia è questo che vede, ed è questo che sente. Non risposi. Mi risedetti sul letto e l'abbracciai e lei, dopo aver smesso di piangere, mi baciò, e fu così che finimmo col fare sesso anche se avevo deciso di non farlo. Se battei il record di TH, ventidue secondi e mezzo, di certo non fu per più di quel mezzo secondo.

Quando arrivai a casa ne parlai con TH. Dovevo raccontarlo a qualcuno, ma parlare di argomenti del genere è dura, quindi la cosa migliore da fare è decisamente parlarne a un poster. Credo che gli abbia fatto piacere. Per quel che so di lui, Alicia gli sarebbe piaciuta.

3

Per qualche settimana andai a scuola come stordito. In realtà facevo tutto come stordito. Aspettavo e basta. Ricordo che quella prima settimana stavo aspettando l'autobus, il 19, che mi portava da casa mia a casa sua, e di colpo mi resi conto che aspettare l'autobus era molto più facile di qualsiasi altra cosa, perché tanto era tutta un'attesa. Quando aspettavo un autobus dovevo soltanto aspettare, ma tutte le altre attese erano difficili. Fare colazione era un'attesa, così non mangiavo molto. Dormire era un'attesa, così non riuscivo a dormire molto, anche se avrei voluto, perché dormire era un modo accettabile di far passare otto ore o quel che era. La scuola era un'attesa, così non capivo niente di quello che dicevano, né durante le lezioni né durante l'intervallo. Guardare la tele era un'attesa, così non riuscivo a seguire i programmi. Perfino lo skate era un'attesa, visto che andavo a skateare soltanto quando Alicia faceva altro.

Di solito, però, Alicia non faceva altro. Era questa la cosa incredibile. L'impressione era che volesse stare con me quanto io volevo stare con lei.

Non facevamo granché. Guardavamo la tele in camera sua, o qualche volta di sotto, soprattutto quando i suoi non c'erano. Andavamo a passeggiare a Clissold Park. Avete presente quando, in un film, si vede una coppia che ride, si tiene per mano e si bacia in posti diversi e intanto si sente una canzone? Ecco, eravamo così, tipo, solo che noi non andavamo in molti posti diversi. Andavamo in tre posti, più o meno, compresa la camera da letto di Alicia.

Eravamo a Clissold Park quando Alicia mi disse che mi amava. Non sapevo cosa rispondere, in realtà, così le dissi che anch'io la amavo. Non farlo sarebbe stato da maleducati.

«Veramente?» disse. «Mi ami veramente?»

«Sì» risposi.

«Non ci credo. Nessuno me l'aveva mai detto.»

«E tu l'avevi mai detto?»

«No. Figurati.»

Questo spiegava perché nessuno glielo aveva mai detto, pensai. Perché se qualcuno ti dice che ti ama, sei obbligato a dirglielo anche tu, no? Bisogna essere ben duri per non farlo.

E comunque la amavo veramente. Qualcuno tipo mia mamma direbbe: Sei appena un ragazzino, non sai neanche cos'è, l'amore. Ma io non pensavo ad altro che a stare con Alicia e gli unici momenti in cui sentivo di essere dove volevo erano quelli che passavo con lei. Insomma, poteva anche essere amore, no? Quell'amore di cui parla mia mamma è pieno di preoccupazioni, fatica, necessità di perdonare, necessità di tollerare e roba del genere. Non è un gran divertimento, poco ma sicuro. Se l'amore è davvero quello, quello di cui parla mia mamma, be', allora nessuno può mai sapere se ama qualcuno, giusto? È un po' come se lei dicesse: Se sei così sicuro di amare una persona, come io ero sicuro in quelle poche settimane, non può essere che la ami, perché l'amore non è fatto così. Cercare di capire che cosa significa per lei amare ti fa scoppiare la testa.

Mia mamma non voleva che stessi sempre con Alicia. Cominciò a preoccuparsi dopo un paio di settimane. Non le dissi del sesso, ma sapeva che avevo preso sul serio la cosa e che anche Alicia l'aveva presa sul serio. E sapeva dello stordimento, perché lo vedeva con i suoi occhi.

Una sera tornai tardi e lei era sveglia ad aspettarmi.

«Che ne dici se domani sera stiamo in casa? A guardarci un DVD?» domandò.

Non dissi niente.

«Oppure possiamo uscire, se vuoi. Ti porto al Pizza Express.»

Di nuovo, non dissi niente.

«Pizza Express e cinema. Che te ne pare?»

«No, ma grazie» risposi, come se lei, per gentilezza, mi avesse offerto qualcosa. Che in un certo senso era proprio quello che aveva fatto. Mi aveva offerto una pizza e un film. Ma, in un altro senso, cercava solo di non farmi fare quello che volevo, e lo sapeva, e io lo sapevo.

«Allora mettiamola così» disse. «Domani passiamo la serata insieme. Cosa hai voglia di fare? Decidi tu.»

Ecco qual è il mio problema. Non riesco a comportarmi male. Può darsi che secondo voi fare sesso con Alicia sia comportarsi male, ma a me non sembrava, quindi non conta. Parlo delle cose sbagliate che si fanno consapevolmente. A scuola si vedono ragazzi che insultano i prof e attaccano briga con i compagni che secondo loro sono gay, o che attaccano briga con i prof e insultano i compagni che secondo loro sono gay... Ecco, io queste cose non riesco a farle e non le ho mai fatte. Sono negato per mentire e ancora più negato per rubare. Una volta cercai di prendere dei soldi dalla borsetta di mia mamma: mi sentii in colpa e li rimisi al loro posto. Non voler fare niente di male è una specie di malattia. Per dire: io odio Ryan Briggs più di chiunque altro sulla faccia della terra. È un delinquente tremendo, violento, brutto da far paura. Eppure, quando lo vedo spaccare la faccia a un ragazzo e prendergli il cellulare, o mandare affanculo un prof, c'è una parte di me che lo invidia. Lui quella malattia non ce l'ha. Essere come lui non è complicato. La vita sarebbe più semplice se non me ne fregasse niente di niente, e invece me ne frega. E sapevo che quello che mia mamma mi stava chiedendo non era completamente assurdo. Mi stava chiedendo di passare una serata senza Alicia e mi stava offrendo qualcosa in cambio. Cercavo di non vedere la situazione da questo punto di vista, il suo punto di vista, ma non ci riuscivo, così ero in difficoltà.

«Può venire anche Alicia?»

«No. Diciamo che lo scopo della serata sarebbe proprio questo.»

«Perché?»

«Perché la vedi troppo.»

«E perché ti dà fastidio?»

«Non è sano.»

È vero che non stavo molto all'aria aperta, ma non era questo che intendeva dire. Però non sapevo cosa intendeva dire.

«Cosa significa 'Non è sano'?»

«Intralcia il resto.»

«Quale resto?»

«Gli amici. La scuola. La famiglia. Lo skate... Tutto. La vita.»

Era vero il contrario, visto che la vita c'era solo quando ero con Alicia. Le cose di cui parlava lei erano le attese.

«Una sola sera» disse. «Vedrai che non morirai.»

Be', non morii. La mattina dopo che eravamo andati al Pizza Express e al cinema, mi svegliai ed ero ancora vivo. Ma fu come una di quelle torture di cui si legge, quelle che dovrebbero essere peggiori della morte, perché in realtà pre-

49

feriresti essere morto. Scusatemi se così do l'impressione di non rispettare chi quelle torture le ha subite davvero, ma finora è stato il momento della mia vita in cui ci sono andato più vicino. (Tra parentesi, è per questo che non mi arruolerò mai. Non sopporterei mai, proprio mai, che mi torturassero. Con questo non voglio dire che a chi si arruola piaccia essere torturato. Ma quelle persone ci avranno pensato, no? E avranno concluso che non sarebbe stato peggio di tante altre cose, tipo essere disoccupati o lavorare in un ufficio. Io preferirei lavorare in un ufficio che essere torturato. Non fraintendetemi. Non sarei contento di fare un lavoro noioso, come fotocopiare lo stesso foglio centinaia di volte, ogni giorno finché muoio. Ma in generale sarei più contento di fare quel lavoro che farmi spegnere delle sigarette negli occhi. La mia speranza è di non dovere scegliere fra le due cose.)

In quelle prime settimane era già abbastanza brutto svegliarsi la mattina e sapere che non l'avrei vista fino a dopo la scuola. Era una tortura. Era strapparsi le unghie una a una. Ma il giorno del Pizza Express mi svegliai sapendo che non l'avrei vista fino a DOPO LA FINE DELL'INDOMANI e quella fu come la tortura che Ryan Briggs – ovviamente lui – stampò da Internet. Non mi addentrerò in descrizioni. Ma riguardava cani e palle, e non palle da calcio. Ancora oggi, ogni volta che ci penso devo stringere le gambe.

Vabbè, non vedere Alicia per più o meno quarantadue ore non fu proprio come farsi m-m-m le palle. Però fu come non respirare. O non respirare come si deve, tipo non avere abbastanza ossigeno nelle bombole. Per tutte quelle ore non riuscii mai a riempirmi i polmoni e per poco non mi feci prendere dal panico, un po' come se fossi stato in fondo al mare, con la superficie lontanissima, e si stessero avvicinando degli squali e... No, esagero di nuovo. Non c'erano squali. Non c'erano cani che m-m-m e non c'erano squali. Se no lo squalo dovrebbe essere mia mamma, ma lei a uno squalo non assomiglia proprio. Cercava soltanto di offrirmi una pizza. Mica voleva, non so, strapparmi il fegato con i denti. Quindi mi fermerò qui, alla superficie lontanissima. Alicia = superficie.

«Posso fare una telefonata?» domandai a mia mamma quando entrai in casa.

«Devi proprio?»

«Sì.»

Era vero. Dovevo proprio. Era l'unico modo per dirlo.

«Fra poco usciamo.»

«Sono le quattro e mezzo. Chi è che va a mangiare la pizza alle quattro e mezzo?»

«Pizza alle cinque e mezzo. Film alle sei e mezzo.»

«Cosa andiamo a vedere?»

«Che ne dici di *Brokeback Mountain*?»

«Sì sì, certo.»

«Cosa vorresti dire con 'Sì sì, certo'?»

«Noi diciamo così. Quando uno fa una battuta stupida o robe così.»

«E chi è che avrebbe fatto una battuta stupida?»

Allora mi resi conto che aveva detto sul serio. Voleva veramente andare a vedere *Brokeback Mountain*. A scuola avevamo già soprannominato «Brokeback» un prof di scienze perché era gobbo e tutti avevano capito che era gay.

«Lo sai di cosa parla, vero?»

«Sì. Di una montagna.»

«Smettila, mamma. Non posso andare a vedere quel film. Se no domani mi massacrano.»

«Ti massacrano se vai a vedere un film che parla di cowboy gay?»

«Sì. Perché sarei andato a vederlo? La risposta è una sola, no?»

«Oddio» disse mia mamma. «È così patetica, la scuola?»

«Sì» risposi. Perché era vero.

Stabilimmo di andare a vedere qualcos'altro, poi feci il numero di cellulare di Alicia e mi rispose la segreteria. Così aspettai un paio di minuti e, di nuovo, mi rispose la segreteria, dopodiché riprovai più o meno ogni trenta secondi. Segreteria, segreteria, segreteria. Il pensiero che non sarei riuscito a parlarle non mi aveva nemmeno sfiorato. E allora cominciarono i pensieri cupi. Perché il suo cellulare non era acceso? Sapeva che avrei cercato di chiamarla. Sapeva che oggi sarebbe stata la nostra giornata nera. La sera prima, quando le avevo detto che mia mamma voleva che non ci vedessimo per una sera, aveva pianto. E adesso sembrava che non volesse nemmeno sentirmi, o addirittura che ci fosse un altro. E pensavo: Porco cane. Che stronza. Una sera non posso uscire con lei e lei va con un altro. Le ragazze che fanno così hanno un nome. E, parliamoci chiaro, se non riesci a stare una sera senza andare a letto con qualcuno sei una ninfomane. Hai un problema. Era una drogata, solo che invece di essere drogata, metti, di crack, era drogata di sesso.

Davvero. Pensavo proprio queste cose. E sapete cosa pensai dopo un po', dopo essermi calmato un filo? Pensai: Non è sano. Non si poteva dare alla propria ragazza della stronza, della puttana e della ninfomane solo perché non le funzionava il caricabatteria. (Era questo che era successo. Dopo, quando ebbe attaccato al cellulare il caricabatteria di suo papà, mi mandò un SMS. Un bellissimo messaggio, fra l'altro.)

Comunque, quando uscii ero un po' sconvolto, quindi l'inizio non fu dei migliori. Andammo al multisala a vedere cosa davano oltre a *Brokeback Mountain*: non c'era granché. No, non è vero. C'era un bel po' di roba che avrei voluto vedere, tipo il film su 50 Cent e *King Kong*, e anche un bel po' di cose che voleva vedere mia mamma, per esempio il film sul giardinaggio e quello sulle ragazze giapponesi che si rimpicciolivano i piedi. Ma niente che andasse bene a tutti e due. E discutemmo tanto che non riuscimmo a cenare come si deve, così finì che ci mangiammo pizze da asporto per strada andando al cinema. Vedemmo un film bruttissimo su un tipo che per sbaglio ingoia un pezzo del cellulare e scopre di poter intercettare col cervello tutti gli SMS. Così all'inizio riesce a uscire con un sacco di ragazze mollate dal fidanzato, ma poi arriva un messaggio in cui si dice che dei terroristi vogliono far saltare un ponte di New York e lui e una di quelle ragazze sventano l'attentato. A me non faceva proprio schifo. Almeno non era noioso. Ma mia mamma lo trovò insopportabile e dopo litigammo. Disse che quella storia del pezzo di cellulare ingoiato era ridicola e io obiettai che non sapevamo cosa sarebbe successo se avessimo ingoiato dei pezzi del cellulare, quindi quello non era l'aspetto più stupido della storia. Allora lei si mise a strillare che tutti quei videogiochi e quella TV mi avevano mandato in pappa il cervello.

Tutto poco interessante, adesso. La cosa importante della serata è che la mamma conobbe un tipo. Lo so, lo so. L'idea era che io e mia mamma passassimo un po' di tempo insieme e io non vedessi Alicia. Invece la serata si trasformò completamente. Sarò onesto, l'incontro di mia mamma con quel tipo non ci rubò molto tempo. Anzi, seppi che aveva conosciuto uno soltanto due giorni dopo, quando il tipo venne a casa nostra. (O meglio, sapevo che aveva conosciuto uno. Però non avevo capito che aveva Conosciuto Uno, non so se mi spiego.) Mentre aspettavamo le nostre pizze da asporto, ci dissero di sederci a un tavolo accanto alla porta, quello che facevano usare ai clienti del takeaway. E durante l'attesa andai in bagno; quando tornai, la mamma stava parlando con un tipo seduto con suo figlio al tavolo accanto. Parlavano semplicemente delle pizze e delle pizzerie che preferivano, cose così. Ma quando arrivarono le scatole delle nostre pizze, dissi a mia mamma: «Be', sei una che fa in fretta» e lei: «No, sono una che non perde tempo» e dicevamo per ridere. Solo che poi venne fuori che non dicevamo per ridere. Allora non lo disse, ma lei l'aveva conosciuto al lavoro. Lui se n'era andato due anni prima e si ricordava di lei, anche se in ufficio non si erano mai rivolti la parola. Lavoravano in uffici diversi. La mamma è a Cultura e Tempo libero e Mark – sì, Mark, come Deutsche Mark – lavorava a Sanità e Assistenza sociale. La prima volta che venne a casa nostra disse che a Islington non aveva avuto tempo per la Sanità.

Tornammo a casa a piedi. Ci facemmo la nostra litigata sul film e poi la mamma cercò di farmi parlare di Alicia.

«Non c'è niente da dire» risposi. E poi: «Per questo non volevo uscire. Perché non volevo fare Discorsi». Lo dissi proprio così, in modo che si sentisse la maiuscola. «Perché non possiamo star fuori e basta? Senza parlare di niente?»

«Allora quando posso parlare con te? Visto che non sei mai a casa.»

«Ho la ragazza. Punto e basta. Non c'è altro da dire. Forza. Chiedimelo. Chiedimi se ho la ragazza.»

«Sammy...»

«Dai.»

«Posso fare un'altra domanda?»

«Una sola.»

«Fate sesso?»

«E tu?» le chiesi.

Il significato era: questa domanda non puoi farla. È troppo personale. Ma siccome lei e Steve Zavorra si erano lasciati e lei non aveva nessuno, rispondere non era un problema.

«No» disse.

«Sì, ma prima lo facevi?»

«Cosa vorresti dire? Vuoi sapere se ho mai fatto sesso? Perché direi che la risposta sei tu.»

«Piantala» dissi, perché ero imbarazzato. Mi pentii di aver cominciato quel discorso.

«Lasciamo stare me. Tu? Fai sesso?»

«No comment. Affari miei.»

«Allora è un sì.»

«No. È un no comment.»

«Se non lo facessi me lo diresti.»

«No, non te lo direi. E comunque l'idea è stata tua.»

«Quale idea?»

«Alicia. Pensavi che mi sarebbe piaciuta e mi hai fatto andare a quella festa. E infatti mi è piaciuta.»

«Sam, lo sai, vero, che averti avuto a quell'età...»

«Sì, sì. È stata la cazzata della tua vita.»

Di solito con lei evito di dire parolacce perché la cosa la turba. Non è tanto la parolaccia in sé: comincia a maledirsi per essere stata una madre troppo giovane che non è riuscita a tirar su suo figlio come si deve, ed è una cosa che odio. Secondo me se l'è cavata discretamente. Voglio dire, mica sono il peggior ragazzo del mondo, no? Ma quella parolaccia la dissi perché volevo farle capire che mi aveva fatto arrabbiare, anche se in fondo non era vero.

È strano sapere che la mia nascita le ha sconvolto la vita. In realtà è una cosa che non mi disturba più di tanto, per due ragioni. Anzitutto non è stata colpa mia, ma sua... insomma, sua e di papà. Secondo, la sua vita non è più sconvolta. È riuscita a fare più o meno tutte le cose che non aveva potuto fare per causa mia. Si potrebbe dire perfino che ha superato se stessa. A scuola, parole sue, non era granché, ma il fatto di non aver finito gli studi la rendeva tanto infelice che ci mise il doppio dell'impegno che ci avrebbe messo allora. Andò alle serali, prese il diploma e trovò un posto in Comune. Non dico che sia stata una bella idea avermi quando mi ha avuto, ma ha rovinato solo una piccola parte della sua vita, non tutta. Però il problema rimane. E se voglio cavarmela in certe situazioni – per esempio la questione se facevo sesso con Alicia – posso sempre dire, tutto triste e amareggiato, che sono stato la cazzata della sua vita. E la situazione passa nel dimenticatoio. Non le ho mai detto che considero tutti irraggiungibili per via di quello che è successo.

«Oh, Sam, scusami.»

«Niente, niente.» Ma lo dissi in tono eroico, per farle capire che era tutt'altro che niente.

«Comunque non è questo che ti preoccupa, vero?» le chiesi.

«Non so cosa mi preoccupa. Posso vederla come si deve?»

«Chi?»

«Alicia. Può venire a cena da noi una sera?»

«Se vuoi.»

«Mi piacerebbe. Così non mi farebbe tanta paura.»

Paura di Alicia! Adesso credo di capire, anche se allora non sarei riuscito a esprimerlo in modo appropriato. Mia mamma era preoccupata perché le cose cambiavano: lei che veniva lasciata sola, io che diventavo parte della vita e della famiglia di qualcun altro, io che diventavo grande e non ero più il suo bambino, io che diventavo un'altra persona... Tutte queste cose o solo alcune, non so. E allora non potevamo saperlo, ma faceva bene a preoccuparsi. Come vorrei che mi avesse trasmesso la sua preoccupazione. Come vorrei che quella sera, a casa, mi avesse chiuso nella mia stanza e avesse buttato via la chiave.

*

La sera dopo sembrava che per due giorni nessuno dei due fosse riuscito a respirare, così ci respirammo ben bene a vicenda e ci dicemmo cose stupide, e in generale ci comportammo come se fossimo Romeo e Giulietta e il mondo intero fosse contro di noi. A proposito, parlo di me e Alicia, non di me e mia mamma. Ci comportavamo come se mia mamma mi avesse portato via da Londra per un anno, quando in realtà mi aveva soltanto portato al Pizza Express e al cinema per una sera.

Sapete quella cosa che dicevo prima? Cioè che raccontare una storia è più difficile di quanto sembra perché non si sa mai bene dove inserire i fatti? Ecco, c'è una parte della storia che va messa qui, ed è una cosa che nessun altro sa, nemmeno Alicia. Per il fatto più importante di questa storia – il senso di tutta la storia – bisognerà aspettare un po'. E quando successe nella vita reale, mi mostrai impressionato, sorpreso e scombussolato. Di sicuro ero impressionato e scombussolato, ma in tutta onestà non posso dire che fossi sorpreso. Era successo quella sera, lo so. Non dissi mai niente ad Alicia, ma era stata colpa mia. Be', era stata prevalentemente colpa mia, ma è chiaro che qualche responsabilità, anche se minima, deve assumersela pure lei. Avevamo cominciato senza usare niente, perché lei aveva detto che voleva sentirmi e... Ah, non riesco a parlare di queste cose. Sto arrossendo. Comunque successe qualcosa. Successe a metà. Insomma, non successe completamente, ne sono sicuro, perché riuscii a uscire, mettermi un preservativo e far finta che tutto fosse normale. Ma sapevo che non era tutto normale, perché quando il fatto che doveva succedere successe davvero, mi sembrò fuori posto, perché già una volta era successo a metà. E quella sarebbe stata l'ultima volta, diciamo, che sarebbe successo.

«Tutto bene?» disse Alicia. Di solito non lo chiedeva, quindi evidentemente c'era qualcosa di diverso. Forse sembrava diverso a lei, o magari ero io a comportarmi in modo diverso, o magari dopo le sembrai taciturno o inquieto, non lo so. Risposi di sì e la cosa finì lì. Chissà se ha mai capito che successe quella sera. Non lo so. Non ne parlammo mai più.

La cosa incredibile, secondo me, è che magari riesci a stare lontano dai guai praticamente sempre nella vita tranne che per cinque secondi, mettiamo, e quei cinque secondi possono ficcarti nei guai peggiori del mondo. È impressionante, se ci pensate. Io non fumo erba, non rispondo male ai professori, non mi scazzotto, cerco di fare i compiti. Ma per pochi secondi ho corso un rischio e il risultato è stato peggiore di tutte quelle cose messe assieme. Una volta ho letto un'intervista a uno skater, non mi ricordo più chi; diceva che la cosa più incredibile, nello sport, era quanto bisogna concentrarsi. Magari stai andando benissimo, come non sei andato mai, ma nel momento stesso in cui cominci a renderti conto che stai andando benissimo ti ritrovi a mangiar cemento. Skateare bene per nove minuti e cinquantacinque secondi non basta, perché cinque secondi sono più che sufficienti per fare la figura del fesso. Ecco, anche la vita è così. Non mi sembra giusto, ma che vuoi farci. E quanto è brutto quello che ho fatto io? Non bruttissimo, vi pare? È stato uno sbaglio e basta. Si sente parlare di ragazzi che non vogliono saperne di usare il preservativo e di ragazze che pensano che avere un figlio a quindici anni sia una figata... Ecco, quelli non sono sbagli. Quella è pura e semplice stupidità. Non voglio lamentarmi all'infinito perché la vita è stata ingiusta con me, ma com'è che la loro punizione è uguale alla mia? Non può essere giustizia, questa, vi pare? Secondo me, chi non usa mai il preservativo dovrebbe beccarsi una punizione tre volte tanto, o cinque volte tanto. Ma non funziona così, vero?

Un paio di sere dopo, Alicia venne a cena da noi e tutto andò bene. Più che bene, in realtà. Lei fu carina con mia mamma e mia mamma fu carina con lei, e mi presero in giro perché ero imbranato, e io non mi arrabbiai, perché tutti erano felici.

Ma poi Alicia chiese a mia mamma com'era stato avere un figlio a sedici anni e io cercai di cambiare argomento.

«Mica vorrai ascoltare 'sta storia» dissi ad Alicia.

«Perché?»

«Che noia.»

«Oh, posso assicurarti che non è stato noioso» disse mia mamma, e Alicia rise.

«No, ma adesso sì» dissi. «Perché la storia è finita.»

Fu una cosa stupida da dire e me ne pentii nell'istante preciso in cui mi uscì di bocca.

«Ah» ribatté mia mamma. «Allora anche tutta la storia che si studia, via, cancellata. No-io-sa.»

«Be', sì.» Non dicevo sul serio, in realtà, perché alcuni episodi della storia non sono noiosi, come la Seconda guerra mondiale. Ma non volevo fare marcia indietro.

«E poi» disse mia mamma, «mica è finita. Tu ci sei ancora, io ci sono ancora, fra noi ci sono sedici anni e sarà sempre così. Non è finita.»

E rimasi lì a chiedermi se non era finita in un senso che lei non poteva nemmeno immaginare.

4

Non è che a un certo punto le cose fra me e Alicia abbiano cominciato ad andare male. Smisero solo di andare bene come prima. Non saprei spiegare perché. Semplicemente, una mattina mi svegliai e i miei sentimenti erano cambiati. Non fui contento di constatarlo, perché quelli di prima erano sentimenti piacevoli e senza mi sentivo svuotato, ma non c'erano più e non potevo far niente per farli tornare. Cercai perfino di fingere di averli ancora, ma lo sforzo non faceva che peggiorare le cose.

Dov'erano finiti? Era un po' come se avessimo avuto davanti a noi un piatto strapieno e avessimo mangiato tutto in un lampo, e non era avanzato niente. Forse è così che le coppie resistono: evitando di abbuffarsi. Sanno che quel che hanno davanti deve durare a lungo, così lo centellinano. Anche se spero che la ragione non sia questa. Spero che, quando due persone stanno bene insieme, sia come se qualcuno continuasse a riempirgli il piatto. Quella sera, la sera dopo che non ci eravamo visti, avevo avuto la sensazione che saremmo stati insieme tutta la vita e che neppure quella sarebbe bastata. E poi, due o tre settimane dopo, ci eravamo stufati l'uno dell'altra. O comunque io mi ero stufato. Non facevamo altro che guardare la tele in camera sua e fare sesso e, dopo il sesso, non avevamo granché da dirci. Ci rivestivamo, riaccendevamo la tele e poi le davo il bacio della buonanotte e la sera dopo si ripeteva il solito tran tran.

Mia mamma se ne accorse prima di me, credo. Ripresi ad andare sullo skate e cercai di far finta che volerlo fosse normale e naturale, e a pensarci bene probabilmente lo era. Se non ci fossimo allontanati, se non ci fossimo lasciati, in un modo o nell'altro avremmo trovato un nostro equilibrio, credo. Alla fine sarei tornato a skateare e a giocare con l'Xbox e cose del genere. Il tempo trascorso con Alicia mi era sempre sembrato una vacanza e, finita l'estate, saremmo stati ancora insieme, ma ciascuno anche con una vita sua. Invece l'estate finì e finimmo anche noi. Fu un amore estivo, ah-ah.

Comunque, un pomeriggio tornai a casa dopo lo skate e mia mamma disse: «Hai tempo di mangiare qualcosa prima di andare da Alicia?» E io: «Sì, va bene». Poi aggiunsi: «In realtà stasera non vado da Alicia». E mia mamma: «Ah. Non ci sei andato neanche ieri sera, vero?» E io: «No? Non me lo ricordo». Un po' penoso, in realtà. Non so perché, ma non volevo farle sapere che tra me e Alicia era cambiato qualcosa. Le avrebbe fatto piacere e la cosa non mi andava.

«Si va ancora a gonfie vele?» domandò.

«Sì, sì. Abbastanza. Cioè, non gonfissime, perché volevamo studiare un po' e fare qualche altra cosa. Però sì. A gonfie vele.»

«Allora ancora a gonfie vele. Non... diciamo... sgonfie.»

«Non sgonfie, no. Non...»

«Non...?»

«Sgonfie.»

«Quindi volevi ripetere la stessa cosa?»

«In che senso?»

«Volevi dire: 'Non sgonfie. Non sgonfie'?»

«Mi sa di sì. Una cosa un po' stupida, è vero.»

Non so proprio come fa mia mamma a sopportarmi, certe volte. Cioè, di sicuro aveva capito tutto, eppure se ne stava lì a sentire me giurare che il nero era bianco, o che il freddo era caldo. Dirle la verità non avrebbe cambiato le cose. Poi, però, quando mi servì il suo aiuto, ricordai tutte le volte che mi ero comportato da cretino.

Credo di essere andato da Alicia la sera dopo quel discorso, perché se non ci fossi andato per tre sere di fila mia mamma avrebbe avuto la certezza che qualcosa non andava. Dopodiché non ci andai di nuovo per un paio di sere e poi arrivò il weekend, e lei mi mandò un SMS per invitarmi a pranzo. Suo fratello era a casa e ci sarebbe stata una specie di riunione di famiglia, e Alicia diceva che io ero uno della famiglia.

Prima di frequentare Alicia non avevo mai conosciuto nessuno che somigliasse ai suoi genitori e all'inizio mi erano sembrati dei gran fighi – ricordo perfino di essermi dispiaciuto che mio papà e mia mamma non fossero così. Il papà di Alicia ha tipo cinquant'anni e ascolta hip-hop. Non lo fa impazzire, mi sembra, ma pensa che sia giusto concedergli qualche possibilità, e le parolacce e la violenza non lo disturbano. Ha i capelli grigi, che si fa radere dalla mamma di Alicia – con regolazione 2, direi – e porta un orecchino. Lui insegna letteratura all'università e lei, quando non è al Consiglio, insegna teatro. O forse insegna a insegnare teatro, qualcosa del genere. Deve andare in un sacco di scuole a parlare con gli insegnanti. Non sono male, Robert e Andrea, e all'inizio erano molto disponibili. Il problema è che mi considerano stupido. Non me l'hanno mai detto e cercano di trattarmi come se non lo fossi. Ma si vede che lo pensano. Non che per me sia importante, ma io sono più sveglio di Alicia. Non per vantarmi o fare il di più: sono più sveglio e basta. Quando andavamo a vedere un film non lo capiva, se nei *Simpson* si rideva non afferrava la battuta e dovevo aiutarla in matematica. Sua mamma e suo papà la aiutavano in inglese. Pensavano lo stesso che sarebbe andata all'università a studiare una cosa o l'altra e che quella storia di fare la modella fosse soltanto una fase di ribellione. Secondo loro lei era un genio e io un ragazzo simpatico e un po' scemo che stava con lei. Si comportavano come se fossi Ryan Briggs o un essere spregevole come lui, ma evitavano di disapprovarmi ufficialmente perché se no avrebbero dimostrato poco stile.

A quel pranzo di famiglia, al quale ero stato invitato perché, appunto, ero di famiglia, ero lì a farmi i fatti miei quando suo papà mi chiese cosa avrei fatto dopo il diploma.

«Mica tutti sono portati per l'università, Robert» disse prontamente la mamma di Alicia.

Capito come funzionava? Certo, lei cercava di proteggermi, ma la domanda dalla quale cercava di proteggermi era: ce l'avevo, un futuro? Voglio dire, tutti fanno qualcosa dopo il diploma, no? Dovessi anche startene a casa tutto il giorno a guardare la tele per il resto della vita, è pur sempre un futuro. Ma quello era il loro atteggiamento con me – mai parlare del futuro, visto che non ce l'avevo. Così poi tutti dovevamo far finta che non avere un futuro andasse bene lo stesso. Ecco che cosa avrebbe dovuto dire la mamma di Alicia. «Mica tutti hanno un futuro, Robert.»

«Lo so che non tutti sono portati per l'università. Volevo solo sapere cosa farà» rispose Robert.

«Studierà arte e design all'università» disse Alicia.

«Ah. Bene. Ottimo.»

«Sei bravo in arte, vero, Sam?» domandò sua mamma.

«Me la cavo. La cosa che mi preoccupa, dell'università, è quando bisogna scrivere tesine e roba del genere.»

«Non sei molto bravo in inglese?»

«Nello scritto no. Neanche nell'orale. In tutto il resto sì.»

Voleva essere una battuta.

«È solo una questione di sicurezza di sé» disse sua mamma. «Tu non hai avuto tutti i vantaggi che molti altri hanno avuto.»

Non sapevo cosa rispondere. Io ho la mia camera da letto, una mamma che lavora e a cui piace leggere e che mi rompe le scatole se non studio... A dir la verità, non so che altri vantaggi mi avrebbe fatto comodo avere. Anche l'assenza di mio papà era un fatto positivo, perché a lui dell'istruzione non gliene importa niente. Insomma, non che mi impedirebbe di studiare, ma... O forse invece sì. Era sempre stato argomento di discussione fra lui e la mamma. Lei voleva a tutti i costi andare all'università, mentre lui fa l'idraulico e ha sempre guadagnato abbastanza bene, e tra loro c'era sempre 'sta cosa, perché la mamma capiva che lui si sentiva inferiore e cercava di nasconderlo dicendole che prendersi una laurea era tutto tempo sprecato. Non so. Per gente come i genitori di Alicia, se non leggi e non studi sei un disgraziato, mentre per la gente come mio papà, sei un disgraziato se lo fai. È un'assurdità, non vi pare? Per dire che uno è buono o cattivo mica bisogna vedere se legge o roba simile. Bisogna vedere se è uno stupratore, o si fa di crack, o aggredisce la gente. Chissà perché tutti si fanno tante paturnie.

«Credo che Sam scherzasse, mamma» disse Alicia. «È bravo a parlare.» Neanche questo mi sembrò molto utile. Mi avevano sentito parlare. Potevano farsi la loro opinione. Mica stavamo parlando delle mie capacità di skater, che non avevano mai potuto appurare. Se bisognava dirglielo, che sapevo parlare, evidentemente ero messo male.

«No, è bravo, lo so» disse sua mamma. «Ma qualche volta, se non... se non hai...»

Alicia scoppiò a ridere. «Dai, mamma. Cerca di finire la frase senza mortificare Sam.»

«Oh, lui ha capito.» Infatti avevo capito, ma questo non significa che mi facesse piacere.

Invece Rich, suo fratello, mi era simpatico. Non avrei creduto, perché suonava il violino e chi suona il violino di solito è il Re dei Secchioni. Però non ha l'aria del secchione. Porta gli occhiali, ma sono abbastanza fighi, e poi gli piace farsi qualche risata. Adesso che ci penso, mi sa che sto dicendo che io gli sono simpatico. Gli *ero* simpatico, almeno. Adesso non ne sarei più tanto sicuro. Ed è importante, giusto? Voglio dire, in questo non era penoso. Non è che gli fossi simpatico perché non aveva altri amici al mondo. Gli ero simpatico perché gli ero simpatico e forse perché non conosceva molta gente al di fuori del Regno dei Secchioni, tra il violino, la scuola di musica e tutto il resto.

Dopo, io, Alicia e Rich andammo nella camera di Alicia e lei mise su un CD; io e lei ci sedemmo sul letto e Rich per terra.

«Benvenuto nella famiglia» disse Rich.

«Evita» fece Alicia. «Se no non si farà più vedere.»

«Non sono tremendi» dissi io, ma in realtà lo erano. E per la verità a darmi sui nervi non erano soltanto i genitori di Alicia. Quel pomeriggio, quando me ne andai, mi chiesi se sarei mai tornato lì.

Dopo andai alla Bowl a cazzeggiare un po' con lo skate. Chi ha inventato lo skate è un genio, secondo me. A Londra ogni altro sport è quasi impossibile. Ci sono dei pezzetti piccolissimi di verde dove puoi giocare a calcio, golf e cose simili, e il cemento cerca di mangiarseli. Così quegli sport li pratichi nonostante la città e, se vivessi praticamente in qualsiasi altro posto, in campagna, in periferia, o in paesi tipo l'Australia, sarebbe meglio. Invece sullo skate ci vai *grazie* alla città. A noi il cemento, le scale, le rampe, le panchine, i marciapiedi servono tutti, dal primo all'ultimo. E quando il mondo sarà completamente ricoperto di cemento, gli unici atleti che rimarranno saremo noi, ci saranno statue di Tony Hawk in tutto il mondo e alle Olimpiadi si disputeranno soltanto migliaia di svariate gare di skate, e allora sì che la gente le guarderà. Io, almeno, lo farò. Andai alla rampa per le sedie a rotelle che c'è sul retro del palazzo lì accanto e mi divertii un po' – niente di speciale, solo qualche fakie flip e qualche heelflip. E pensai ad Alicia e alla sua famiglia, e mi preparai qualcosa da dire sul fatto che non ci vedevamo più molto, o che non ci vedevamo più.

Era incredibile. Se alla festa mi avessero detto che mi sarei messo con Alicia, che saremmo andati a letto insieme e che mi sarei stufato di lei... Be', non avrei capito. Per me non avrebbe avuto senso. Prima di fare sesso per la prima volta, non puoi immaginare con chi sarà e di sicuro non immagineresti mai di poter mollare quella persona. Perché lasciarla? Una bella ragazza vuole venire a letto con te e tu ti *stufi*? Ma che storia è?

Posso solo dire che, lo si creda o no, il sesso è come tutte le cose belle: quando ce l'hai, smetti di pensarci tanto. C'è, è bellissimo e tutto quanto, ma non per questo butti allegramente il resto dalla finestra. Se per fare sesso con una certa regolarità bisognava ascoltare il papà di Alicia che faceva lo snob, rinunciare allo skate e non vedere mai gli amici, allora forse non lo volevo poi tanto. Sì, volevo una ragazza che venisse a letto con me, ma volevo anche una vita. Non capivo – e non capisco ancora – come facevano gli altri a conciliare le due cose. Mia mamma e mio papà non ci erano riusciti. Alicia era la mia prima ragazza importante e nemmeno noi ci stavamo riuscendo. Mi sembrava di aver pagato un po' troppo cara la mia voglia disperata di fare sesso. Era un po' come se avessi detto ad Alicia: D'accordo, se tu mi fai fare sesso, io ti do lo skate, gli amici, i compiti e mia mamma (perché in un certo strano senso mi mancava). Ah, e se i tuoi vogliono trattarmi come se fossi un tossico e un fallito, va benissimo anche questo. Però... spogliati. E cominciavo a capire di aver versato la mia quota.

Quando arrivai a casa, la mamma era seduta al tavolo della cucina con il tipo del Pizza Express. Lo riconobbi subito, ma non capivo cosa ci faceva lì. Non capii nemmeno perché lasciò la mano di mia mamma quando entrai.

«Sam, ti ricordi di Mark?»

«Ah, sì.»

«È venuto perché...» Ma poi non le venne in mente nessuna ragione per cui dovesse essere lì e lasciò stare. «È venuto a prendere un tè.»

«Ah» dissi. Credo di averlo detto in un tono che significava, tipo: E quindi? Perché la mamma continuò a parlare.

«Io e Mark lavoravamo insieme. E dopo che ci siamo incontrati al Pizza Express mi ha chiamata in ufficio.»

Ah, pensai. Perché? Ma in realtà sapevo perché, credo.

«Dove sei stato, Sam? Cos'hai fatto?» domandò Mark, sprizzando amicizia da tutti i pori. E pensai: Ci siamo. Zio Mark.

«Skate.»

«Cosa? C'è una pista di pattinaggio, qui vicino?» Io e la mamma ci scambiammo un'occhiata e scoppiammo a ridere, perché lei sa quanto mi scoccia che si confonda lo skate con quell'altra cosa. («Perché non dici che fai skateboard? O che sei andato sullo skateboard?» mi dice sempre. «Cosa ti potrebbe succedere di male? La Polizia dei Fighi verrebbe ad arrestarti?» E io rispondo ogni volta che «skateboard» mi suona male, così lei conclude che ben mi sta.)

«Che c'è da ridere?» domandò Mark, come se avesse

67

capito che sarebbe stata una battuta stupenda, se qualcuno avesse avuto la bontà di spiegargliela.

«Parlavo dello skate, della tavola.»

«Skateboard?»

«Sì.»

«Ah.» Sembrava deluso. In fondo non era granché come battuta.

«Tuo figlio ha uno skateboard?»

«No, non ancora. Ha solo otto anni.»

«Otto anni bastano» dissi.

«Magari potresti insegnargli ad andarci» disse Mark. Feci un verso, qualcosa come «Ergh», che voleva essere un «Sì sì, certo» ma senza sembrare maleducato.

«Oggi dov'è?» domandai.

«Tom? Con sua mamma. Non vive con me, ma lo vedo quasi tutti i giorni.»

«Stavamo pensando di prenderci qualcosa da mangiare» disse mia mamma. «Qualcosa al takeaway indiano o roba così. Interessa?»

«Sì, va bene.»

«Niente Alicia, stasera?»

«Oh-oh» fece Mark. «E chi sarebbe questa Alicia?»

Questo tipo non me la racconta giusta, pensai. Quell'«oh-oh» non mi piaceva. Era come se volesse fare l'amicone quando non mi conosceva nemmeno.

«Alicia è La Sua Ragazza» disse la mamma.

«Una cosa seria?»

«Veramente no» risposi. E la mamma, nello stesso istante preciso, rispose: «Serissima». E ci scambiammo un'altra occhiata, ma stavolta Mark rise e noi no.

«Non avevi detto che andava ancora a gonfie vele?» domandò mia mamma.

«Sì, sì» risposi. «Va ancora a gonfie vele. È solo un po'

meno serio.» Ma mi ero rotto di non dirle la verità, così aggiunsi: «Mi sa che ci stiamo lasciando».

«Oh» disse mia mamma. «Mi dispiace.»

«Sì» dissi io. «Eh già.» Che altro c'era da dire? Mi sentivo un po' scemo, ovviamente, perché la sera che la mamma e Mark si erano incontrati era la sera che lei aveva cercato di dirmi di frenare un po'.

«Di chi è l'idea?» chiese la mamma.

«Di nessuno, in realtà.»

«Ne avete parlato?»

«No.»

«Allora come fai a saperlo?»

«Si capisce.»

«Se non ti piace più dovresti dirglielo.»

La mamma aveva ragione, naturalmente, ma non lo feci. Non tornai più da lei, lasciai spento il cellulare e non risposi ai suoi SMS. Così, probabilmente alla fine afferrò il concetto.

Una sera ricevetti da lei un messaggio tristissimo. Diceva... No, non voglio dirvi cosa diceva. Finireste col dispiacervi per lei e non è questo che voglio. Prima, quando ho detto che ci eravamo stufati l'uno dell'altra... be', non era la verità. Io ero stufo di lei, ma avevo capito che lei non era stufa di me, non ancora. O almeno, non *pensava* di essere stufa di me. Non mi era sembrata proprio entusiasta di stare con me, le ultime volte che ci eravamo visti. Comunque, cercai di parlarne con TH.

«Secondo te mi sto comportando male?» gli domandai.

«Ero un idiota e volevo più libertà» rispose. «(Leggi: Volevo passare più tempo con le altre ragazze).» Capii di cosa parlava. Parlava di quando la sua fidanzata, Sandy, si era trasferita da lui e poi se n'era andata. È scritto nel suo

69

libro ed è per questo che disse «Leggi» e che c'è quella frase tra parentesi. Mi stava dicendo che ero un idiota? Volere più libertà era da stupidi? Non capivo. Forse non mi stava dicendo niente. Forse avevo soltanto letto il suo libro troppe volte.

5

Lo strano è che stare con Alicia mi aveva fatto un bene infinito a scuola, soprattutto con le ragazze. Qualcuno mi aveva visto con lei al cinema e aveva detto agli altri che stavo con quella ragazza bellissima, e secondo me era per questo che mi guardavano tutti con altri occhi. Era come se Alicia mi avesse fatto un restyling. Fu così, credo, che finii al McDonald's con Nicki Niedzwicki, la sera prima del mio sedicesimo compleanno. (Si scrive così. Me l'ha scritto lei quando mi ha dato il suo numero di cellulare.) Era esattamente il tipo di ragazza che, prima di Alicia, non mi avrebbe degnato di uno sguardo. Usciva con ragazzi più grandi, di solito, forse perché dimostrava cinque anni più di noi. Spendeva un sacco in vestiti e non la si vedeva mai in giro senza trucco.

Quando andammo al McDonald's, mi disse che voleva un figlio e capii che non sarei mai andato a letto con lei, nemmeno con su cinque preservativi.

«E perché?» domandai.

«Boh. Perché mi piacciono i bambini? Perché non c'è niente che mi piacerebbe davvero studiare all'università? Perché tanto posso sempre trovarmi un lavoro quando mio figlio sarà più grande?» È una di quelle persone che fanno continuamente domande. Mi fanno sclerare.

«Mia mamma ha avuto un figlio a sedici anni.»

«Ecco, proprio questo volevo dire.»

«Cosa?»

«Be', probabilmente tu e tua mamma siete più che altro amici, no? Vorrei che fosse così tra me e mio figlio. Mica voglio avere tipo cinquant'anni quando lui ne avrà sedici? Perché così mica puoi uscire con lui, giusto? Andare per locali e robe simili? Perché sarebbe imbarazzante, no? »

Eh già, avrei voluto dire. È proprio così. Locali, locali, locali. A cosa ti serve tua mamma, se non puoi andare per locali con lei? Volevo tornare a casa e, per la prima volta da quando ci eravamo lasciati, mi mancava Alicia. Insomma, mi venne la nostalgia. Ripensai a quanto era stata bella la sera che non eravamo andati al cinema perché avevamo troppe cose da dirci. Dov'erano finite tutte quelle parole? Erano state risucchiate dalla televisione di Alicia. Le rivolevo indietro.

Accompagnai a casa Nicki, ma non la baciai. Avevo troppa paura. Se nelle prossime due settimane fosse rimasta incinta, non volevo che avesse della saliva o qualsiasi altra cosa da usare come prova contro di me. La prudenza non è mai troppa, no?

«Ho sbagliato? » domandai a TH quando arrivai a casa. «Secondo te dovrei stare ancora con Alicia? »

«Se nella mia vita una cosa non ruotava attorno allo skate, faticavo molto a capirla» disse TH. Parlava di nuovo di Sandy, la sua prima vera fidanzata, ma poteva essere un modo per dire: «Che cavolo ne so? Sono solo uno skater». O magari: «Sono solo un poster». Conclusi che mi stava dicendo di non mollare lo skate, per il momento, e di lasciar perdere le ragazze. Dopo la serata con Nicki, mi sembrò un ottimo consiglio.

Però non ebbi mai l'opportunità di metterlo in pratica. Il giorno dopo, quello del mio sedicesimo compleanno, la mia vita cominciò a cambiare.

La giornata iniziò con biglietti d'auguri, regali e doughnut – quando mi svegliai, la mamma era già andata dal panettiere. Mio papà doveva venire nel pomeriggio a festeggiare con tè e torta e la sera, che ci crediate o no, io e la mamma saremmo andati al Pizza Express e al cinema. Il primo SMS di Alicia arrivò subito dopo colazione – diceva soltanto: «DV VEDERTI URGENTE AXX».

«Chi era?» chiese mia mamma.

«Mah, nessuno.»

«Una certa signorina Nessuno?» disse. Probabilmente pensava a Nicki, perché sapeva che eravamo usciti insieme la sera prima.

«No no» risposi. Sapevo che non aveva senso, perché una persona o è una ragazza o non è una ragazza, a meno che non si stia parlando di uomini che si travestono da ragazza, ma non me ne importava. Una parte di me era nel panico. Non tanto la testa quanto lo stomaco – credo che lo stomaco sapesse di cosa si trattava, anche se la testa non lo sapeva. O fingeva di non saperlo. Non avevo mai dimenticato quella volta che era successo qualcosa a metà, quando non avevo usato niente. La parte di me che era nel panico per via dell'SMS in realtà era nel panico fin da quella sera in cui era successo qualcosa a metà.

Andai a chiudermi in bagno e risposi all'SMS. Scrissi: «OGGI NO. MIO COMPLN SXX». Se rispondeva a questo messaggio, sapevo che ero nei guai. Tirai lo sciacquone e mi lavai le mani per far credere a mia mamma di essere andato in bagno per una ragione e ancora prima che avessi aperto la porta il mio cellulare fece un altro bip. Il messaggio diceva: «URGENTE, NS STARBUCKS H11». E allora lo seppi con tutto me stesso – stomaco, testa, cuore, unghie.

Risposi: «OK». Non vedevo che altro fare, anche se avrei voluto fare qualsiasi altra cosa.

Quando tornai in cucina, avrei voluto sedermi sulle ginocchia di mia mamma. So che sembrerà stupido e infantile, ma non potevo farci niente. Il giorno del mio sedicesimo compleanno non avrei voluto avere sedici anni, e nemmeno quindici, o qualsiasi età sopra i dodici. Anzi, avrei voluto avere tre o quattro anni, avrei voluto essere troppo piccolo per combinare qualsiasi guaio, a parte i guai che si combinano quando si scrive sui muri o si rovescia il piatto.

« Ti voglio bene, mamma » dissi, quando mi sedetti al tavolo.

Lei mi guardò come se fossi diventato matto. Cioè sì, le fece piacere, ma si stupì non poco.

« Anch'io ti voglio bene, tesoro » rispose. Cercai di mandar giù il groppo che avevo in gola. Se Alicia doveva dirmi quello che secondo me doveva dirmi, calcolai che sarebbe passato un bel pezzo prima che mia mamma me lo ripetesse. Probabilmente sarebbe passato un bel pezzo anche prima che mia mamma provasse di nuovo quel sentimento.

Andando all'appuntamento feci atti di rinuncia di ogni genere, o cercai di farne. Cose tipo: « Se è tutto a posto, non skaterò più ». Come se lo skate c'entrasse qualcosa. Mi riproposi di non guardare la tele mai più, di non uscire mai più, di non mangiare mai più da McDonald's. Il sesso lo lasciai stare, tanto sapevo che non avrei fatto sesso mai più, quindi non mi sembrava che quella rinuncia potesse interessare a Dio. Tanto valeva che Gli promettessi di non andare sulla luna, o di non correre nudo per Essex Road. Col sesso avevo chiuso, per sempre, poco ma sicuro.

Alicia era seduta al lungo bancone accanto alla vetrina, di schiena. Entrando vidi la sua faccia, senza che lei vedesse me, ed era pallida e spaurita. Cercai di farmi venire in mente altre cose che potessero averla ridotta così. Forse suo fratello si era cacciato nei guai. Forse il suo ex l'aveva minacciata, o aveva lanciato minacce contro di me. Fa niente se prendo un po' di botte, pensai. Anche se fossero state botte belle toste, dopo qualche mese probabilmente mi sarei ripreso. Mettiamo che mi spaccava tutt'e due le braccia e tutt'e due le gambe... Per Natale mi sarei rimesso in piedi.

Non andai subito a salutarla. Mi misi in coda per prendermi qualcosa da bere. Se la mia vita stava per cambiare, volevo far durare quella vecchia il più possibile. Davanti a me c'erano due persone e sperai che le loro ordinazioni fossero le più lunghe e complicate che si fossero mai sentite allo Starbucks. Avrei voluto che qualcuno ordinasse un cappuccino con le bolle tirate via a mano una a una. Avevo la nausea, ovviamente, ma era meglio avere la nausea che sapere come stavano le cose. In coda potevo ancora fantasticare che mi sarei preso un po' di botte e basta, ma se parlavo con lei, fine dei giochi.

La signora prima di me voleva uno straccio per pulire il tavolino perché suo figlio aveva rovesciato del succo d'arancia. Ci impiegò un attimo. E non riuscii a farmi venire in mente una bibita complicata. Chiesi un frappuccino. Almeno il ghiaccio avrebbe portato via un po' di tempo. Poi, quando mi portarono il frappuccino, non mi rimase che andare a sedermi accanto ad Alicia al bancone.

«Ciao» dissi.

«Auguri» disse lei. E poi: «Sono in ritardo».

Capii al volo a cosa si riferiva.

«Ma se sei arrivata prima di me» risposi. Non avevo resistito. Non che volessi fare lo spiritoso, e nemmeno facevo lo scemo. Cercavo solo di rimandare il momento, di rimanere il vecchio Sam. Non volevo che il futuro arrivasse, e quello che Alicia avrebbe detto era il futuro.

«Le mestruazioni sono in ritardo» chiarì, subito: fine dei giochi. Il futuro era arrivato.

«Già. Immaginavo che l'avresti detto.»

«Perché?»

Non volevo dirle che ero sempre stato preoccupato per quella volta.

«Non mi era venuto in mente nient'altro di tanto grave» risposi. Lei sembrò accettare la risposta.

«Sei stata dal dottore?» chiesi.

«A far che?»

«Boh. Non si fa così?» Cercavo di usare un tono normale, ma le parole mi uscivano male. La voce mi tremolava e gracchiava. Non ricordavo l'ultima volta che avevo pianto, ma in quel momento ci andai molto vicino.

«No, credo di no. Credo che si compri un test di gravidanza.»

«Be', l'hai comprato?»

«No. Volevo che mi accompagnassi.»

«L'hai detto a qualcuno?»

«Certo. Chiaro. L'ho detto a tutti. Cazzo. Son mica scema.»

«Di quant'è il ritardo?»

«Tre settimane.»

Tre settimane mi sembravano un sacco di tempo, ma io che ne sapevo?

«Avevi mai avuto un ritardo di tre settimane?»

«No. Assolutamente no.»

Dopodiché rimasi a corto di domande. Almeno rimasi a corto di domande fattibili. Avrei voluto chiederle, non so: «Io me la caverò?» «I tuoi mi uccideranno?» «Ti dispiace se vado lo stesso all'università?» «Adesso posso tornare a casa?» Cose così. Ma erano tutte domande su di me e mi era abbastanza chiaro che invece avrei dovuto farle domande su di lei. Lei e quello che aveva nella pancia.

«Il test di gravidanza puoi prenderlo in farmacia?» Ecco. Un'altra bella domanda. Non mi interessava se si poteva o no, l'importante era dire qualcosa.

«Sì.»

«Costa molto?»

«Non lo so.»

«Andiamo a vedere.»

Facemmo gorgogliare le ultime gocce delle nostre bevande nelle cannucce e sbattemmo le tazze sul bancone nel medesimo istante. Ci penso ancora, ogni tanto. Non so bene perché. Un po' perché il gorgoglio era un rumore infantile e noi lo facemmo perché avevamo fretta di scoprire se stavamo per diventare genitori. E un po' perché quando mettemmo giù le tazze nel medesimo istante, mi sembrò un buon segno. Non lo era, in realtà. Forse è per questo che mi è rimasto impresso.

Proprio accanto allo Starbucks c'era una piccola farmacia, così entrammo, ma quando Alicia vide che dentro c'era un'amica di sua mamma uscimmo alla svelta. Anche lei, quella donna, ci vide e pensò che volessimo comprare dei preservativi, ci avrei scommesso. Ah! Dei preservativi! Eravamo ben oltre, cara signora! Comunque, ci rendemmo conto di non poter andare in una farmacia di quelle dimensioni – non soltanto perché qualcuno avrebbe potuto vederci, ma perché nessuno dei due sarebbe stato in grado di chiedere cosa volevamo. I preservativi erano una brutta cosa, ma i test di gravidanza appartenevano a tutt'altra categoria di guai. Proseguimmo verso il Superdrug poco più in là, pensando che lì avremmo dato meno nell'occhio.

Il meno caro costava nove sterline e novantacinque.

«Tu quanto hai?» chiese Alicia.

«Io?»

«Sì. Tu.»

Frugai nelle tasche.

«Tre sterline. E tu?»

«Un pezzo da cinque e... sessanta pence. Uno dei due dovrà andare a casa a prendere altri soldi.»

«Se me lo avessi detto quando sono entrato, non mi sarei preso quel frappuccino.» Sapevo che non avrebbe potuto dirmelo quando ero entrato, perché non sapeva che c'ero e io avevo evitato di farmi vedere.

«Chi se ne importa, adesso. Chi è che va a casa?»

«Io non posso» risposi. «Sono già sparito una volta. Non posso sparire di nuovo. L'idea era che oggi stessi con mia mamma e mio papà.»

Sospirò. «Va bene. Aspettami qui.»

«Non posso starmene qui mezz'ora.» La casa di Alicia era a dieci minuti a piedi da lì. Dieci minuti per andare, dieci per tornare e dieci per convincere chiunque avesse trovato in casa a sganciare i soldi.

«Allora torna allo Starbucks. Ma non prendere niente. Non possiamo permettercelo.»

«Ma non puoi farti dare cinque sterline? Così non dovrò stare lì senza bere niente.»

Sospirò di nuovo e imprecò fra sé, ma non disse di no.

Tornai allo Starbucks, spesi le mie tre sterline, aspettai venticinque minuti e poi me ne andai a casa. E spensi il cellulare, e lo lasciai spento.

Il mio compleanno è uno dei rari giorni dell'anno in cui è possibile vedere mia mamma e mio papà nella stessa stanza. Adesso fingono di essere grandi amici e che il passato sia passato, ma non si vedono mai a meno che non si tratti di un'occasione particolare in cui c'entri io. Se fossi stato la star della squadra di calcio o, non so, il violinista dell'orchestra scolastica, o uno così, probabilmente sarebbero venuti a vedermi. Ma, per loro fortuna, io non faccio niente se non compiere gli anni. Ho partecipato a un paio di contest di skate, ma non lo dico mai a mamma e a papà. Le gare sono già abbastanza faticose senza che ci si mettano loro a litigare su chi dei due ha detto all'altro la tal cosa quindici anni fa.

Ero proprio dell'umore giusto per festeggiare il mio compleanno, come potete immaginare. Loro in pratica parlarono soltanto dei tempi in cui ero piccolo e, anche se hanno sempre cercato di non toccare l'argomento fatica, tutte le volte salta fuori la storia di mia mamma che era a scuola a fare gli esami mentre mia nonna mi cullava camminando avanti e indietro nei corridoi. (La bocciarono in matematica perché durante l'esame dovette allattarmi e non mi calmai nemmeno così.) Quando tirano fuori queste storie, uno dei due finisce sempre col dire qualcosa tipo: « Be', fortuna che adesso possiamo riderci sopra... » Se ci pensate, il senso è che a quei tempi non c'era tanto da ridere. Fu a quel compleanno che, per la prima volta, ebbi l'opportunità di capire che doveva esserci stato ben poco da ridere. E quando non parlarono della fatica di quand'ero piccolo, parlarono di quanto ero diventato grande, di com'era volato il tempo e bla bla bla. E questo non migliorava certo le cose. Non mi sentivo grande – volevo ancora starmene sulle ginocchia di mia mamma – e il tempo non era volato. Parlavano di tutta la mia vita, che a me sembrava durare da sempre. E se Alicia era incinta, significava che... Non volevo pensarci. Non volevo pensare al domani, o al dopodomani, figuriamoci se volevo pensare ai prossimi sedici anni.

Naturalmente non ce la facevo a mangiare la torta. Dissi che non stavo bene di stomaco e alla mamma venne in mente che dopo colazione, quando avevo dovuto mandare il messaggio ad Alicia, ero corso in bagno. Così me ne rimasi lì a spiluccare la mia fetta di torta, ad ascoltare le loro storie e a giocherellare con il cellulare nella tasca. Ma non ebbi neanche la tentazione di accenderlo. Volevo soltanto un giorno in più della mia vecchia vita.

Però le candeline le spensi.

« Discorso! » disse mio papà.

« No. »

«Allora ne faccio uno io?»

«No.»

«Esattamente sedici anni fa» attaccò mio papà «tua mamma era al Whittington Hospital a urlare.»

«Grazie» fece mia mamma.

«Arrivai tardi, perché stavo facendo un lavoro con Frank, pace all'anima sua, e siccome a quei tempi non avevo il cellulare ci misero un secolo a rintracciarmi.»

«Frank è morto?» domandò la mamma.

«No, ma chi lo vede più? Comunque, presi un autobus che passava per Holloway Road e sapete com'è. Non ci si muoveva di un millimetro. Così saltai giù e me la feci a piedi, e quando arrivai là ero a pezzi. Diciassette anni e ansimavo come un vecchio. Allora fumavo ancora sigarette rollate a mano. Comunque. Davanti all'ospedale mi sedetti su uno di quei vecchi cosi per i fiori a riprendere fiato e...»

«Come mi piace questa storia» disse la mamma. «La sentiamo tutti gli anni. E mai una volta che ci sia posto per Sam o per sua madre. Quel giorno ci fu un solo eroe. Ci fu una sola persona a soffrire per il suo primogenito. E quella persona era l'uomo che si fece a piedi tutta Holloway Road.»

«L'ultima volta che ho controllato, le donne non avevano preso completamente il comando del mondo» ribatté mio papà. «Agli uomini è ancora permesso di parlare. Probabilmente, figlio mio, al tuo prossimo compleanno saremo tutti in galera imbavagliati. Ma godiamoci la libertà, finché dura.»

Adesso guardi mia mamma e mio papà e ti sembra già incredibile che siano vissuti nello stesso paese nello stesso secolo: come fai a credere che siano stati sposati? Come fai a credere... Be', lasciamo stare. Lei se n'è andata per una strada e lui per un'altra e... In realtà no. Mia mamma è rimasta qui e mio papà è andato a Barnet. Ma mia mamma ne ha fatta di strada da allora, mentre mio papà non è arrivato da nessuna parte.

Hanno una sola cosa in comune e quella cosa vi sta parlando adesso. Se non fosse per me, quei due non si rivolgerebbero nemmeno la parola, anche se non posso proprio dire di andarne fiero. Ci sono persone che non dovrebbero rivolgersi la parola.

Potete immaginare a cosa pensai tutto il pomeriggio. Era come se non fosse più il mio compleanno. Era il compleanno di qualcun altro, qualcuno che non era ancora nato. Quel pomeriggio eravamo in tre. In quanti saremmo stati al mio diciassettesimo compleanno?

Alla fine quella sera non uscimmo. Dissi alla mamma che non stavo ancora bene. Guardammo un DVD, lei mangiò del pane tostato con sopra le uova strapazzate e io salii in camera mia a parlare con Tony.

«Alicia potrebbe essere incinta» gli dissi. E poi: «Ho una caga bestiale».

«Lei mi chiamò per dirmi che aveva fatto il test e che sarei diventato papà» disse Tony.

«Che effetto ti ha fatto?» domandai. Conoscevo la risposta, ma volevo tener viva la conversazione.

«Non che l'avessi proprio previsto, ma fui felice lo stesso.»

«Però quando è nato Riley avevi ventiquattro anni. E guadagnavi abbastanza bene. Potevi permetterti di essere felice.»

E adesso veniamo a quello di cui parlavo prima, cioè il fatto di non sapere se quello che era successo era successo veramente.

«Certo che la vita è strana» disse TH. «Alcune cose sono orgogliosissimo di averle fatte, mentre altre sono ridicole, se ci si pensa adesso: chissà cos'avevo per la testa, in quei momenti.»

Lo guardai. Sapevo a cosa si riferiva: ai trick sullo skate. Ne parla alla fine del libro, prima di parlare di tutti i trick della giornata. Ma perché tirar fuori quel discorso? Io non volevo saper niente di trick.

«Sì, vabbè, grazie» dissi. Ero arrabbiato. Non potevi parlare con lui di cose serie, anche se era un papà. Io cercavo di dirgli che il mondo stava per finire e lui voleva parlarmi di kickflip McTwist e di half-cab frontside blunt revert. Decisi di tirar giù il poster che Alicia fosse incinta o no. Era ora di passare ad altro. Se era una persona tanto meravigliosa, com'è che non riusciva ad aiutarmi? L'avevo trattato come un dio, ma non era un dio. Non era niente. Solo uno skater.

«Non saprò mai come facessero quelli dello skate park a non picchiarmi» disse TH. «Certe volte ero proprio cretino.»

«Se lo dici tu» risposi.

E poi TH mi tirò uno strano scherzo, quindi, tutto sommato, forse è proprio un dio.

6

So che sembrerà stupido, ma di solito quando vi è successo qualcosa lo sapete, no? Ecco, io no. Non più. Gran parte della storia che vi sto raccontando senza dubbio mi è successa, ma ci sono un paio di brevi episodi, episodi strani, di cui non sono assolutamente certo. Sono abbastanza sicuro di non essermeli sognati, ma non potrei giurarlo sul libro di Tony Hawk, che è la mia bibbia. Ecco, adesso siamo arrivati a uno di quegli episodi e l'unica cosa da fare è raccontarvelo subito. Starà a voi farvi un'opinione. Mettiamo che degli alieni vi abbiano rapiti durante la notte e poi ridepositati nel vostro letto prima di colazione. Se vi fosse capitata una cosa come questa, la mattina dopo, mangiando i vostri cereali, pensereste: è successo davvero? E vi guardereste attorno in cerca di prove. Ecco, io mi sento così. Non trovai prove e sto ancora cercando.

Adesso vi dico come credo che sia andata. Non ricordo di essermi messo a letto né di essermi addormentato; ricordo soltanto di essermi svegliato. Mi svegliai a notte fonda. Non ero nel mio letto e accanto a me c'era qualcuno, e un bambino piangeva.

«Merda.» La persona accanto a me era Alicia.

«Tocca a te» disse.

Non risposi. Non sapevo dov'ero e nemmeno quando ero, e non capivo cosa significava «Tocca a te».

«Sam. Svegliati. Si è svegliato. Tocca a te.»

«Sì» risposi. E poi: «Tocca a me far cosa?»

«Non può aver fame di nuovo» disse. «Quindi o deve fare il ruttino o ha il pannolino sporco. Da quando siamo a letto non è ancora stato cambiato.»

Dunque quel bambino doveva essere mio, ed era un maschio. Avevo un figlio. Non avevo acceso il cellulare e il risultato era quello. Avevo la nausea per lo choc e per un po' non riuscii a parlare.

«Non posso» dissi.

«Come sarebbe non puoi?»

«Non sono capace.»

Immagino che dal suo punto di vista dovevano sembrare parole strane. Non avevo avuto molto tempo per capirci qualcosa, ma evidentemente Alicia aveva sempre condiviso il letto con un altro Sam, giusto? Evidentemente aveva condiviso il letto con qualcuno che almeno sapeva di essere padre. E se sapeva di essere padre, presumibilmente faceva fare il ruttino al bimbo e gli cambiava il pannolino. Il problema era che io non ero quel Sam. Io ero il vecchio Sam. Ero il Sam che aveva spento il cellulare per non sapere se la sua ex fidanzata era incinta o no.

«Sei sveglio?»

«Non proprio.»

Mi tirò una gomitata. Un colpo dritto nelle costole.

«Ahia.»

«Adesso sei sveglio?»

«Non proprio.»

Sapevo che mi sarei beccato un'altra gomitata, ma l'alternativa era alzarmi e fare qualcosa di terribile a quel neonato.

«Ahia. Fa un male cane.»

«Adesso sei sveglio?»

«Non proprio.»

Accese l'abat-jour e mi guardò. Aveva un'aria orrenda, a dir la verità. Aveva messo su un po' di chili, così la faccia era molto più grassa, e poi aveva gli occhi gonfi di sonno e i capelli unti. Vedevo che eravamo nella sua camera da letto, ma era diversa. Dormivamo in un letto matrimoniale, per esempio, mentre prima c'era un letto singolo. E aveva tolto il poster di Donnie Darko e, al suo posto, aveva attaccato roba per bambini. Vedevo un orribile alfabeto fatto di animali rosa e azzurri.

«Ma che cos'hai?» domandò.

«Non lo so. A quanto pare rimango addormentato nonostante le botte. Adesso sto dormendo. Parlo nel sonno.» Era una bugia.

Il bambino continuava a piangere.

«Va' a prendere quel bambino.»

Ero bello confuso, naturalmente, ma cominciavo a capirci qualcosa. Sapevo, per esempio, di non poter chiedere quanto tempo aveva il bambino o come si chiamava. Si sarebbe insospettita. E non aveva molto senso cercare di spiegarle che non ero il Sam che lei credeva e che qualcuno, forse Tony Hawk lo skater, mi aveva messo in una specie di macchina del tempo, per ragioni che soltanto lui conosceva.

Mi alzai dal letto. Avevo addosso una T-shirt di Alicia e il paio di boxer che mi ero messo quella mattina, o non so quale mattina. Il piccolo dormiva nella culla ai piedi del nostro letto. Era paonazzo per il pianto.

«Annusagli il sedere» disse Alicia.

«Eh?»

«Annusagli il sedere. Vedi se bisogna cambiarlo.»

Mi chinai per avvicinare la faccia. Respiravo dalla bocca per non sentire eventuali odori.

«Tutto a posto, mi sembra.»

«Allora cullalo un po' e basta.»

Avevo visto qualcuno farlo, con i bambini. Non avevo guardato benissimo. Lo tirai su per le ascelle e la testa gli

ricadde di lato, come se non avesse il collo. Adesso piangeva ancora più forte.

«Ma cosa fai?»

«Non lo so» dissi. E non lo sapevo davvero. Non ne
avevo la minima idea.

«Sei impazzito?»

«Un po'.»

«Tienilo bene.»

Non sapevo cosa significava, ovviamente, ma ci provai
un po' alla cieca. Misi una mano sotto la testa, l'altra contro la schiena, me lo appoggiai al petto e cominciai a scuoterlo su e giù. Dopo un po' smise di piangere.

«Era ora» disse Alicia.

«E adesso cosa faccio?»

«Sam!»

«Cosa?»

«Sembra, non so, che ti sia venuto l'Alzheimer.»

«Facciamo finta che sia così.»

«Si è addormentato?»

Guardai giù verso la testa. Come si faceva a capirlo?

«Non lo so.»

«Guarda.»

Spostai cautamente la mano che gli reggeva la testa e
questa ricaddè da un lato. Il bambino riattaccò a piangere.

«Prima sì, credo. Adesso no.»

Me lo rimisi contro il petto e lo scossi, e lui si zittì di
nuovo. Stavolta non mi azzardai a smettere e continuai a
scuoterlo, e Alicia si riaddormentò, e io rimasi solo al buio
con mio figlio contro il petto. Non mi dispiaceva. Avevo
molte cose a cui pensare. Tipo: adesso abitavo lì? Com'ero
come padre? Come ce la cavavamo io e Alicia? Mamma e
papà mi avevano perdonato? Che cosa facevo tutto il giorno? Sarei mai tornato al mio tempo? Ovviamente erano
tutte domande alle quali non sapevo rispondere. Ma se

davvero ero stato proiettato nel futuro, la mattina dopo l'avrei scoperto. Dopo un po' rimisi il piccolo nella culla e tornai a letto. Alicia mi abbracciò e finalmente mi addormentai.

Svegliandomi ero convinto di aver fatto questo sogno pazzesco. Spostai le gambe sotto le coperte per vedere se sbattevano contro Alicia, ma lì non c'era niente, così aprii gli occhi. La prima cosa che vidi fu il poster con l'alfabeto fatto di animali appeso alla parete, poi guardai verso i piedi e vidi la culla vuota. Ero ancora nella camera di Alicia.

Mi alzai e infilai i pantaloni che vidi appesi alla sedia di Alicia. Erano miei, li riconobbi, ma la camicia che c'era sotto era nuova. Sembrava un regalo di Natale, perché non potevo pensare di averla comprata io. Non porto mai la camicia, perché i bottoni sono noiosi.

Andai in cucina, tanto per vedere se c'era qualcuno, ed erano tutti lì – Alicia, sua mamma, sua papà e Rich. C'era anche il bambino, ovviamente. Era spaparanzato sulle ginocchia di Alicia, con un cucchiaino di plastica in pugno, e guardava le luci sul soffitto.

«Oh, buongiorno, Bella Addormentata» disse la mamma di Alicia.

«Salve» dissi. Stavo per dire «Buongiorno, signora Burns», ma non sapevo se la chiamavo ancora così e non volevo cominciare la giornata con la storia dell'Alzheimer.

«Stanotte eri così strano che ti ho lasciato dormire» disse Alicia. «Stai meglio?»

«Non lo so. Che ore sono?»

«Quasi le otto!» disse, come se le otto del mattino fossero l'ora di pranzo. «Però Ufo ha fatto il bravo.»

Non ci capivo niente.

«Sì?» Dicendo «Sì?» mi sembrava di andare sul sicuro.

«Sì. Sette e un quarto. Che bravo bambino sei, Ufo, vero? Sì, sei proprio bravo.» Sollevò il bambino e gli fece una pernacchia sulla pancia.

Questo bambino – il mio bambino, il bambino di Alicia, il *nostro* bambino – si chiamava Ufo. Di chi era stata l'idea? Forse avevo capito male. Forse si chiamava Ugo. Forse avrei preferito che si chiamasse Ugo, piuttosto che Ufo. Almeno Ugo era un nome.

«Che succede oggi?» chiese il papà di Alicia.

«Nel pomeriggio vado in università e Sam baderà a Ugo» disse Alicia. Per la verità ripeté Ufo, ma per il momento avrei fatto come se fosse Ugo.

«Sam, tu oggi hai lezione all'università?»

«Mi pare di sì» risposi. Ma non ne ero sicuro, perché nemmeno lo sapevo, di andare all'università, e neppure che università era e cosa studiavo.

«Oggi pomeriggio ti darà una mano tua mamma, giusto?»

«Sì?»

«Sì. Hai detto che prendeva un pomeriggio di permesso.»

«Ah. Sì. Viene qui lei o vado là io?»

«Sei stato tu a metterti d'accordo. È meglio se la chiami.»

«Sì. La chiamerò.»

La mamma di Alicia mi diede una tazza di tè.

«Ti conviene fare colazione, se vuoi arrivare in università in orario» disse.

Sul tavolo c'erano ciotole, latte e cereali, così mi servii e nessuno disse niente. Almeno facevo una cosa normale. Era come giocare a un gioco di cui tutti conoscevano le regole tranne me. Da un momento all'altro avrei potuto fare o dire una cosa sbagliata e sarebbe stata la fine. Cercai di riflettere. Probabilmente le lezioni cominciavano alle nove e probabilmente avrei impiegato mezz'ora per arrivare là. A Londra si impiega mezz'ora per arrivare praticamente dappertutto. Decisi di uscire di casa alle otto e mezzo. Fino a quell'ora avrei cercato soltanto di starmene per i fatti miei.

Anche se non ne avevo bisogno, andai in bagno al pianterreno, mi ci chiusi dentro e rimasi lì più a lungo di quanto si rimanga in bagno di solito.

« Tutto bene? » mi chiese lei quando finalmente uscii.

« Ho un po' di mal di stomaco. »

« Te la senti di andare in università? »

« Sì, sì. »

« Non puoi uscire così. Va' a metterti il cappotto. »

Il mio parka era appeso in anticamera con tutti gli altri giacconi. Feci come mi aveva detto e me lo infilai. Poi tornai in cucina, sperando che qualcuno mi dicesse qualcosa tipo: « Sbrigati, Sam, devi prendere il 4 per la Tal Università e poi andare nell'aula 19 alla lezione di arte e design ». Ma nessuno disse niente del genere, così salutai e uscii.

Non sapevo cosa fare né dove andare, così andai a casa. Non c'era nessuno e non avevo le chiavi, quindi fu una perdita di tempo totale, ma l'idea era più o meno quella di perdere tempo, così non mi dispiacque. Gironzolai un po'. Niente era cambiato. Nessuno sfrecciava su scooter volanti o roba simile. Era soltanto il futuro e non, per così dire, Il Futuro.

Passeggiando pensai molto. Pensavo quasi sempre alla stessa cosa: ho un figlio, ho un figlio, ho un figlio. Oppure: Sto per avere un figlio, sto per avere un figlio, sto per avere un figlio. (Perché non sapevo se l'avevo già avuto o stavo per averlo – se ormai era fatta, se la mia vecchia vita era finita, oppure a un certo punto TH mi avrebbe rispedito indietro nel tempo.) E pensai a come mai vivevo in casa di Alicia e dormivamo nello stesso letto, e pensai che magari potevo informarmi sui risultati di qualche corsa ai cavalli o sul vincitore del prossimo *Big Brother* o robe simili, così avrei potuto scommettere su quei risultati se mai fossi stato rispedito nel mio tempo.

E pensai anche alle ragioni per cui TH mi aveva fatto questo, ammesso che fosse stato lui. Io la vedevo così: se l'avesse fatto prima, quando ancora non ero andato a letto con Alicia, avrebbe avuto senso. Avrebbe potuto essere una lezione. Se fossi stato proiettato nel futuro allora, avrei pensato: Aaaagh! Non voglio un figlio adesso! Meglio non fare sesso! Ma adesso era troppo tardi per una lezione. Nel mio tempo, probabilmente sul mio cellulare c'era un SMS che diceva che la mia ex fidanzata era incinta, quindi quel viaggio cosa poteva insegnarmi? Era come se TH dicesse: Ehi, ragazzino! Non avresti dovuto fare sesso! Mi sembrava una cattiveria, e non era da lui. Lui non era cattivo.

Stavo per andare a casa quando vidi Lepre seduto sui gradini del palazzo di casa sua. Aveva la tavola ai piedi e fumava, e non sembrava una sigaretta.

«Ehi, Sammy! Dove ti eri cacciato?»

All'inizio non volevo parlare con lui, perché a quanto pareva non riuscivo a parlare con nessuno senza passare per idiota. Ma poi mi resi conto che in realtà Lepre andava benissimo come persona con cui parlare. Quando parlavi con Lepre non potevi passare per idiota, a meno che non ci fosse qualcun altro, oltre a Lepre, a fare da testimone. Lepre non se ne sarebbe accorto. Avrei potuto dire qualsiasi cosa e a) lui non avrebbe capito, b) tanto se ne sarebbe dimenticato.

– Per esempio:

«Sam!» disse quando mi avvicinai. «Volevo chiederti. Quanti anni ha tua mamma?»

«Ne abbiamo già parlato, Lepre.»

«Veramente?»

«Sì.»

Scrollò le spalle. Continuava a non ricordarselo, ma era disposto a credermi sulla parola.

«Quand'è stata l'ultima volta che mi hai visto?» gli domandai.

«Boh. Ho come la sensazione che è stata secoli fa.»

«Ho un figlio?»

«Oh, Sammy, Sammy» disse. «Questa è una cosa che non si dimentica. Nemmeno io la dimenticherei.»

Non ne ero tanto sicuro, ma non commentai.

«Non è che non me la ricordo» dissi. «Non mi ricordo se te l'ho detto o no.»

«Non ce n'è stato bisogno» rispose. «Ti ho visto con lui un sacco di volte. Lo porti da tua mamma, no? Il piccolo... Com'è che si chiama?»

«Ugo.»

«Ma va'. Ugo? No, è sbagliato.»

«Ufo?»

«Ecco. Ufo. Che nome strano. Com'è saltato fuori?»

«Non so. Un'idea di Alicia.»

«Pensavo che magari è la cosa che avete visto quando... sì, dai, lo sai... com'è che si dice?»

«Non lo so.»

«Hai presente Brooklyn Beckham?»

«Sì.»

«Dicono che quello è il posto in cui... dai, lo sai...»

«Non ti seguo, Lepre.»

«David Beckham e Posh Spice hanno fatto sesso a Brooklyn. E dopo nove mesi hanno avuto un figlio. Come si dice? Brooklyn è stato cosato a Brooklyn.»

«Concepito.»

«Ecco. Pensavo che magari tuo figlio l'avevate concepito vedendo un ufo.»

«Ah. No.»

91

«Era un'idea» disse Lepre.

«Così era da un po' che non mi vedevi qui?»

«Sì.»

«Ma io non abito più qui.»

«No. Ti sei trasferito nella casa della tua fidanzata quando ha avuto il bambino, ho saputo.»

«E come l'hai saputo?»

«Me l'hai detto tu, credo. Ma che storia è? Com'è che non sai niente della tua vita?»

«Sarò sincero con te, Lepre. È successo questo: mi hanno come spedito un anno avanti.»

«Urca.»

«Sì. Proprio oggi. Così nella mia testa è come un anno fa. E non so cosa mi è successo. Non sapevo neanche di avere un bambino, quindi sto un po' sclerando. Ho bisogno di aiuto. Qualsiasi informazione tu riesca a darmi.»

«Sì. Dunque. Informazioni.»

«Sì. Qualsiasi cosa che secondo te possa essermi di aiuto.»

«Posso dirti chi aveva appena vinto al *Celebrity Big Brother* prima che ti spedissero qui.»

«A dir la verità non sono queste le cose che volevo sapere, Lepre. Sto cercando di capire cos'è successo a me. Non, diciamo, nel mondo.»

«Io so solo questo: che hai avuto un bambino e ti sei trasferito dalla tua fidanzata. E poi sei sparito.» E fece il verso della sparizione, tipo *pfffft*.

In quel momento sentii un brivido, come se davvero avessi smesso di esistere.

«Quindi mi fa piacere vedere che non sei sparito» riprese Lepre. «Perché non saresti il primo a smaterializzarsi, delle persone che conosco. C'era quel bambino, Matthew, un giorno stavo badando a lui e...»

«Grazie, Lepre. Ci vediamo dopo.» Non ero in vena.

«Ah. Sì. Bene.»

Tornando a casa di Alicia, mi trovai in tasca due monete da due sterline, così passai da McDonald's a prendere qualcosa da mangiare. Non ricordavo quanto costava un cheeseburger con le patatine l'ultima volta che ci ero andato, ma non mi sembrò aumentato molto. Non costava, non so, mille sterline. Potei permettermi anche una Coca e mi avanzavano ancora dei soldi. Mi sedetti da solo a un tavolino e cominciai a scartare il mio cheeseburger, ma non feci in tempo a mangiarne un boccone che una si mise a salutarmi con la mano.

«Ehi! Sam! Sam!»

Anch'io sventolai la mano. Non l'avevo mai vista nella mia vita precedente. Era nera, aveva diciassette anni, tipo, e aveva lì un bambino. L'aveva preso dal passeggino e se lo teneva in braccio mentre mangiava.

«Vieni a sederti qui» disse. Non ne avevo voglia, ma cosa potevo fare? Poteva essere la mia più cara amica.

Rimisi la roba da mangiare e da bere sul vassoio e attraversai la sala per andare da lei.

«Come va?» le chiesi.

«Eh, non male. Anche se questa qui si è fatta mezza nottata sveglia.»

«Sono terribili, eh?» Così andavo abbastanza sul sicuro. I genitori dicono sempre robe del genere.

«Come sta Ufo?» domandò. Era decisamente Ufo. Tutti dicevano così.

«Eh, bene, grazie.»

«Hai visto qualcuno?» chiese.

«No» risposi. E poi: «Tipo chi?» Speravo di riconoscere un nome e poi capire chi era quella ragazza e come facevo a conoscerla.

«Ma sì, tipo Holly. O Nicola.»

«No.» Di colpo conoscevo un sacco di ragazze. «Non le vedo da un pezzo.»

Lei improvvisamente sollevò la bambina e le annusò il sedere. Evidentemente passavi quasi tutta la vita a fare così, se avevi un bambino. «Uuuuh. Via che si va, signorinella.»

Prese dal portaoggetti della carrozzina una borsa e scattò in piedi.

«Posso venire con te?»

«A cambiarle il pannolino? Perché?»

«Voglio vedere come fai.»

«Perché? Tu lo fai bene.»

Come faceva a saperlo? Perché avrei dovuto cambiare il pannolino a Ufo davanti a lei?

«Sì, ma... Sono stufo di come lo faccio. Voglio provare qualcos'altro.»

«Mica ci si può fare molto, con un pannolino» disse. Io tenni la bocca chiusa e la seguii di sotto.

«Lo sai, vero, che dovrai entrare nel bagno delle donne?» domandò.

«Non importa» risposi. Importava, in realtà, ma quella storia del cambio del pannolino mi preoccupava un sacco. A quanto avevo visto quella notte e quella mattina, non c'era granché che non potessi imparare da solo. In generale si trattava di prendere il bambino e portarlo da qualche parte, e fin qui potevo farcela. Però non sapevo nemmeno svestirlo. Avevo paura di rompergli le braccia e le gambe.

Comunque nel bagno delle donne non c'era nessuno, grazie a Dio. Lei tirò fuori dalla parete una specie di tavolino e ci mise sopra la bambina.

«Io faccio così» disse.

Le aprì quella roba tipo tutina che portano i neonati (dopo che gliela ebbe aperta vidi che sulle gambe e attorno al sedere c'erano un sacco di laccetti), poi tirò fuori le gambe e aprì i laccetti dalla parte del pannolino. Dopodiché con una mano le sollevò le gambe e con l'altra le pulì il sedere con una specie di fazzoletto umido. Togliere la cacca non fu poi tanto schifoso. Non ce n'era molta e aveva più l'odore del latte che della merda di cane. Era per questo che quella notte non avevo voluto farlo. Credevo che puzzasse di merda di cane, o di merda umana, e che avrei vomitato. La mia nuova amica arrotolò il pannolino sporco e lo infilò in una specie di sacchetto di plastica azzurra insieme ai fazzoletti usati e poi le mise un pannolino nuovo in non più di dieci secondi.

«Che ne dici?» chiese.

«Mostruoso» risposi.

«Cosa?»

«Sei bravissima» dissi, ed ero sincero.

Era la cosa più incredibile che avessi mai visto. Di sicuro era la cosa più incredibile che avessi mai visto in un bagno delle donne.

«Ma anche tu sai farlo.»

«Ah sì?» Non potevo crederci. Se avevo imparato a farlo in qualche settimana, ero molto più sveglio di quanto immaginassi.

Nella tasca del parka c'era anche un mazzo di chiavi, così potei entrare nella casa di Alicia, dopo aver messo le chiavi sbagliate nelle serrature sbagliate per una ventina di volte. Mia mamma era già lì, seduta al tavolo della cucina con Ufo in braccio. Era invecchiata, mia mamma, insomma dimostrava più di un anno in più, e sperai di non c'entrare niente con le rughe di preoccupazione apparse improvvisamente sulla sua fronte. Però ero felicissimo di vederla. Quasi corsi da lei, ma magari l'avevo vista il giorno prima e lei avrebbe potuto trovare un po' strana la cosa.

«È arrivato papà» disse, e io naturalmente mi guardai in giro per vedere di chi parlava, dopodiché scoppiai a ridere come se fosse uno scherzo.

«Mi ha aperto Alicia, ma è andata a farsi un giro» disse mia mamma. «Le ho detto io di uscire. Mi sembrava un po' stressata. E qui non c'è nessun altro.»

«Allora siamo noi tre soli. Bene.» La situazione mi sembrava abbastanza sotto controllo. Io, mia mamma e il bambino – doveva essere una bella cosa, no? Invece ero agitato, perché non sapevo minimamente di cosa parlavo. Chissà, magari odiavo mia mamma, o lei odiava me, o Ufo e la mamma si odiavano... Come facevo a saperlo? Ma lei sorrise.

«Com'è andata all'università?»

«Sì, bene.»

«Alicia mi ha detto del problemino.»

Era come un videogame, venir proiettati nel futuro. Bisognava pensare subito, velocissimamente. Guidavi come un pazzo in una strada diritta e di colpo qualcosa puntava contro di te e dovevi sterzare. Perché mettersi nei pasticci? Decisi di starne fuori.

«Ah» dissi. «Quello. No, non è niente.»

Mi guardò. «Sei sicuro?»

«Sì. È la verità.»

Ed ero sincero, da qualsiasi lato si guardasse la faccenda.

«Come vanno le cose?» domandò.

«Non male. E a te?» Non volevo parlare di me, soprattutto perché di me sapevo ben poco.

«Ma sì, bene» disse. «Molto stanca.»

«Ah. Ah, be'.»

«Che coppia, eh?» E rise. O comunque fece un verso che avrebbe dovuto essere una specie di risata. Perché eravamo una coppia? Cosa intendeva dire? Avevo sentito un milione di volte l'espressione «Che coppia!» detta da gen-

te come mia mamma e non avevo mai pensato al suo significato. Così adesso dovevo cercare di ricordare quando e
perché si usava. Di colpo mi venne in mente. L'anno prima,
quello ancora prima, a seconda dell'anno in cui eravamo
ora, tutti e due avevamo mangiato cibo avariato comprato
a un takeaway. A me veniva da vomitare e veniva da vomitare anche a lei, e a turno ci chiudevamo in bagno a tirar su
l'anima. «Che coppia» aveva detto. E un'altra volta. Io e
Lepre. Tornavamo da Grind City e tutti e due avevamo fatto un gran botto con lo skate; a Lepre usciva il sangue dal
naso e io mi ero scorticato una guancia. «Che coppia»
aveva detto mia mamma vedendoci. Quindi era un'espressione che si usava quando qualcosa era andato storto,
quando due persone stavano male o si erano fatte male,
quando portavano i segni di qualche casino che avevano
combinato.

«Lo portiamo a fare una passeggiata?» domandò mia
mamma.

«Ma sì, dai.»

«Allora sarà meglio che vada in bagno. Per la centesima
volta, oggi.»

Prese su Ufo e me lo passò da sopra il tavolo. Era seduta
alla finestra, dietro il tavolo della cucina, così non avevo
potuto guardarla bene. Ma quando spinse in avanti il tavolo e si alzò in piedi, vidi che aveva un pallone nel golfino.
Scoppiai a ridere.

«Mamma!» dissi. «Ma cosa fai...» Mi interruppi. Non
era un pallone. Mia mamma non poteva avere un pallone
nel golfino. Mia mamma era incinta.

Feci un verso tipo: «Iiiiih!»

«Lo so» disse mia mamma. «Oggi sono grossissima.»

*

Non so proprio come riuscii ad arrivare a fine giornata. Probabilmente avevo un'aria strana, da sciroccato, ma il pallone nel golfino di mia mamma era stata la goccia. Non ne potevo più del futuro. Perché va bene lasciarlo succedere normalmente, giorno dopo giorno. Ma perdersi dei pezzi di tempo in quel modo... Non faceva bene. Mi faceva uscire di testa.

Mettemmo Ufo in una specie di zainetto che però sta davanti, non sulla schiena. Lo portai io, un po' perché la mamma non poteva e un po', immagino, perché era figlio mio, non suo, e mi faceva sudare il petto, ma rimase addormentato. Andammo al parco e facemmo il giro del laghetto, e cercai di non dire niente, così rimanemmo quasi sempre zitti, anche se ogni tanto la mamma mi faceva una domanda. Tipo: «Come va con Alicia?» Oppure: «Non è poi tanto difficile abitare in casa d'altri, vero?» Oppure: «Hai pensato a cosa fare quando il corso finirà?» E io rispondevo cose come: «Tutto bene», o «Non è poi tanto male», o «Boh». Tanto, probabilmente le risposte sarebbero state più o meno quelle, sia che le conoscessi sia che non le conoscessi. Andammo a prendere un tè e poi accompagnai – accompagnammo, dovrei forse dire, se Ufo conta come persona – la mamma a casa. Non entrai. Sarei voluto rimanere lì.

Tornando facemmo una passeggiata lungo il New River e c'era un tipo seduto su una panchina che con una mano fumava e con l'altra spingeva avanti e indietro una carrozzina.

«Ciao» disse quando passammo davanti a lui.

«Ciao.»

«Sono Giles. Ti ricordi? Quello del corso.»

Non l'avevo mai visto in vita mia. Un tipo piuttosto elegante, molto più grande di me.

«Non sei tornato, vero?» domandò.

«Credo di no.» Risposta poco felice, me ne resi conto non appena mi uscì di bocca. Immagino che fosse logico sapere se ero tornato in un posto o no, anche se non ci ero nemmeno andato, in quel posto.

«Cos'hai avuto?» chiese, indicando Ufo con un cenno della testa.

«Un maschio.»

«Di nome?»

«Oh» dissi. «È complicato.» Non ero molto soddisfatto della risposta, ma non avevo voglia di imbarcarmi in quell'incubo del nome.

Lui mi guardò, ma lasciò stare.

«E tu?»

«Anch'io un maschio. Joshua. E come procede?»

«Lo sai anche tu.»

«Già. Posso chiederti una cosa? La tua... la tua compagna... è felice?»

«Mah» risposi. «Mi sembra che stia bene.»

«Sei fortunato.»

«Già.»

«La mia è messa malissimo.»

«Ah.»

«Piange sempre. Non si lascia toccare.»

«Ah.»

«Non parlo del sesso» spiegò. «Non è che voglio... che voglio niente.»

«No.»

«Non si lascia neanche abbracciare. Si irrigidisce tutta. E mi pare che non abbia neanche una gran voglia di tenere in braccio il bambino.»

«Eh già.»

«Sinceramente, non so da che parte girarmi. Non so cosa fare.»

«Ah» dissi. Credo che non avrei avuto consigli da dargli nemmeno se non mi avessero spedito nel futuro. Bisognava avere una cinquantina d'anni per aiutare quel tipo a risolvere i suoi problemi.

«Scrivi a una rivista» dissi.

«Come?»

«Ma sì, un femminile.»

Ogni tanto davo un'occhiata alla pagina della posta sulle riviste di mia mamma, perché si poteva leggere qualcosa sul sesso senza dare l'impressione di leggere qualcosa sul sesso.

Lui non sembrò molto colpito.

«Credo che la situazione sia un po' più urgente» disse.

«Escono una volta al mese. E siamo a metà mese, quindi se ti sbrighi a scrivere, potresti andare sul prossimo numero.»

«Sì. Be'. Grazie.»

«Figurati. Adesso è meglio che andiamo» dissi. «Ci si vede.»

Credo che volesse parlare ancora un po'. Ma io me ne andai.

Quel pomeriggio e quella sera non successe granché. Cenammo tutti insieme, io, Alicia, sua mamma e suo papà, e poi, mentre Ufo dormiva, guardammo tutti la tele. Io fingevo di seguire con interesse i programmi, ma in realtà non capivo niente di quel che vedevo. Me ne stavo lì, con la nostalgia di casa, a deprimermi e compatirmi. La mia vecchia vita mi mancava. E anche se fossi stato rispedito nel mio tempo, la mia vecchia vita non sarebbe durata molto. Avrei acceso il cellulare e un SMS mi avrebbe avvisato che l'anno dopo avrei avuto un figlio e sarei vissuto con persone che conoscevo a malapena e che non mi erano molto simpatiche. Avrei voluto essere rispedito in un passato più lontano di quello, in un tempo in cui non avevo ancora conosciuto Alicia e il sesso non mi interessava. Se Tony Hawk mi avesse fatto tornare ai miei undici anni, non avrei rovinato tutto per la seconda volta. Sarei diventato cristiano osservante, o qualcosa del genere, uno di quelli che non fanno quelle cose. Una volta li credevo matti, ma mica sono matti, no? Sanno il fatto loro. Loro non guardano la tele con la mamma e il papà di qualcun altro. Loro vogliono guardarsela da soli, la tele, nella loro camera.

Andammo a letto alle dieci, ma non spegnemmo la luce perché Alicia doveva allattare Ufo. Finito di allattare, mi chiese di cambiarlo.

«Cambiarlo? Io? Adesso?»

«Ricominci con le stranezze?»

«No. Scusami. Volevo solo... solo controllare se avevo sentito bene.»

Proprio mentre mi alzavo dal letto, Ufo fece un rumore come di yogurt che va giù per lo scarico.

«Porca vacca» dissi. «E questo cos'era?»

Alicia rise, ma avevo detto sul serio.

«Tempismo perfetto, giovanotto» commentò.

Dopo un po' capii cosa intendeva dire. Intendeva dire che il rumore di yogurt che va giù per lo scarico era in realtà il rumore di Ufo che faceva la cacca. E adesso ci si aspettava che io facessi qualcosa.

Lo tirai su e feci per andare verso il bagno.

«Dove vai?»

Non sapevo dove andavo. Naturalmente.

«Volevo solo...» Ma una risposta sensata non mi venne in mente, così lasciai stare.

«Sicuro di star bene?»

«Sicuro.»

Ma essere sicuro di star bene non mi aiutò a capire dove andavo. Rimasi lì impalato.

101

«Sono finiti i pannolini? »

Improvvisamente notai il vecchio scatolone dei giochi di Alicia ai piedi del letto. L'ultima volta che ero stato in quella stanza era ancora uno scatolone dei giochi, pieno di cose vecchie con cui aveva giocato da bambina. Adesso aveva sopra una specie di materassino di plastica e accanto, per terra, c'erano un sacco pieno di pannolini e una scatola con dentro quelle robe di carta umida che la mia amica, la ragazza nera, aveva usato al McDonald's.

Ufo dormiva ancora. Aveva gli occhi che roteavano con le palpebre a mezz'asta come un ubriaco. Aprii i laccetti della tutina, gli sollevai le gambe e slacciai il velcro da una parte e dall'altra del pannolino, come avevo visto fare alla ragazza al McDonald's. Dopodiché... Probabilmente non vi interessa per niente sapere come si cambia un pannolino. E anche se vi interessasse, forse non sarei la persona giusta per insegnarvelo. L'importante è che ci riuscii senza fare troppi casini. Non ricordavo l'ultima volta che ero stato tanto soddisfatto di me stesso. Forse la prima volta che ero andato a letto con Alicia. E a pensarci era strano. Prima ero stato orgoglioso di essere andato a letto con lei. Poi ero soddisfatto di me stesso per aver fatto una cosa che era la conseguenza di essere andato a letto con lei.

Forse era questo che voleva fare TH spedendomi nel futuro. Forse voleva insegnarmi a cambiare un pannolino. A me sembrava un modo un po' tosto di insegnare le cose. Non poteva farmi seguire un corso?

«Tu mi ami, vero, Sam? » domandò Alicia quando Ufo fu di nuovo nella culla e io ero tornato a letto. Rimasi com'ero, sdraiato di spalle, a far finta di dormire. Non sapevo se l'amavo o no. Come facevo a saperlo?

Dopodiché impiegai un secolo a addormentarmi, ma la mattina, quando mi svegliai, ero nel mio letto. Anche se non mi sembrava più il mio letto. Di solito il proprio letto è un posto in cui ci si sente al sicuro; io invece non mi sentivo più al sicuro, nel mio. Sapevo già cosa mi sarebbe successo e avevo la sensazione che la mia vita fosse finita, anche se avessi continuato a respirare ancora per anni e anni. Ero sicuro al cento per cento che Alicia era incinta. E se quella che avevo visto era la mia vita, be', non volevo viverla. Rivolevo la mia vecchia vita, volevo la vita di un altro. Ma quella no.

L'estate prima che succedesse tutto questo, io e la mamma eravamo andati in vacanza in Spagna e avevamo passato un sacco di tempo in compagnia di una famiglia inglese che avevamo conosciuto in un bar. Si chiamavano Parr e vivevano a Hastings, ed erano abbastanza simpatici. Il figlio, Jamie, aveva sei mesi più di me e sua sorella si chiamava Scarlett e aveva dodici anni. E mia mamma si trovava bene con Tina e Chris, i genitori. Andavano in quel bar tutte le sere e stavano lì a sfottere gli inglesi che frequentavano soltanto bar inglesi. Io non capivo cosa c'era da ridere, ma loro erano convinti di essere spiritosi. Qualche settimana dopo il nostro ritorno dalla vacanza, io e la mamma prendemmo il treno e andammo a trovarli a Hastings. Giocammo a minigolf sul lungomare, mangiammo merluzzo fritto e patatine e facemmo saltare i sassi sul pelo dell'acqua. Hastings mi piaceva. C'erano i luna park, le sale giochi e tutto quanto, ma senza essere troppo kitsch, e c'era una funicolare che si arrampicava su per le scogliere. Però i Parr non li abbiamo mai più visti. Ricevemmo da loro un biglietto natalizio, ma l'anno scorso la mamma non riuscì a mandare gli auguri di Natale, così da allora non si sono più fatti vivi.

E Hastings fu il primo posto che mi venne in mente quando mi svegliai quella mattina, la mattina dopo che ero stato spedito nel futuro. Ero sicuro che Alicia era incinta e sapevo di non voler essere padre. Così dovevo andarmene da Londra e non tornare mai più, e Hastings era l'unico posto al mondo che conoscessi. Non andavamo mai da nessuna parte, tranne che in Spagna, e non potevo andare all'estero da solo, senza soldi e senza carta di credito. Così feci colazione con mia mamma e, quando lei uscì per andare al lavoro, riempii una borsa, presi la mia tavola e andai a vivere a Hastings.

Sapevo che era da vigliacchi, ma qualche volta bisogna essere vigliacchi, no? Non hai motivo di essere coraggioso, se così finirai distrutto. Mettiamo che svolti un angolo e lì dietro ci sono cinquanta uomini di Al Qaeda. Ma cosa dico cinquanta? Cinque. Cosa dico cinque? Ne basterebbe uno, con il mitra. Potrà anche non piacerti dartela a gambe, ma che altro fare? Ecco, io avevo svoltato l'angolo e lì dietro c'era un uomo di Al Qaeda con il mitra, solo che era un neonato e non aveva il mitra. Ma, se ci si riflette un momento, nel mio mondo un neonato, anche senza mitra, è come un terrorista con il mitra, perché, rispetto alle possibilità che avevo di andare all'università a studiare arte e design eccetera eccetera, Ufo era letale esattamente quanto un uomo di Al Qaeda. E in realtà Alicia era un altro uomo di Al Qaeda, e così pure sua mamma e suo papà, e così pure mia mamma, perché quando l'avrebbe scoperto mi avrebbe letteralmente ammazzato. Così dietro l'angolo c'erano ben cinque uomini di Al Qaeda ad aspettarmi. E ne sarebbe bastato uno per farti scappare a Hastings o quel che era.

Avevo messo da parte quaranta sterline per comprarmi un paio di Kalis Royal, ma la roba per lo skate avrebbe dovuto aspettare che mi fossi sistemato a Hastings con una casa, un lavoro e tutto quanto. Con quaranta sterline sarei arrivato a Hastings e calcolai che mi sarei pagato una camera in una pensione, dopodiché intendevo cercarmi un lavoro sul lungomare, qualcosa di carino. C'era un'enorme pista scoperta di bowling a dieci birilli, dove avevo giocato con Jamie Parr, e il tipo che la gestiva era simpatico. Magari mi offriva un lavoro, pensai. Oppure potevo dare una mano ai noleggiatori di barche al lago. O cambiare i soldi in moneta per i clienti della sala giochi, anche se questo lavoro non era tra i preferiti. Comunque potevo fare un sacco di cose e tutte erano meglio che cambiare pannolini a Ufo e vivere con la mamma e il papà di Alicia.

Andai a Charing Cross con la mia tessera Oyster, quindi senza spendere niente, e poi spesi dodici sterline per il viaggio da Charing Cross a Hastings, così mi rimanevano ventotto sterline più qualche moneta che avevo in tasca, fra cui forse tre da una sterlina. Qui stava il bello di emigrare a Hastings invece che, mettiamo, in Australia. Avevo già provveduto alle spese per il viaggio e mi rimanevano ancora trentun sterline. In più, ero uscito di casa diciamo alle nove e mezzo e all'ora di pranzo di quello stesso giorno ero già arrivato.

Attraversai la città in direzione del lungomare, impiegandoci una decina di minuti, e comprai delle patatine fritte a un baracchino vicino al campo di minigolf. Mi fece un po' tristezza vedere le famiglie che giocavano, perché anch'io l'avevo fatto l'anno prima. Rimasi a guardare un ragazzo più o meno della mia età che giocava con sua mamma e il suo fratellino, e si vedeva che non aveva un problema che fosse uno. Cercava di spingere la palla su per la salita per mandarla nell'ottava buca, ma quella continuava a rotolare giù, e sua mamma e suo fratello lo prendevano in giro, così sbatté a terra la mazza e si sedette sul muretto, quindi in un certo senso qualche problema ce l'aveva; anzi, a un certo punto guardò verso di me, che ero seduto sulla panchina a mangiare il mio cartoccio di patatine, e si capiva cosa pensava: Quanto vorrei essere lui. Perché dovevo aver l'aria di uno che non ha un problema che sia uno. Non ero imbronciato come lui, nessuno della mia famiglia mi

106

stava prendendo in giro e il sole mi batteva sulla faccia. E comunque non ero poi tanto triste, perché tutte quelle cose erano vere ed ero andato a Hastings per fuggire dai miei problemi, il che significava che i problemi erano tutti a Londra, non lì al mare. E finché non avessi acceso il cellulare, che sarebbe stato pieno di messaggi, di brutte notizie, i miei problemi sarebbero rimasti a Londra.

«Ehi!» gridai al ragazzo. «Puoi dare un'occhiata alla mia roba?»

Indicai la tavola e la borsa e lui annuì. Poi mi alzai in piedi, camminai sui sassi fino alla riva e buttai il cellulare in acqua il più lontano possibile. Facile. Tutto risolto. Tornai alla panchina e trascorsi una mezz'ora felice al sole.

All'enorme bowling a dieci birilli non giocava nessuno e il tipo che lo gestiva era seduto nel suo gabbiotto a fumare e leggere il giornale.

«Buongiorno» dissi.

Lui sollevò le sopracciglia, o almeno così mi sembrò. Fu il suo modo di rispondere al saluto. Non alzò gli occhi dal giornale.

«Si ricorda di me?»

«No.»

Chiaro che non si ricordava di me. Che stupido. Ero agitato e quindi poco sveglio.

«Ha bisogno di un paio di mani in più?»

«Secondo te?»

«Sì, ma la gente arriva, no? L'anno scorso ho giocato qui e c'era la fila.»

«E allora? Anche se c'era la fila? La gente aspetta. La cosa non mi riguarda. La polizia antisommossa non mi serve.»

«No, no, non pensavo alla fila. Pensavo che magari, sa,

magari cercava qualcuno per rimettere in piedi i birilli o cose così.»

«Sta' a sentire. Qui quasi non c'è lavoro per me, figuriamoci per qualcun altro. Se vuoi rimettere in piedi i birilli, liberissimo, ma non aspettarti di esser pagato.»

«Ah. No. Io cercavo un lavoro. Per guadagnare. Soldi.»

«Allora sei nel posto sbagliato.»

«Ne conosce un altro?»

«No, volevo dire che sei nella città sbagliata. Guarda.»

Con la mano indicò il lungomare, sempre senza staccare gli occhi dal giornale. Nel campo di minigolf c'era il ragazzo triste che giocava, sul lago non c'erano barche, nessuno nemmeno sui tappeti elastici, quattro o cinque famiglie aspettavano il trenino, due vecchie signore sorseggiavano il tè al bar.

«Perché oggi il tempo è bello. Quando piove è un po' più tranquillo.» E rise. Non una risatona, soltanto un «Ah!»

Rimasi lì un momento. Sapevo che a Hastings non avrei trovato un impiego da grafico o roba del genere. Non puntavo tanto in alto. Però pensavo di poter trovare un lavoretto estivo in un posto così. Niente di esaltante, solo una quarantina di sterline in contanti a fine giornata, diciamo. Pensai all'anno prima, alla giornata trascorsa con i Parr a mangiare gelati e giocare al bowling a dieci birilli. Anche allora il lungomare era deserto. Non so come, ero riuscito a dimenticarlo. O forse non l'avevo dimenticato, ma non avevo colto il nesso. Avevo pensato soltanto che sarebbe stato un lavoro noioso aspettare che arrivasse gente. L'idea che non sarebbe stato un lavoro non mi aveva neanche sfiorato.

Chiesi in altri due posti come quello. Andai al luna park, in un paio di chioschi e perfino alla partenza della funicolare, ma non trovai niente e quasi tutti fecero più o meno la stessa battuta.

«Mi chiedevo proprio come avrei fatto, oggi» disse il tizio della funicolare. Era appoggiato al banco, a sfogliare un catalogo di canne da pesca. Non c'erano clienti.

«Ho un bel lavoro per te» disse quello dei tappeti elastici. «Andare in giro a tirar su un po' di bambini. Magari ti tocca andare fino a Brighton. O a Londra.» Stava facendo un solitario a carte al cellulare. Nemmeno lì c'erano clienti.

«Vaffanculo» disse quello che gestiva le slot machine alla sala giochi. Questa però non era esattamente una battuta.

Per merenda mangiai patatine e poi mi misi alla ricerca di un posto per la notte. In realtà avevo bisogno di un posto dove abitare, visto che a casa non potevo tornarci mai più, ma cercai di non pensarla così. Se ci si allontanava un po' dal centro, c'erano un mucchio di pensioncine e scelsi quella più squallida, perché ero abbastanza sicuro di potermi permettere solo quella.

Dentro c'era puzza di pesce. Molte zone di Hastings puzzano di pesce e quasi mai dà fastidio. Nemmeno la puzza di pesce marcio che si sente vicino alle alte baracche nere dei pescatori dà molto fastidio, credo, perché si capisce che è inevitabile. Dove ci sono i pescherecci c'è sempre puzza di pesce marcio e i pescherecci non danno nessun fastidio, quindi bisogna sopportarne tutte le conseguenze. Ma la puzza di pesce della pensione Sunnyview era diversa. Era quella puzza di pesce che si sente in certe case abitate dai vecchi, dove il pesce sembra entrato nei tappeti, nelle tende e nei vestiti. La puzza di pesce marcio che si sente vicino alle baracche dei pescatori è un odore, diciamo, sano, anche se i pesci non stanno benissimo, chiaramente, perché se no non sarebbero marci. Ma quando impregna le tende, di sano non ha proprio niente. Viene voglia di tirarsi la maglietta sopra la bocca, come si fa quando qualcuno molla una scoreggia colossale, e di respirare così.

Alla reception c'era un campanello, così suonai, ma per un bel po' non arrivò nessuno. Guardai uno degli ospiti, un tipo decrepito, camminare nell'atrio in direzione della porta d'ingresso con uno di quegli affari tipo girello.

«Non stia lì a guardare, signorina. Mi apra la porta.»

Mi girai, ma dietro non vidi nessuno. Quello parlava con me e sarebbe stato sgarbato anche se mi avesse chiamato «giovanotto». Come facevo a sapere che voleva farsi aprire la porta? Ma non mi aveva chiamato «giovanotto», mi aveva chiamato «signorina» – per via dei capelli, immagino, visto che non porto la gonna e non passo la vita a mandare SMS.

Gli aprii la porta e lui, limitandosi a fare una specie di grugnito, mi passò davanti. Non poté andare molto più in là, però, perché c'erano tipo venti gradini da scendere per arrivare alla strada.

«Come faccio ad arrivare fin giù?» disse, tutto stizzito. Mi guardò come se i gradini li avessi costruiti io, nelle ultime due ore, solo per impedirgli di andare in biblioteca o in farmacia o alla sala delle scommesse o nel cavolo di posto in cui voleva andare.

Scrollai le spalle. Mi stava scocciando.

«Come ha fatto a entrare?»

«Mia figlia!» urlò, come se fosse risaputo in tutto il mondo, ancora più del fatto che David Beckham era, non so, la capitale della Francia, che la figlia di quel vecchio bacucco l'aveva spinto nel suo girello su per quei gradini fin dentro una pensione.

«Vado a chiamarla?»

«Mica è qui. Oh, Dio. Ma cosa vi insegnano a scuola oggigiorno? Il buonsenso no di sicuro.»

Non avevo intenzione di offrirgli aiuto. Prima di tutto, a occhio e croce ci sarebbero volute due ore. Secondo di tutto, quello era un povero vecchio stronzo e non vedevo perché avrei dovuto scomodarmi.

«Allora? Non mi aiuti?»

«Va bene.»

«Vorrei vedere. Il fatto di aver dovuto chiedere la dice lunga sui giovani d'oggi.»

So cosa penseranno alcuni di voi. Penseranno: Sam è troppo buono! Con lui quel vecchio è stato sgarbato eppure ha deciso di aiutarlo a scendere i gradini! Ma so anche che cosa pensano gli altri. Gli altri pensano: Se fosse un ragazzo minimamente perbene, non sarebbe nemmeno a Hastings! Sarebbe a Londra, a prendersi cura della sua fidanzata incinta! O ex fidanzata! Così quel vecchio sgarbato era una specie di punizione di Dio! E a dir la verità, darei ragione a questi ultimi. Avrei preferito non avere niente a che fare con i pensionati. Ma era sempre meglio che affrontare la situazione che avrei trovato a casa. Di colpo mi venne in mente il cellulare in fondo al mare, che faceva bip a ogni messaggio, spaventando a morte i pesci.

Non impiegai due ore ad accompagnarlo in strada, ma pur sempre quindici minuti, e quindici minuti possono sembrare due ore, se hai le mani sepolte nelle ascelle di un vecchio. Lui spostava il girello di un gradino per volta mentre io gli impedivo di cadere in avanti o all'indietro. Le cadute in avanti erano le più difficili da impedire e le più spaventose quando ci si pensava. Cadendo all'indietro, al massimo avrebbe sbattuto il sedere, anche se era più probabile che schiacciasse me. Ma era lunga arrivare giù, c'erano molti scalini e, se fosse caduto da quella parte, credo che si sarebbe smontato tutto, gambe, braccia, orecchie, perché non sembravano attaccate bene al corpo.

Ogni volta che cominciava a inclinarsi in avanti gridava:

«Ecco! Cado! Mi hai ucciso! Tante grazie!» Un po' come se avesse capito che, se poteva sputarmi addosso quelle parole, significava che non stava cadendo. Comunque arrivammo in fondo alla scala e lui cominciò a strascicare i piedi giù per la discesa che portava in città, ma poi si fermò e si girò.

«Torno fra una mezz'ora» disse. Chiaramente mentiva, perché in mezz'ora avrebbe percorso diciamo sette mattonelle, ma il punto non era questo. Il punto era che secondo lui sarei rimasto lì ad aspettarlo.

«Fra mezz'ora non ci sarò» risposi.

«Tu fai come dico io.»

«Aspetta e spera. Lei è troppo maleducato.»

Di solito non rispondo male, ma con quelli come lui bisogna fare un'eccezione. E poi mica ero a scuola, o a casa, e se volevo farmi una vita a Hastings dovevo rispondere male, se no sarei rimasto tutta la vita davanti a una pensione ad aspettare un vecchio.

«E poi non sono una ragazza.»

«Oh, questo l'avevo capito da un pezzo. Ma non ho detto niente perché ho pensato che così magari ti tagliavi i capelli.»

«Be', allora ci si vede.»

«Quando?»

«Mah... ci si vede quando ci si vede.»

«Ci si vede fra mezz'ora.»

«Io non ci sarò.»

«Ti pago, scemo. Mica mi aspetto che qualcuno faccia qualcosa per niente. Oggigiorno. Tre sterline per un viaggio su e giù.» Fece un gesto verso i gradini. «Venti sterline al giorno se farai come dico. I soldi ce li ho. Il problema non sono i soldi. Il problema è uscire da questo schifo di posto per spenderli.»

Avevo trovato un lavoro. Il mio primo giorno a Hastings

ed ero già occupato. Così pensai che molto probabilmente sarei riuscito a mantenermi da solo.

« Mezz'ora? » chiesi.

« Ah, lo sapevo che i soldi ti interessavano. Non sia mai che qualcuno faccia qualcosa per bontà di cuore. »

E riprese a strascicare i piedi... Be', stavo per dire che riprese a strascicare i piedi giù per la discesa, ma avrei sbagliato, perché era tanto lento che praticamente non andava da nessuna parte. Anche dopo essere rimasto lì un quarto d'ora a guardarlo avrei potuto sputargli in testa una gomma da masticare. Così non aggiungerò altro. Dirò solo che riprese a strascicare i piedi.

Non avevo ancora trovato una stanza. Entrai, suonai di nuovo il campanello e pregai che non comparissero dal nulla altri vecchi bacucchi a chiedere aiuto. Ma perché, che male mi avrebbe fatto? pensai. Magari sarei riuscito a guadagnare qualcosa di più che per mangiare e dormire. Magari con i vecchi avrei guadagnato una fortuna. Ma non comparve nessuno, oltre alla signora che gestiva la pensione, e lei riusciva a muoversi con i suoi mezzi.

« Hai bisogno? » chiese. Adesso capivo come mai quel posto puzzava tanto di pesce. Il pesce non puzza di pesce quanto lei puzzava di pesce. Sembrava che per mille anni avesse solo bollito merluzzo.

« Vorrei una camera. »

« Per te? »

« Sì. »

« E lei dov'è? »

« Chi? »

« Secondo te quanti anni ho? »

La guardai. Avevo già fatto quel gioco, con un'amica di mia mamma, una sua collega. Non so perché, ma l'amica di mia mamma mi aveva chiesto di indovinare quanti anni aveva; avevo risposto cinquantasei, mentre ne aveva trentuno, ed era scoppiata a piangere. Non finiva mai bene. E questa qui... be', di sicuro non era sotto i quaranta. Non credo. Ma poteva anche averne sessantacinque. Come facevo a saperlo? Così rimasi lì impalato, probabilmente a bocca aperta.

«Ti aiuto» disse la signora. «Secondo te potrei avere più di un giorno?»

«Sì» risposi. «Certo. Ha molto più di un giorno.» E anche stavolta, per come lo dissi, lei corrugò un po' la fronte, come se le avessi dato della vecchiaccia orrenda, mentre intendevo soltanto dire che non era una neonata. Insomma, cosa bisognava rispondere a una così? «Oh, mi sembra tanto giovane che potrebbe essere una neonata di nemmeno un giorno»? Era questo che voleva?

«Giusto» disse. «Quindi non sono nata ieri.»

«No.» Ah. Adesso avevo capito.

«Ecco perché so che c'è una ragazza fuori ad aspettare.»

Una ragazza! Questa era proprio buona. Credeva che volessi una stanza della sua pensione per portarci una ragazza, quando la verità era che non avrei più fatto sesso con nessuna per il resto dei miei giorni, per evitare gravidanze.

«Venga fuori a vedere.»

«Oh, so bene che non è lì in strada. Potrai anche essere ingenuo, ma di sicuro non sei completamente scemo.»

«Io a Hastings non conosco nessuno» dissi. Non mi sembrava il caso di parlarle dei Parr. Non gliene sarebbe importato niente. «A Hastings non conosco nessuno e le ragazze non mi piacciono.»

Avevo sbagliato, chiaro.

«Neanche i ragazzi. Non mi piacciono né le ragazze né i ragazzi.»

Neppure così mi suonava bene.

« Mi piacciono come amici. Ma non mi interessa stare con qualcuno nella camera di una pensione. »

« Allora cosa ci fai, qui? »

« È una storia lunga. »

« Posso scommetterci. »

« Può scommetterci » dissi. Cominciava a seccarmi. « Può scommetterci dei soldi. »

« Lo farò. »

« Allora lo faccia. »

Stava diventando una conversazione stupida. Nessuno avrebbe scommesso su quanto era lunga la mia storia, eppure avevamo finito col parlare di questo invece che di quello di cui volevo parlare, ossia dove avrei passato la notte.

« Insomma non mi darà la camera. »

« No. »

« E allora come faccio? »

« Oh, è pieno di posti dove accetteranno i tuoi soldi. Ma noi qui non siamo così. »

« Io lavoro per un suo ospite » dissi. Veramente non so perché insistevo. C'erano tanti altri posti – posti che magari puzzavano di cavolo, o di grasso di bacon, o di qualsiasi altra cosa ma non di pesce.

« Ah, sì? » Con me aveva chiuso e la cosa non le interessava. Si mise a fare ordine sul banco, a controllare se c'erano messaggi sulla segreteria telefonica, cose così.

« Sì, e gli ho promesso di essere qui fra qualche minuto ad aiutarlo a salire i gradini. »

« Il signor Brady? »

Mi guardò. Si capiva che aveva paura di lui.

« Non so come si chiama. È un vecchio maleducato con un girello. Ci siamo conosciuti e mi ha chiesto di fargli da assistente. »

«Assistente. E cosa devi fare? Aiutarlo a compilare la dichiarazione dei redditi?»

«No. Aiutarlo a salire e scendere i gradini. Fargli la spesa, forse.»

Chiaro che quest'ultima cosa me l'ero inventata, perché non avevamo ancora parlato nel dettaglio delle mie mansioni.

«Comunque. Mi ha messa in guardia da lei.»

«Cos'ha detto?»

«Ha detto di non permetterle di buttarmi fuori se no saranno guai.»

«Tanto sono guai lo stesso.»

«Allora bisogna vedere se ne vuole altri.»

Mi voltò le spalle, e pensai che era un modo per dirmi: Accomodati! Fa' come se fossi a casa tua!

Così mi sedetti sulla panca alla reception. Lì c'era un giornale locale e mi misi a sfogliarlo per sapere qualcosa della mia nuova città, e dopo un po' sentii il signor Bràdy che urlava.

«Ehi. Scemo. Dove sei?»

«Chiama me» spiegai alla donna.

«Allora farai meglio a correre ad aiutarlo» disse lei. «Guarda che non ti darò una camera matrimoniale.»

Una singola costava venti sterline a notte e il signor Brady mi avrebbe dato venti sterline al giorno. Così ce l'avevo fatta. Potevo sopravvivere. E questa è la storia di come trovai un lavoro e un posto dove vivere a Hastings.

8

Stavo bene quando, preso possesso della camera, misi via la mia roba e tutto quanto. Certo, era pazzesco ritrovarsi in una camera estranea di una città estranea a respirare pesce, ma non pazzesco in senso negativo. Mi feci una doccia, mi infilai una T-shirt e un paio di boxer, poi mi sdraiai sul letto e mi addormentai. Fu di notte che tutto prese una brutta piega.

Sono sicuro che avrei continuato a dormire, se il signor Brady non avesse cominciato a battere alla porta alle quattro del mattino.

«Scemo!» gridava. «Scemo! Ci sei?»

Per un po' non dissi niente, nella speranza che, se lo ignoravo, tornasse nella sua camera. Invece non smise di battere e altri due ospiti aprirono la porta della loro camera e si misero a minacciarlo, e allora lui si mise a minacciare loro, così fui costretto ad alzarmi per calmare tutti quanti.

«Entri» dissi al signor Brady.

«Sei nudo» si lamentò. «Io non do lavoro a persone nude.»

Dissi che se uno indossava una T-shirt e i boxer non era nudo. Non dissi che non potevi pretendere che una persona non si spogliasse mai solo perché lavorava per te. Lui non volle saperne di entrare e neanche di abbassare la voce.

«Ho perso il telecomando» disse. «Non perso. È caduto giù dalla sponda del letto e non ci arrivo.»

«Sono le quattro del mattino.»

«È per questo che ti pago. Secondo te ti darei venti sterline al giorno per spingermi su e giù per i gradini un paio di volte? Se io non dormo, non dormi neanche tu. E comunque non dormi se non ho il telecomando.»

Rientrai in camera, mi infilai i jeans e percorsi il corridoio con lui. La sua camera era enorme e non puzzava di pesce; puzzava di una qualche sostanza chimica che probabilmente era stata usata per ammazzare i tedeschi durante la guerra o cose del genere.

«È lì» disse, indicando la sponda del letto accanto alla parete. «Qualsiasi altra cosa senti con la mano, lasciala dov'è. E se tocchi qualcosa, ho un mucchio di sapone al fenolo. L'ho comprato a una svendita.»

Era una delle cose più schifose che mi avessero mai detto e, quando allungai il braccio, avevo paura sul serio. Che cosa potevo trovare lì sotto, secondo lui? Il suo cagnolino morto? Pezzi di pesce marcio che non aveva voluto mangiare e che per vent'anni aveva buttato lì raschiando il piatto?

Fu allora che decisi di tornare a casa. Erano le quattro del mattino, forse stavo per toccare i resti marci di un cane morto e avrei preso venti sterline per un'intera giornata di lavoro, dove per giornata si intendeva in realtà un giorno e mezza nottata, probabilmente con tanto di cani morti. E venti sterline era esattamente quanto mi costava stare in quella pensione orribile e puzzolente. Forse il cane marcio, quando era marcio da abbastanza tempo, aveva la stessa puzza del pesce? Avrei lavorato tutto il giorno e mezza nottata con un utile pari a zero sterline virgola zero.

Così la domanda che mi feci rovistando sotto il letto di un vecchio strambo fu: Avere un bambino può essere peggio di questo? E la risposta che mi diedi fu: No.

In realtà lì sotto non c'era granché, oltre al telecomando.

Forse toccai un calzino, che per un attimo mi spaventò, ma era decisamente un calzino di cotone o di lana, non di pelliccia o di carne, quindi tutto regolare. Recuperai il telecomando e lo consegnai al signor Brady, lui non mi ringraziò e io tornai a letto. Ma non riuscivo a dormire. Avevo nostalgia di casa. E mi sentivo... be', anche scemo. Il signor Brady aveva ragione. Mia mamma avrebbe dovuto chiamarmi Scemo. Che cosa credevo di fare?

– La mia fidanzata, o ex fidanzata, era incinta e io l'avevo abbandonata.

– Non avevo detto a mia mamma dove andavo e di sicuro era preoccupatissima perché non ero tornato a dormire.

– Avevo creduto davvero di stabilirmi a Hastings e diventare un rialzatore di birilli in un bowling enorme o un sollevatore di vecchi che dovevano salire molti gradini. Mi ero raccontato che con questi lavori mi sarei guadagnato da vivere e mi ero raccontato anche che quella vita mi sarebbe piaciuta, nonostante la mancanza di amici, famigliari e soldi.

Era proprio da scemi, scemi, scemi. Certo, mi sentivo in colpa per tutto quanto, ma non era il senso di colpa a impedirmi di dormire, era l'imbarazzo. Ve lo immaginate? Non dormire per l'imbarazzo. Arrossivo. Avevo letteralmente troppo sangue nella faccia per chiudere gli occhi. Be', forse non letteralmente, ma la sensazione era proprio quella.

Alle sei mi alzai, mi vestii e tornai alla stazione. Non avevo pagato la stanza, ma in fondo nemmeno il signor Brady aveva pagato me. Lui se la sarebbe cavata. Io sarei tornato a casa a sposare Alicia e a prendermi cura di Ufo, e non sarei scappato mai più.

*

Solo che non basta decidere di non essere più scemi. Se no perché non *decidiamo* di essere intelligentissimi – abbastanza intelligenti per inventare, non so, l'iPod e fare soldi a palate? Oppure perché non *decidiamo* di essere David Beckham? O Tony Hawk? Se uno è veramente scemo, può prendere tutte le decisioni intelligenti che vuole, ma non gli servirà a niente. Ciascuno deve tenersi il cervello con cui è nato e il mio deve avere le dimensioni di un fagiolo.

Sentite qua.

Anzitutto ero contento di arrivare a casa alle nove del mattino, perché la mamma va a lavorare alle otto e mezzo. Così pensai che mi sarei preparato la colazione, avrei guardato i programmi del mattino alla tele e poi, al suo ritorno, avrei detto alla mamma che mi dispiaceva. Da scemi? Da scemi. Scoprii che mia mamma, la mattina dopo che ero scappato di casa senza dirle niente, non era andata al lavoro. Scoprii che era preoccupata per me fin dal pomeriggio del giorno prima e che non era nemmeno andata a dormire. Chi l'avrebbe mai detto? Voi, forse. E chiunque al mondo abbia più di due anni. Io invece no. No no.

Ma il peggio deve ancora arrivare. Quando imboccai la nostra via, davanti al palazzo c'era una macchina della polizia. Così proseguii chiedendomi chi avesse avuto dei guai, o sperando che non fosse successo niente alla mamma, o pregando che quella notte non fossero entrati i ladri e non ci avessero rubato il lettore DVD. Da scemi? Da scemi. Perché scoprii che, quando si erano fatte le tre del mattino e Alicia non mi aveva sentito, mia mamma non mi aveva sentito e nessuno riusciva a chiamarmi sul cellulare perché quello era in fondo al mare, si erano fatti prendere dal panico e avevano chiamato la polizia! Non è incredibile?

Perfino quando infilai la chiave nella serratura mi aspettai di vedere un appartamento senza lettore DVD. Invece il lettore DVD fu la prima cosa che vidi. La seconda fu mia

120

mamma che si asciugava gli occhi con un fazzoletto di carta e due poliziotti. Un uomo e una donna. E anche quando vidi mia mamma asciugarsi gli occhi pensai: Oh, no! Cos'è successo alla mamma?

Lei mi guardò, poi diede un'occhiata in giro in cerca di qualcosa da lanciarmi addosso e trovò il telecomando. Non mi colpì con quello, ma se l'avesse fatto forse sarei tornato a Hastings e, per colpa di vicende legate in qualche modo a dei telecomandi, avrei passato tutto il giorno a fare avanti e indietro da Hastings, e allora ci sarebbe stato da ridere. O almeno, ci sarebbe stato più da ridere così che per quanto mi stava succedendo.

«Che scemo, sei proprio scemo» disse. La gente cominciava ad accorgersi di 'sta cosa che ero scemo. «Dove sei stato?»

Mi limitai a fare la faccia pentita e risposi: «A Hastings».

«Hastings? Hastings?» Adesso urlava proprio. La poliziotta, seduta per terra ai suoi piedi, le toccò la gamba.

«Sì.»

«Perché?»

«Be'. Ti ricordi che siamo andati là a giocare a minigolf con i Parr?»

«NON VOGLIO SAPERE PERCHÉ A HASTINGS. VOGLIO SAPERE PERCHÉ TE NE SEI ANDATO.»

«Hai parlato con Alicia?»

«Sì. Certo. Ho parlato con Alicia, ho parlato con Lepre, ho parlato con tuo padre, ho parlato con tutti quelli che mi sono venuti in mente.»

Per un attimo fui distratto dall'idea di mia mamma che parlava con Lepre. Io non sarei riuscito a rintracciarlo, quindi non capivo come ci era riuscita lei. E poi mi domandai se gli era venuta la tentazione di invitarla fuori.

«Alicia cosa ti ha detto?»

«Ha detto che non sapeva dov'eri.»

«E basta?»

«Non sono stata lì a chiacchierare dello stato della vostra relazione, se è questo che vuoi sapere. Però era sconvolta. Che cosa le hai fatto?»

Non potevo crederci. L'unica cosa positiva delle ultime ventiquattro ore, per quanto mi riguardava, era che Alicia doveva aver detto a mia mamma che era incinta, così non avrei dovuto farlo io. E adesso scoprivo che in realtà non era successo niente.

«Ah.»

«Dov'è il tuo cellulare?»

«Perso.»

«Dove hai dormito?»

«Mah... in un albergo. Una specie di pensione.»

«E come hai fatto a pagare?»

La poliziotta si alzò in piedi. Eravamo passati dalla questione se ero vivo o morto alla questione di come avevo pagato la pensione, quindi forse pensò che la sua presenza era ormai superflua. Secondo me non fu molto professionale. Magari aspettavo solo che se ne andasse per dire a mia mamma che avevo spacciato crack o derubato degli ospiti della pensione. E così avrebbe perso l'occasione di arrestarmi. Forse non gliene importava niente perché era successo a Hastings e non era di sua competenza.

«Noi dobbiamo andare» disse la poliziotta. «Poi la chiamo.»

«Grazie di tutto l'aiuto» disse la mamma.

«Si figuri. L'importante è che sia sano e salvo.»

La donna mi guardò, e sono abbastanza sicuro che quello sguardo aveva un significato, anche se non ho idea di quale fosse. Poteva voler dire: *Fa' il bravo con la mamma*, oppure: *So come hai fatto a pagare la camera*, oppure: *Ades-*

so sappiamo che sei cattivo e ti sorveglieremo SEMPRE. Non era un semplice saluto, poco ma sicuro.

Mi dispiacque vederli andar via, perché, usciti loro, niente avrebbe potuto impedire a mia mamma di commettere atti criminosi contro di me, e avevo capito che era dell'umore giusto per farlo. Aspettò di sentire la porta d'ingresso chiudersi alle loro spalle e poi domandò: «Allora. Che storia è questa?»

Non sapevo cosa rispondere. Perché Alicia non aveva detto a mia mamma che era incinta? Certo, a questa domanda c'erano molte risposte possibili, ma quella che scelsi – perché sono scemo – fu: Alicia non aveva detto a mia mamma che era incinta perché in realtà non era incinta. Che prove c'erano? Soprattutto se non si considera tutta quella storia del salto nel futuro, che non era molto attendibile. La mia prova era che Alicia voleva comprare un test di gravidanza. Il risultato del test non l'avevo saputo, perché avevo spento il cellulare e l'avevo buttato in mare. Be', un mucchio di persone comprano un test per poi scoprire che non sono incinte, giusto? Se no, perché ci sarebbero i test? Così, se Alicia non era incinta, non c'era bisogno di dire niente a mia mamma. Questa era la notizia bella. Quella brutta era che, se Alicia non era incinta, non avevo una ragione plausibile per essere scappato di casa per una notte.

Rimanemmo lì, seduti.

«Allora?» disse la mamma.

«Posso fare colazione?» domandai. «E bere un tè?»

Fu una mossa astuta, per quanto possa essere astuta la mossa di uno scemo. Lo dissi in un tono che significava: È una storia lunga. E infatti l'avrei inventata lunga.

Mia mamma venne ad abbracciarmi e poi andammo in cucina.

Mi preparò uova strapazzate, bacon, funghi, fagioli e

sfoglie di patata, dopodiché preparò le stesse identiche cose. Avevo una fame bestiale, perché a Hastings avevo mangiato solo due cartocci di patatine, ma una colazione sarebbe bastata. Il fatto è che, quando lei cucinava e io mangiavo, potevo evitare di parlare. Ogni tanto mi buttava lì qualche domanda tipo: Come sei andato a Hastings? Oppure: Hai parlato con qualcuno? Così finii col raccontarle del signor Brady, del lavoro che avevo trovato e della storia del telecomando, e lei rise e tutto sembrava a posto. Ma sapevo che così rimandavo e basta. Per un attimo valutai la possibilità di fare una terza colazione e bere la quarta tazza di tè, tanto per prolungare il momento di intimità, ma avrei vomitato.

«Allora?»

Corrugai la fronte guardando il piatto, come chi sta per togliersi un peso dallo stomaco.

«Mah... non so. Avevo paura.»

«Ma di cosa, tesoro?»

«Non lo so. Di tante cose. Io e Alicia che ci eravamo lasciati. La scuola. Tu e papà.»

Sapevo che prima si sarebbe concentrata sulla terza cosa.

«Io e papà? Ma siamo divorziati da anni.»

«Sì. Boh. È come se di colpo tutto fosse precipitato.»

Qualsiasi persona normale si sarebbe messa a ridere. Ma posso dire per esperienza che i genitori vogliono sentirsi in colpa. O meglio, se gli fai capire che sei rimasto segnato da una cosa che hanno fatto loro, non si accorgono di quanto sono stupide le tue parole. Le prendono molto, molto sul serio.

«Lo sapevo, avremmo dovuto fare le cose in un altro modo.»

«Tipo?»

«Io volevo andare da un consulente famigliare, ma ovviamente secondo tuo padre era una fesseria.»

124

«Eh già. Be'. Troppo tardi.»

«Ma il bello è questo» disse la mamma. «Che non è troppo tardi. Ho letto un libro su un uomo torturato dai giapponesi cinquant'anni fa che non riusciva a uscirne e così si è rivolto a qualcuno. Non è mai troppo tardi.»

Avrei voluto ridere, per la prima volta da giorni, ma non potevo.

«Sì. Lo so. Ma quello che avete fatto tu e papà... Sì, mi ha scombussolato, credo, ma non è stato come farsi torturare dai giapponesi. Sicuramente no.»

«No, e neppure abbiamo divorziato cinquant'anni fa. Quindi, sai...»

Non lo sapevo, ma mi limitai ad annuire.

«Dio santo» disse. «Tieni fra le braccia un bambino, lo guardi, pensi: Non voglio rovinargli la vita. E poi cosa fai? Gli rovini la vita. Incredibile il... il pasticcio che ho combinato.»

«Be', fa niente» dissi. Ma non lo dissi molto... molto convinto. Volevo farle capire che per un giorno potevo perdonarla, ma non per altri dieci anni.

«Verrai con me da qualcuno?»

«Non lo so.»

«Perché non lo sai?»

«Adesso non saprei... be', non saprei cosa dirgli.»

«Chiaro che non lo sai. È per questo che dobbiamo andare da un consulente famigliare. Riuscirai a esprimere cose che magari ti sembra di non sapere. Farò venire anche tuo padre. Non è prevenuto come prima. Siccome non riuscivano ad avere un figlio, Carol lo ha convinto ad andare da qualcuno. Farò un po' di ricerche in ufficio. Prima lo si fa, meglio è.»

E mi abbracciò. Ero perdonato di essere scappato di casa perché non riuscivo a far fronte al divorzio dei miei. E fin qui, bene. L'aspetto negativo, invece, era che dovevo andare da uno sconosciuto a parlargli di sentimenti che non provavo e io mica sono tanto bravo a inventarmi le cose. In più, mia mamma non immaginava neanche il vero motivo per cui ero stato una notte a Hastings e non sapevo proprio come dirglielo.

La mamma voleva andare al lavoro e mi fece promettere di non uscire per nessun motivo. Io non volevo uscire. Sarei voluto stare a casa tutto il giorno a guardarmi *Judge Judy* e *Deal or No Deal*. Ma sapevo di non poterlo fare. Sapevo che dovevo andare a casa di Alicia a vedere come stavano le cose. Avrei potuto chiamarla dal telefono di casa, ma qualcosa mi tratteneva. Probabilmente era il timore che lei mi facesse una sfuriata e io rimanessi lì al telefono con la bocca che si apriva e si richiudeva. Se invece fossi stato fisicamente davanti a lei, almeno mi sarei sentito una persona. Al telefono sarei stato soltanto una bocca che si apre e si chiude.

Il mio piano era di andare a casa di Alicia in autobus e nascondermi fra i cespugli finché non avessi colto qualche segno di come stavano le cose, belle o brutte che fossero. Il piano, scoprii, aveva due difetti:
  – zero cespugli;
  – che segni c'erano da cogliere?

Nella mia testa ero stato via dei mesi, quindi pensavo che un segno sarebbe stato Alicia che camminava adagio con il pancione, o Alicia che si fermava da qualche parte a vomitare. Ma la verità era che ero stato via appena un giorno e mezzo, così, quando in effetti la vidi, aveva un aspetto molto simile a quello del giorno in cui ci eravamo incontrati allo Starbucks per andare a comprare il test di gravidanza. Ero confuso per molte ragioni. Ero confuso perché avevo pensato tanto ad Alicia incinta. Ma essere scaraventato nel futuro non aveva migliorato le cose. Vivevo contemporaneamente in tre dimensioni temporali.

Siccome non c'erano cespugli, dovetti ripiegare su un lampione di fronte alla casa. Non era granché come posto di vedetta, perché l'unico modo di nascondermi bene era appoggiarmici con la schiena e la testa e stare fermo. Così ovviamente non vedevo niente, soltanto la casa che avevo davanti, cioè la casa di fronte a quella di Alicia. Che cavolo stavo facendo? Erano le undici del mattino e Alicia probabilmente era a scuola. E, se non era a scuola, era nella casa che non guardavo. E se fosse uscita dalla casa che non guardavo, non l'avrei vista. Poi passò Lepre con la tavola sotto il braccio. Cercai di nascondermi, ma lui mi vide, così la mia mossa sembrò ancora più stupida.

«Perché ti nascondi?» chiese.

«Ah. Ciao, Lepre.»

Lui, con uno schianto, lasciò cadere la tavola per terra accanto al lampione.

«Vuoi una mano?»

«Una mano?»

«Non ho niente da fare. Tanto vale che ti aiuti. Vuoi che mi nasconda con te? O che mi trovi un altro posto?»

«Magari trovati un altro posto. Dietro un lampione non ci si sta in due.»

«Giusta osservazione. Ma perché ti nascondi?»

«Bisogna che da quella casa non ci vedano.»

«Ah. Forte. Ma allora perché non ce ne andiamo a casa nostra? Là non potrà vederci nessuno.»

«Perché a casa non ci vai tu, Lepre?»

«Non c'è bisogno di fare così. Lo capisco quando non sono desiderato.»

Se Lepre capisse quando non è desiderato, a quest'ora vivrebbe in Australia. Ma non era colpa sua se ero scappato per evitare la mia ragazza incinta e non avevo il coraggio di bussare alla sua porta.

«Scusami, Lepre. È che credo di dover fare questa cosa da solo.»

«Sì. Hai ragione. Tanto non avevo capito bene cosa stavamo facendo.»

E se ne andò.

Dopo che Lepre se ne fu andato, cambiai tattica. Mi spostai dall'altra parte del lampione e mi ci appoggiai. Così, più o meno guardavo dentro la finestra del suo soggiorno e, se lì dentro c'era qualcuno, volendo poteva venire a parlare con me. Non venne nessuno. La Fase Due della missione era terminata e, non vedendo come potesse esserci una Fase Tre, tornai alla fermata dell'autobus. Il resto della giornata lo trascorsi a guardare *Judge Judy* e *Deal or No Deal* e a mangiare schifezze comprate con i soldi con cui avrei dovuto mantenermi nella mia nuova vita a Hastings. Quello era uno solo degli aspetti superpositivi del mio ritorno a casa. Volendo, in un giorno solo potevo spendere in patatine tutto quel che rimaneva delle mie quaranta sterline.

Appena prima che mia mamma tornasse dal lavoro, mi resi conto che potevo fare qualcos'altro, oltre che starmene appoggiato a un lampione, prima da una parte e poi dall'altra. Potevo bussare alla porta di Alicia, chiederle se era incinta, chiederle come stava e come stavano i suoi genitori. Dopodiché sarebbe potuta cominciare la nuova fase della mia vita.

Ma non volevo ancora farlo. Nel mio viaggio nel futuro avevo visto come sarebbe stata la nuova fase della mia vita e non mi piaceva neanche un po'. Se rimanevo a casa a guardare la tele, la nuova fase della mia vita non sarebbe mai arrivata.

9

E per un paio di giorni funzionò, e mi sentii potente. Potevo fermare il tempo! All'inizio fui cauto: non uscivo e non rispondevo al telefono, anche se non squillava molto spesso. Dissi alla mamma che in quella pensione schifosa mi ero preso un malanno, tossii molto e lei mi tenne a casa da scuola. Mangiai pane tostato, mi guardai un po' di YouTube e disegnai una nuova T-shirt per Tony Hawk. Non gli parlavo da quando ero tornato. Adesso mi spaventava un po'. Non avevo nessuna voglia di tornare nel posto in cui mi aveva mandato l'ultima volta che avevamo parlato.

Il terzo giorno bussarono alla porta e andai ad aprire. Qualche volta la mamma compra roba su Amazon e, siccome in casa non c'era mai nessuno, il sabato dovevamo andare in posta a ritirarla, così pensai che ci eravamo risparmiati un viaggio.

Invece non era il postino. Era Alicia.

«Ciao» disse. E poi scoppiò a piangere. Io non feci niente. Non la salutai, non la invitai a entrare, non la toccai. Mi venne in mente il cellulare in fondo al mare e pensai che era un po' come se in quell'istante fossero arrivati tutti gli SMS e tutte le chiamate.

Alla fine mi ripresi. La trascinai in casa, la feci sedere al tavolo della cucina, le chiesi se voleva un tè. Lei annuì, ma senza smettere di piangere.

«Mi dispiace» dissi.

«Mi odi?»

«No» risposi. «No. Figurati. Perché dovrei odiarti?»

«Dove sei stato?»

«A Hastings.»

«Perché non mi hai mai chiamata?»

«Ho buttato il cellulare in mare.»

«Vuoi sapere il risultato del test?»

«Credo di saperlo.»

E anche in quel momento, quando dissi così con lei che piangeva ed era venuta a casa mia di giorno e milioni di cose mi dicevano che c'erano brutte notizie, il cuore cominciò ad accelerare. Perché c'era ancora una probabilità su un trilione che lei dicesse: «Scommetto di no», oppure: «No, assolutamente no». Non era ancora finita. Come facevo a sapere che non era sconvolta perché ci eravamo lasciati, o perché i suoi si stavano lasciando, o un fidanzato nuovo la trattava da cani? Poteva essere qualsiasi cosa.

Ma lei si limitò ad annuire.

«I tuoi mi vogliono morto?»

«Non gliel'ho detto» rispose. «Speravo di farlo con te.»

Non dissi niente. Ecco qua, ero stato a Hastings una notte e mentre ero là non era successo niente, e una delle ragioni principali per cui ci ero andato era stata proprio questa: che le cose succedessero. Che mia mamma venisse a saperlo dai genitori di Alicia. Prima si sarebbe arrabbiata, ma poi si sarebbe preoccupata perché ero scomparso e mi avrebbe perdonato. Volevo tornare a Hastings. Avevo sbagliato a credere che il lavoro col signor Brady fosse brutto quanto avere un bambino o ancora di più. Non era più brutto. Quella gravidanza avrebbe ucciso mia mamma, la mamma e il papà di Alicia e probabilmente me e Alicia, e sotto il letto del signor Brady non avrei potuto toccare niente di tanto letale.

«Cosa farai?»

Lei per un po' tacque.

«Mi fai un favore?» chiese poi. «Quando parliamo di questa cosa, puoi usare il noi?»

Non capii e feci una smorfia per comunicarglielo.

«Mi hai chiesto: 'Cosa *farai*?' Avresti dovuto chiedermi: 'Cosa *faremo*?'»

«Ah. Già. Scusami.»

«Perché... Be', ci ho riflettuto sopra. Non importa se ci siamo lasciati, perché è anche figlio tuo, giusto?»

«Immagino di sì. Se lo dici tu.»

Praticamente in tutti i film o telefilm che avevo visto, a un certo punto, in situazioni analoghe, il tipo dice così. Io in realtà lo dissi tanto per dire. Tanto per recitare la mia parte.

«Lo sapevo che avresti fatto così.»

«Così come?»

«Lo sapevo che te la saresti filata. I ragazzi fanno sempre così.»

«I ragazzi fanno sempre così? Perché? Quante volte ti sei trovata in questa situazione?»

«Vaffanculo e restaci.»

«Vaffanculo e restaci» ripetei, facendole il verso.

L'acqua bolliva. Impiegai un sacco di tempo a tirare fuori le tazze, immergere le bustine di tè, versare il latte e buttare via le bustine.

Prima di procedere con il racconto di questa conversazione, devo fare una pausa per dire una cosa: adesso ho diciott'anni. Ai tempi di questa conversazione ne avevo sedici. Sono passati soltanto due anni, ma mi sembrano più di dieci. Mi sembra passato tanto tempo non soltanto perché da allora sono successe molte cose, ma anche perché il ragazzo che quel pomeriggio parlava con Alicia... non aveva sedici anni. Non aveva soltanto due anni meno di quello che vi parla ora. Adesso, e anche allora, la sensazione è che quello fosse un bambino di otto o nove anni. Stava male e voleva piangere. Gli tremava la voce ogni volta che cercava di dire qualcosa. Voleva la sua mamma e non voleva che la sua mamma sapesse.

«Scusami» dissi. Per un pochino Alicia aveva smesso di piangere, ma adesso aveva riattaccato, così avevo dovuto dire qualcosa.

«Non è stato un bell'inizio, eh?»

Scossi la testa, ma la parola «inizio» mi fece stare ancora peggio. Ovviamente aveva ragione. Quello era un inizio. Ma io non volevo che lo fosse. Avrei voluto che quello fosse il peggio e la fine, e invece no.

«Terrò il bambino» disse.

Più o meno lo sapevo, grazie alla notte e al giorno che avevo vissuto nel futuro, così fu strano pensare che era una novità. A dire il vero mi ero dimenticato che c'era un'alternativa.

«Ah. E che fine ha fatto il noi?»

«Cioè?»

«Hai appena detto che dovevo parlare di cosa *faremo*. E adesso mi dici cosa *farai tu*.»

«È diverso, non trovi?»

«Perché?»

«Perché finché il bambino è qui dentro, è parte del mio corpo. Quando uscirà, sarà il nostro bambino.»

C'era qualcosa che non andava, nelle sue parole, ma non riuscivo a capire cosa.

«Ma che cosa faremo con un bambino?»

«Che cosa faremo? Ci prenderemo cura di lui. Che altro potremmo fare?»

«Ma...»

In seguito, persone più intelligenti di me avrebbero fatto qualche obiezione. Ma in quel momento non mi venne in mente niente. Il corpo era suo e lei voleva il bambino.

Dopo, quando sarebbe nato, ci saremmo presi cura di lui. Non mi sembrava che ci fosse molto altro da dire.

«Quando lo dirai ai tuoi?»

«Lo diremo. Quando lo diremo ai miei.»

Lo diremo. Me ne sarei stato lì a sentire Alicia dire ai suoi una cosa che gli avrebbe fatto venir voglia di ammazzarmi. Oppure lei se ne sarebbe stata lì a sentire me dire ai suoi una cosa che gli avrebbe fatto venir voglia di ammazzarmi. Quando ero scappato a Hastings, più o meno avevo capito che le cose si mettevano male, ma non credevo così male.

«D'accordo. Lo diremo.»

«Ci sono ragazze che aspettano secoli a dirlo ai genitori. Fino a quando è inevitabile» rispose. «Ho letto qualcosa su Internet.»

«Mi sembra sensato» commentai. Errore.

«Dici?» E sbuffò. «Sembrerà sensato a te, che vuoi solo rimandare.»

«Non è vero.»

«Cosa fai stasera?»

«Stasera no» risposi, non troppo di getto, ma nemmeno troppo lentamente.

«Perché?»

«Ho detto...» (Cos'ho detto? Cos'ho detto?) «... che andavo con...» (Con chi? Con chi? Con chi?) «... mia mamma a...» (Dove? Dove? Cazzo!) «... una roba di lavoro che deve fare. Tutti ci vanno sempre con qualcuno e lei ci va sempre da sola, così un mucchio di tempo fa le ho promesso...»

«Va bene. Domani sera?»

«Domani sera?»

«Non vuoi rimandare, te lo ricordi, vero?»

E invece volevo. Eccome se volevo. Volevo rimandare all'infinito. Solo che sapevo di non poterglielo dire.

«Domani sera» dissi e mi bastò sentire uscire dalla mia bocca quelle parole per voler correre subito in bagno. Chissà in che condizioni sarebbe stato il mio stomaco, di lì a ventiquattr'ore.

«Prometti? Verrai da me dopo la scuola?»

«Dopo la scuola. Prometto.»

All'indomani sera mancavano cent'anni. Prima di allora qualcosa sarebbe cambiato.

«Ti vedi con qualcuno?» domandò Alicia.

«No. Oddio. No.»

«Neanch'io. Così sarà tutto più facile, no?»

«Direi di sì.»

«Sta' a sentire. So che ti sei stufato di me...»

«No, no. Non è questo» risposi. «È che...» Ma non mi venne in mente niente, così lasciai la frase a metà.

«Non importa. Comunque so che sei un bravo ragazzo. Quindi, se doveva succedere, sono contenta che sia successo con te.»

«Anche se sono scappato?»

«Non sapevo che fossi scappato. Sapevo solo che non eri andato a scuola.»

«Non riuscivo a gestire la cosa» dissi.

«Sì, be'. Neanch'io. Nemmeno adesso.»

Bevemmo il tè, cercammo di parlare d'altro e poi tornò a casa. Dopo che se ne fu andata vomitai nel lavandino della cucina. Troppe colazioni, immagino. E, anche se non stavo parlando con TH, improvvisamente sentii la sua voce. «Seduto sul water, tenevo precariamente davanti alla faccia un secchio della spazzatura mentre il contenuto del mio stomaco mi sgorgava dalla bocca e dal naso con la stessa forza impressionante» disse. Strano cosa si va a pensare in momenti così, vero?

Mi mancavano i miei discorsi con TH, ma quello che mi stava succedendo nel presente era già abbastanza brutto e non avevo nessuna voglia di sapere cosa mi sarebbe successo nel futuro. Invece di parlare con lui, rilessi il suo libro. Anche se l'avevo letto mille volte, c'erano episodi che avevo dimenticato. Per esempio avevo dimenticato come aveva chiesto a Erin di sposarlo, quella storia con i coyote e la torcia elettrica. Ma forse non è che l'avessi proprio dimenticata. Forse prima non l'avevo mai trovata interessante. Non mi aveva mai detto granché. A quattordici o quindici anni, il suo primo matrimonio l'avevo trovato quasi sopportabile, perché in effetti ti capita, ogni tanto, di conoscere una che pensi di sposare. Nelle prime due settimane, per esempio, ero stato abbastanza sicuro che avrei sposato Alicia. Ma a quell'età non pensi a un secondo matrimonio. In quel momento, però, era un po' come se il mio primo matrimonio, che non era ancora cominciato davvero, fosse finito, e avevamo un figlio, ed era un gran casino. Così, leggere di TH ed Erin fu utile, perché TH aveva sposato Cindy, aveva avuto Riley e avevano superato la cosa. TH ed Erin erano il futuro. Se mai fossi sopravvissuto a quel casino, non mi sarei sposato mai più, ne ero assolutamente certo. Ma forse dall'altra parte c'era qualcosa. Qualcosa in cui sperare. Qualcosa come Erin, anche se non era Erin e nessun'altra, ragazza o donna che fosse.

Ed è per questo che *Hawk – Occupation: Skateboarder* è un libro geniale. Ogni volta che lo apri, ci trovi qualcosa che ti aiuta nella vita.

Quando la mamma tornò dal lavoro, mi disse che dovevamo uscire subito, perché non so quale collega l'aveva messa in contatto con una consulente famigliare e, siccome questa consulente famigliare era amica di un'amica, potevamo saltare la lista d'attesa e avevamo un appuntamento alle 18.30.

«Ci facciamo un tè?» Era l'unica cosa che mi era venuta in mente, ma anch'io capivo che non sarebbe bastato per evitarmi di andarci.

«Dopo si va all'indiano. Possiamo uscire tutti e tre e parlare.»

«Tutti e tre? E come facciamo a sapere che andremo d'accordo con la consulente?»

«Non la consulente, stupidino. Tuo papà. L'ho convinto a venire. Perfino lui ha capito che la tua fuga è una cosa da prendere sul serio.»

Be', un disastro più grande non poteva succedere, che ne dite? La mia famiglia al gran completo stava per andare da una tizia a parlare di problemi che non esistevano. Dei problemi che invece esistevano, nessuno sapeva niente e nessuno avrebbe saputo niente. Ci sarebbe stato da ridere, se mai fosse stato possibile ridere ancora di qualcosa.

La tizia in questione si chiamava Consuela, cosa che bastò per far venire a mio papà la luna storta fin dal primissimo istante. Non so se si può dire che papà è razzista, perché non l'ho mai sentito parlare male di neri, musulmani, o asiatici. Ma odia praticamente tutti gli europei. Odia i francesi, gli spagnoli, i portoghesi e gli italiani... Chissà perché, odia chiunque venga dai posti in cui si andrebbe volentieri in vacanza. Sono tutti posti in cui l'ha fatta, una vacanza. Dice sempre che non è mai stato lui a cominciare e che i primi a odiarlo sono sempre stati loro, ma in vacanza con lui in un paio di questi posti ci sono andato e non è vero. Ogni volta che scendeva dall'aereo si immusoniva. Abbiamo sempre cercato di parlargliene, ma senza mai concludere niente. Comunque, peggio per lui. L'anno scorso andò in Bulgaria, ma a detta sua neanche lì funzionò. La verità è che odia andare all'estero, quindi è un bene che l'Africa e gli altri posti in cui vivono i neri siano tanto lontani, perché se no sarebbe un vero e proprio razzista e dovremmo smettere di rivolgergli la parola.

Non potevamo nemmeno far finta che Consuela non fosse spagnola, perché l'accento era inequivocabile. Ogni volta che diceva «grasie» invece di «grazie» o cose del genere, quasi si vedeva uscire il fumo dalle orecchie di papà.

«Dunque» cominciò Consuela. «Sam. Sei andato di casa, giusto?»

«Scappato di casa» la corresse mio papà.

«Grasie» disse Consuela. «Ogni tanto sbaglio a parlare. Sono di Madrid.»

«Non l'avrei mai detto» fu il commento sarcastico di papà.

«Grasie» rispose Consuela.

«Dunque» riprese. «Sam. Sai spiegarci perché sei andato?»

«Sì, be'. Lo stavo raccontando alla mamma. La scuola cominciava a essere un problema e poi... boh. Ho cominciato a soffrire per la separazione di mamma e papà.»

«E quando si sono separati?»

«Soltanto dieci anni fa» disse papà. «Quindi è una cosa recente.»

«Sì, fai pure» intervenne la mamma. «Un po' di garbato sfottimento faciliterà le cose.»

«Non gliene frega più niente della nostra separazione» disse papà. «Mica è per colpa nostra che se l'è squagliata a Hastings. È successo qualcosa che non vuole raccontarci. Ha rubato. Si è drogato. Qualcosa è successo.»

Chiaro che aveva ragione. Ma aveva ragione in un modo irritante, irritantissimo. Partiva dal presupposto che raccontassi balle solo perché era una carogna piena di bile che pensava sempre il peggio di tutti.

«Quindi secondo lei cos'è stato, Dave?» domandò Consuela.

«Boh. Lo chieda a lui.»

«Lo sto chiedendo a lei.»

«E che ci guadagna a chiederlo a me? Mica so cos'ha combinato.»

«Lo chiediamo a lei perché durante queste sedute tutti hanno l'opportunità di dire cosa pensano» rispose Consuela.

«Ah, ho capito» fece papà. «Tutti abbiamo già deciso che la colpa è mia.»

«E quando l'avrebbe detto?» chiese la mamma. «Visto? È fatto così. Con lui non si può parlare. Per forza Sam è scappato.»

«Quindi la colpa è mia» disse papà.

«Posso dire una cosa?» domandai. «È previsto?»

Tutti tacquero e assunsero un'aria colpevole. Si stava facendo quella cosa per me e nessuno mi degnava della minima attenzione. Il problema però è che non avevo niente di utile da dire. L'unica cosa che valeva la pena di dire era che Alicia era incinta, ma quello non era né il momento né il posto adatto.

«Lasciamo stare» dissi. «Tanto è inutile.» Dopodiché incrociai le braccia e mi fissai le scarpe, come per far capire che non avrei più aperto bocca.

«È questo che pensi?» domandò Consuela. «Che parlarne sarebbe inutile?»

«Sì.»

«A casa non lo pensa» disse la mamma. «Soltanto qui.»

«Solo che i suoi sentimenti riguardo al vostro divorzio eccetera eccetera vi sorprendono un po'. Quindi forse a casa parla meno di che credete.»

«Ma com'è che una spagnola finisce a lavorare per l'amministrazione?» disse mio papà. Se invece di badare agli errori di lingua avesse ascoltato quel che diceva, avrebbe potuto cantargliele a mia mamma. Consuela aveva appena osservato che, a quanto pareva, la mamma non sapeva molto di me. Ma papà è fatto così. A volte mi chiedo come sarebbe stata la mia vita se fossi andato a Barnet a vivere con papà invece che stare con la mamma. Avrei finito con l'odiare gli spagnoli come lui? Probabilmente non sarei diventato uno skater, perché dove abita lui non c'è molto cemento. E non gli sarebbe piaciuto granché vedermi disegnare tutto il giorno. Quindi probabilmente me la sarei passata peggio. D'altra parte non avrei mai conosciuto Alicia. Non conoscere Alicia sarebbe stato un bene. Non conoscere Alicia le batte tutte.

«Per lei è un problema che sono spagnola?»

«No, no» rispose mio papà. «Ero solo curioso.»

«Molto tempo fa ho sposado un inglese. Vivo qui da moltissimi anni.»

Papà mi fece una smorfia senza che lei se ne accorgesse e io quasi scoppiai a ridere. Era una smorfia geniale, veramente, perché era una smorfia che diceva: Ah. E allora com'è che parla così male? E mica è facile fare una smorfia così.

«Ma per favore. Sembra che Sam ha molti problemi. Nel tempo che abbiamo dobbiamo parlare di quelli.»

Molti, moltissimi problemi.

«Sam, hai detto anche che la scuola è un problema.»

«Sì.»

«Puoi spiegare?»

«In realtà no.» E mi fissai di nuovo le scarpe. Sprecare quell'ora sarebbe stato più facile di quanto avessi creduto.

Dopo, ci toccò uscire a cena tutti e tre insieme e parlare ancora un po'. Andammo a un indiano e quando portarono i pappadam mia mamma riprese l'argomento.

«Ti è sembrato utile?»

«Sì» risposi. Ed era vero, diciamo. Se avessi avuto dei problemi a scuola o per il divorzio di mamma e papà, sarebbe stato proprio il posto giusto in cui parlare di tutto quanto. Il fatto è che i miei problemi erano altri, ma non potevo criticare Consuela per questo, nessuno poteva criticarla per questo.

«E Alicia?» chiese mia mamma.

«Chi è Alicia?» fece mio papà.

«Era la ragazza di Sam. Direi che è stata la tua prima storia seria, giusto?»

«Più o meno.»

«Ma adesso non state più insieme?» domandò papà.

«No.»

«Perché?»

«Boh. Perché...»

«Quindi è solo una coincidenza?» chiese la mamma.

«Che coincidenza?»

«Prima tu e Alicia vi lasciate e poi scappi a Hastings.»

«Sì.»

«Davvero?»

«Be', sai.»

«Ah! Finalmente!» disse mio papà. Dopodiché partì all'attacco con mia mamma. «Visto? Perché non hai tirato fuori 'sta cosa alla seduta?»

«Non stava dicendo che le due cose sono collegate.»

«Sì, invece! Ha appena detto: 'Be', sai'! Per lui è il modo più diretto di dire una cosa! Nella lingua di Sam significa: 'Quella ragazza mi ha incasinato tutto, non riuscivo a gestire la situazione e me la sono filata'.»

«È questo che volevi dire?» mi domandò mia mamma. «È questo che 'Be', sai' significa nella lingua di Sam?»

«Direi di sì.»

Non avevo la sensazione di mentire. Almeno parlavamo

della persona che c'entrava, non delle cose che non c'entravano niente come la scuola o il loro divorzio. Così mi sentii un po' sollevato. E lei, Alicia, in un certo senso mi aveva incasinato, diciamo. E decisamente non sapevo gestire la situazione.

«E a cosa ti sarebbe servito scappare?» chiese mio papà. Domanda più che legittima.

«Non volevo più vivere a Londra.»

«Quindi eri andato a Hastings per rimanerci?» domandò mia mamma.

«Be', in realtà no. Visto che sono tornato. Però sì, avevo pensato di rimanerci.»

«Non puoi cambiare città ogni volta che ti molli con una» disse mio papà. «La vita è piena di queste cose. Dovresti trasferirti un sacco di volte.»

«Mi sento in colpa perché sono stata io a presentarli» disse mia mamma. «Non immaginavo di fare tanto danno.»

«Ma come pensavi di risolvere la cosa andando a Hastings?» riattaccò mio papà.

«Sapevo che là non l'avrei vista.»

«Allora è una del posto?»

«Di dove credi che sia? Di New York? Da quando in qua i ragazzi frequentano ragazze che non sono del posto?» disse la mamma.

«Io 'sta storia non la capisco. Capirei se tu l'avessi picchiata o roba del genere. Ma...»

«Ah, perfetto» fece la mamma. «È così che gli insegni il senso di responsabilità, eh?»

«Mica ho detto che avrebbe fatto bene. Ho detto solo che capirei. Cioè, sarebbe una spiegazione come un'altra.»

Aveva di nuovo ragione. Sarebbe stata una spiegazione come un'altra. Forse la migliore.

«La gente fa cose strane quando ha il cuore a pezzi. Ma tu queste cose non puoi saperle.»

«Uh. Ci risiamo.»

«Tu mica stavi per morire di crepacuore quando ci siamo lasciati. Mica sei scomparso chissà dove. Eri solo a casa della tua ragazza.»

E via che si ricominciava.

Qualche volta, ascoltare mamma e papà era come essere uno spettatore allo stadio quando si corrono i diecimila metri alle Olimpiadi. Quelli continuano a girare, girare, e a ogni giro c'è un breve momento in cui passano proprio davanti a te e ti ritrovi vicinissimo a loro. Ma poi spariscono di nuovo dietro la curva e li hai persi. Quando papà si era messo a parlare di me che picchiavo Alicia, era stato come se avesse scavalcato le transenne della pista per venire dritto verso di me. Ma poi si era distratto e aveva ripreso la gara.

Il giorno dopo tornai a scuola, ma non parlai con nessuno, non ascoltai niente, non presi in mano una penna per tutto il giorno. Me ne rimasi lì, a rimestare tutto nella testa e nello stomaco. Alcune cose che pensavo erano:

– Torno a Hastings.

– Il fatto che fossi già stato a Hastings era irrilevante. Potevo andarmene in un posto qualsiasi. Un qualunque posto di mare.

– Che bel nome si può dare a un bambino? (E giù nomi, come Bucky, Sandro, Rune, Pierre-Luc. Praticamente vagliai mentalmente un elenco di maghi dello skate.) Una cosa però la sapevo, una cosa che avevo imparato dal futuro: Ufo come nome faceva schifo. Niente mi avrebbe fatto cambiare idea, su questo punto. Avete presente *Terminator*, dove cercano di proteggere il bambino che sta per nascere e che un giorno salverà il mondo? Ecco, la mia missione era impedire al mio bambino che stava per nascere di essere chiamato Ufo.

– La mamma e il papà di Alicia cercheranno davvero di aggredirmi? Fisicamente? Mica era soltanto colpa mia.

– Mia mamma. Su questo punto in realtà non avevo riflessioni né domande. Continuavo a pensare soltanto alla faccia che avrebbe fatto alla notizia. La sera prima, sentirle dire quella cosa del cuore a pezzi mi aveva messo tristezza, perché sapevo che anch'io le avrei spezzato il cuore. Significava che tutta la famiglia le avrebbe spezzato il cuore.

– Essendo il padre, dovevo andare a veder nascere il bambino? Non volevo andarci. Alla tele ne avevo visto nascere uno ed era una cosa orribile. Alicia avrebbe fatto quei versi? Potevo chiederle di non farli?

– Che cosa avrei fatto per guadagnare soldi? I nostri genitori avrebbero pagato tutto?

– E il futuro in cui ero stato proiettato era proprio il futuro che mi aspettava? Avrei abitato con Alicia nella casa dei suoi? Avremmo dormito nello stesso letto?

Nessuna di queste cose portava da qualche parte, ma non riuscivo nemmeno a togliermele dalla testa. Rimanevano lì e basta. Ero come uno di quei tizi che lavorano alle giostre, quelle con le tazzone giganti – ero saltato giù da una tazza, ero salito su quella accanto, l'avevo fatta girare all'impazzata spaventando tutti (in altre parole me stesso) e me n'ero andato. All'ora di pranzo andai in un fast food con qualche compagno di classe, ma non mangiai niente. Non ci riuscivo. Avevo la sensazione che non avrei mai più mangiato niente in vita mia. O almeno fino alla nascita di Pierre-Luc, quando Alicia avesse smesso di fare quei versi.

A fine giornata, fuori da scuola, vidi Alicia che mi aspettava dall'altra parte della via. Ero quasi seccato che non si fidasse di me, ma, visto che l'avevo piantata in asso una volta, non si poteva certo criticarla. E comunque era contenta di vedermi, e sorrise, e mi venne in mente perché ci eravamo messi insieme. Anche se mi sembrava roba di un secolo prima. Di sicuro lei aveva l'aria invecchiata. Era più vecchia e più pallida. Quasi bianca.

«Ciao» disse.

«Ciao. Tutto bene?»

«Veramente no» rispose. «Ho vomitato tutta la mattina e ho una paura bestiale.»

«Vuoi prima andare a bere qualcosa? Allo Starbucks o da qualche altra parte?»

«Probabilmente vomiterei di nuovo. Potrei bere dell'acqua. Forse l'acqua potrebbe andare.»

Bisognava ammettere che era più dura per lei che per me. Io ero spaventato a morte, ma lei pure. Non potevo certo far finta di essere più spaventato di lei. Anzi, visto che a me faceva ancora più paura dirlo a mia mamma che ai suoi, quello che stavamo per fare probabilmente faceva star peggio lei. E in più aveva le nausee. Io sarei anche potuto andare allo Starbucks a farmi un frappuccino al caramello con sopra la panna, ma capivo che, se lei avesse cercato di mandarne giù uno, molto presto le sarebbe tornato su. Quando ci pensai, passò la voglia anche a me.

Prendemmo l'autobus per casa sua e salimmo direttamente nella sua camera, perché non era ancora arrivato nessuno. Lei si mise in poltrona e io finii seduto tra i suoi piedi. Era dal futuro che non entravo nella sua camera, e nel futuro era diversa. (Fa uno strano effetto, vero? Bisognerebbe dire: «Nel futuro le cose saranno diverse». Ma se dico così, significa che quel che ho visto è decisamente il futuro e invece non ne sono certo al cento per cento. Così continuerò a parlare del futuro come se fosse il passato.) In ogni modo, il poster di Donnie Darko che nel futuro non c'era era tornato al suo posto, anzi, non si era mai spostato. Mi fece piacere vederlo.

«Come fai a sapere che tornano direttamente a casa?» le domandai.

«Gliel'ho chiesto. Sanno che per me non è un periodo felice e ho detto che volevo parlare con loro.»

Mise su non so che musica triste e lenta che mi sembrò fermare l'orologio. Era una donna che cantava di uno che l'aveva lasciata e di cui ricordava un sacco di particolari come l'odore, le scarpe, quello che aveva nelle tasche della giacca se ci infilavi dentro la mano. Non c'era niente che non ricordasse, sembrava, e la canzone durava all'infinito.

«Ti piace?» domandò Alicia. «L'ho ascoltata un sacco.»

«Non male. Un po' lenta.»

«È così che deve essere. È una canzone lenta.»

E fra noi calò di nuovo il silenzio, e mi misi a pensare a come sarebbe stato vivere in quella stanza con lei e un bambino, ascoltando musica lenta e triste. Non sarebbe stato pessimo. C'erano cose peggiori. Non sarei rimasto sempre lì dentro, no?

Sentimmo sbattere la porta di sotto e scattai in piedi.

«Rimarremo qui finché non saranno arrivati tutti e due» disse Alicia. «Se no so cosa succederà. Mia mamma ci farà parlare prima che arrivi mio papà e finirà che poi dovremo ripetere tutto da capo.»

Il cuore mi batteva così forte che se avessi sollevato la maglietta e guardato giù probabilmente avrei visto muoversi il petto, come se un omino fosse intrappolato lì dentro.

«Cosa fai?» chiese Alicia.

Facevo questo: guardavo il davanti della maglietta per vedere se c'era un omino intrappolato lì dentro. Non sapevo più cosa facevo.

145

«Niente» risposi.

«Sarà dura» disse lei, come se il fatto che mi guardassi il davanti della maglietta rendesse la cosa più dura.

«Non mi guarderò la maglietta quando glielo diremo» dissi e lei rise. Era bello sentirla ridere.

«Alicia!» gridò sua mamma.

«Ignorala» sussurrò Alicia, come se avessi intenzione di uscire e dire qualcosa.

«Alicia! Sei di sopra?»

«È arrivata una mezz'ora fa con qualcuno» urlò suo papà. «È in casa, magari a farsi un bagno o a leggere in camera, non so.»

Uscì dalla stanza e la seguii.

«Siamo qui» disse.

«Siamo?» domandò sua mamma, tutta allegra. Dopodiché, non altrettanto allegra quando ci vide scendere le scale: «Ah. Sam. Ciao».

Ci sedemmo al tavolo della cucina. Trafficammo un po' con il tè, il latte, lo zucchero, i biscotti e cominciavo a pensare che forse ci erano già arrivati e che per loro perdere tempo col bollitore e tutto il resto era solo un modo di tenersi aggrappati ancora un pochino alla vecchia vita. Come avevo fatto io gettando il cellulare in mare. Più a lungo ti viene risparmiato quello che non vuoi sentire, meglio è. Anche se non era difficile arrivarci, in realtà. Che cosa potevamo volergli dire? Ormai ci eravamo lasciati da un po', quindi mica dovevamo dirgli che ci sposavamo. E Alicia era lì, quindi non dovevamo nemmeno dirgli che eravamo scappati da qualche parte a sposarci. Che cosa rimaneva?

«Cos'avete in mente?» domandò il papà di Alicia.

Alicia si girò a guardarmi. Mi schiarii la voce. Nessuno fiatò.

«Aspetto un bambino» dissi.

Mi pare superfluo precisare che non volevo fare lo spiritoso. Il fatto è che la frase mi uscì male. Secondo me perché Alicia mi aveva fatto quella lezioncina sul fatto che da allora in poi avrei dovuto usare sempre il noi. L'avevo presa troppo sul serio. Sapevo che il bambino non era soltanto suo, ma adesso avevo esagerato e avevo fatto come se fosse soltanto mio.

Che la ragione fosse questa o no, l'esordio non avrebbe potuto essere peggiore. Perché Alicia emise una specie di grugnito, dovuto allo sforzo di non ridere. Io me n'ero uscito con quella scemenza perché ero agitato e ad Alicia era venuto da ridere perché era agitata, ma suo papà se ne fregò alla grande della nostra agitazione. Diede fuori di matto e basta.

« Ti sembra che ci sia da RIDERE? » sbraitò, e capii che avevano indovinato. Nei film, e probabilmente anche nella vita, immagino, quando ti arriva una brutta notizia non dici niente. O magari ripeti l'ultima parola. Tipo: « Un *bambino*? » Lui no. Si mise a urlare e basta. La mamma di Alicia invece non urlava. Cominciò a piangere e più o meno crollò sul tavolo della cucina con le braccia sopra la testa.

« E lo terremo » chiarì Alicia. « Non rinuncerò al bambino. »

« Non essere assurda » disse suo papà. « Non puoi prenderti cura di un bambino, alla tua età. Nessuno dei due. »

« Un sacco di ragazze della mia età lo fanno » rispose Alicia.

« Non le ragazze come te. Di solito hanno più buonsenso. »

« Ci odi? » se ne venne fuori sua mamma. « È questo il problema? »

« Mamma, lo sai che non vi odio. »

« Parlavo con lui » disse sua mamma. Poi, quando la guardai tutto confuso, aggiunse: « Sì. Tu ».

Mi limitai a scuotere la testa. Non sapevo che altro fare.

147

«Perché così non ti scappa più, eh?»

Non capivo proprio di cosa parlava.

«Cosa vorrebbe dire?» domandai.

«Cosa vorrebbe dire?» mi scimmiottò lei, con una voce fessa che immagino dovesse dimostrare quant'ero scemo.

«Lui non c'entra niente» disse Alicia. Poi, prima che i suoi potessero aprir bocca, aggiunse: «Be', un po' sì. Ma la decisione di tenere il bambino è stata mia. Lui non voleva, credo. E poi gli ero già scappata. Non voleva stare con me».

«Ma com'è successo?» chiese sua mamma. «Che facevate sesso lo immaginavo. Ma non vi credevo tanto stupidi da non usare contraccettivi.»

«Li abbiamo usati i contraccettivi» disse Alicia.

«E allora com'è potuto succedere?»

«Non lo sappiamo.»

Io lo sapevo, ma non avevo nessuna voglia di mettermi a parlare di cose successe a metà nel momento sbagliato. Ormai non aveva importanza.

«E cosa ti fa credere di volere un figlio? Non sei riuscita nemmeno a badare a un pesciolino.»

«Quello è stato anni fa.»

«Sì. Tre anni fa. Allora eri una bambina e sei una bambina anche adesso. Dio mio. È incredibile che stiamo parlando di questo.»

«Cos'è successo al pesciolino?» chiesi. Ma tutti mi ignorarono. Era una domanda stupida. Al suo pesciolino era successa probabilmente la stessa cosa che era successa al mio e ai pesciolini di tutti. Mica li vendi o li dai in adozione, no? Finiscono tutti nello scarico del water.

«E tua mamma, Sam? Lei che ne pensa?»

«Non lo sa ancora.»

«Bene. Andiamo a parlare con lei. Subito. Tutti quanti.»

«Non è giusto, mamma.»

Nemmeno a me sembrava giusto, ma non riuscivo a farmi venire in mente una ragione per cui non lo era.

«Perché 'non è gi*uuu*sto'?» disse sua mamma. Fece un altro tipo di voce fessa, stavolta per dimostrare che Alicia era una bambinetta piagnucolosa.

«Perché dovremmo poterglielo dire senza che ci siate voi. Adesso lei non c'è, giusto? Adesso che lo stiamo dicendo a voi.»

«Posso farti una domanda, Sam?» chiese il papà di Alicia. Tacque per qualche istante.

«Sì. Certo.»

«Ricordo che tua madre era alla festa quando hai conosciuto Alicia. È molto carina, vero?»

«Boh. Sì, credo di sì.»

«Giovane e carina.»

«Sì.»

«Quanti anni ha?»

«Ha... be', sì, ne ha trentadue.»

«Trentadue. Quindi quando sei nato ne aveva sedici.» Tacqui.

«Cristo santo» disse. «Ma quando imparerete, voi altri?»

Alla fine vennero con noi. Si calmarono, la mamma di Alicia rimproverò suo papà per quello che aveva detto e lui si scusò. Ma sapevo che non avrei dimenticato. «Voi altri». Voi altri chi? Quelli che hanno avuto un figlio a sedici anni? Perché, che gente è? Fu mia l'idea di andare tutti insieme da mia mamma. Avevo paura. Non tanto che lei mi facesse qualcosa. Avevo paura semplicemente di quanto si sarebbe sentita disgraziata. Di tutte le cose che temeva, questa era probabilmente la numero uno. Sarebbe stato meglio, pensai, se avesse sempre temuto che entrassi nel tunnel della droga e mi fossi presentato con una siringa infilata nel braccio. Almeno avrebbe potuto tirarla via. Sarebbe stato meglio se avesse sempre temuto che finissi decapitato e mi fossi presentato con la testa sotto il braccio. Almeno sarei stato morto. Così speravo che, trovandoci tutti e quattro lì, alla porta, lei fosse costretta ad astenersi dai commenti, almeno finché gli altri non se ne fossero andati. Ah, erano tutte soluzioni provvisorie. Riuscivo a pensare solo al breve periodo. Andando a Hastings avevo potuto rimandare le cose di un giorno. Se i genitori di Alicia fossero venuti con me a casa mia a dire a mia mamma che avevo messo incinta la loro figlia, per un'oretta le cose non sarebbero andate troppo male. Non riuscivo a pensare al futuro vero e proprio, così cercavo continuamente di migliorare i prossimi venti minuti.

Avevo detto a mia mamma che dopo la scuola sarei rimasto fuori, quindi non sapevo se l'avrei trovata in casa o no. Le avevo detto che andavo a mangiare da un amico e che sarei tornato verso le otto. Quando sapeva che dopo la scuola non tornavo a casa, a volte usciva a bere qualcosa con i colleghi, o andava a prendere un tè a casa di amici. Li avevo avvertiti, ma i genitori di Alicia dissero che, data la gravità della situazione, sarebbero venuti a casa mia e, se lei non c'era, l'avrebbero aspettata.

Qualcosa mi indusse a suonare il campanello, invece di tirar fuori la mia chiave e fare entrare tutti. Probabilmente non mi sembrava giusto fare entrare i genitori di Alicia senza prima aver avvertito mia mamma. Comunque per un po' nessuno aprì, ma stavo tirando fuori le chiavi quando la mamma, in vestaglia, venne alla porta.

Capì subito che era successo qualcosa. E probabilmente capì anche che cosa. Alicia, sua mamma, suo papà, quattro facce tristi... Diciamo pure che non ci voleva molto per indovinare. Si trattava o di sesso o di droga.

«Ah. Ciao. Stavo...»

Ma non riuscì a farsi venire in mente cosa stava facendo, e questo mi sembrò un brutto segno. Di colpo la vestaglia mi preoccupò. Perché non poteva dirci che stava facendo il bagno? Mica ci si deve vergognare di fare il bagno, o sbaglio?

«Comunque. Entrate. Accomodatevi. Vado a vestirmi. Sam, metti su l'acqua. A meno che non vogliate qualcosa di più forte. Credo che ci sia una bottiglia di vino aperta. Di solito non... ma... E forse c'è della birra. Abbiamo della birra, Sam?»

Parlava a vanvera. Anche lei voleva rimandare.

«Grazie, Annie, non ce n'è bisogno» disse la mamma di Alicia. «Senti, possiamo dirti una cosa, prima che tu vada a vestirti?»

«Preferirei...»

«Alicia è incinta. Di Sam, ovviamente. E lei vuole tenere il bambino.»

Mia mamma non disse niente. Si limitò a guardarmi, e mi guardò a lungo, dopodiché la sua faccia si trasformò in un foglio accartocciato. C'erano pieghe, rughe e solchi dappertutto, in posti dove di solito non c'era mai stato niente. Sapete, no, quanto è facile capire che un foglio è stato accartocciato, per quanto ci si sia sforzati di spianarlo? Ecco, quando fece quella faccia, capii che i segni non sarebbero mai andati via, per quanto lei potesse essere di nuovo felice. E poi quei versi tremendi. Se mai venisse a sapere della mia morte, io non potrei vederla, ma immagino che i versi sarebbero gli stessi.

Rimase lì a piangere per un po', dopodiché Mark, il suo nuovo fidanzato, venne in soggiorno a vedere cosa succedeva. Così Mark spiegava la vestaglia. Non c'era bisogno di avere dei poteri speciali per leggere i pensieri dei genitori di Alicia. Era facile leggerli, perché ce li avevano scritti su tutta la faccia e negli occhi. Voi altri, sentivo lui che mi diceva, anche se in quel momento non parlava, guardava e basta. Voi altri. Non sapete fare altro? Solo sesso? E avrei voluto uccidere mia mamma, una coincidenza, questa, visto che anche lei avrebbe voluto uccidere me.

«Proprio questa, Sam» disse la mamma dopo un lasso di tempo che mi sembrò infinito. «Di tutte le cose che potevi fare. Tutti i modi in cui potevi ferirmi.»

«Non volevo ferirti. Davvero. Non volevo mettere incinta Alicia. Era l'ultima cosa che avrei voluto fare.»

«C'è un modo sicuro di non mettere incinta una ragazza» disse la mamma. «Non avere rapporti sessuali con lei.»

Tacqui. Insomma, cosa si poteva obiettare? Anche se bisogna dire che secondo il suo ragionamento avrei potuto avere rapporti sessuali soltanto due o tre volte in tutta la vita, e magari neanche quelle due o tre volte, se avessi deciso di non avere figli. Ma quella ormai era una decisione che non potevo prendere. Volente o nolente, avrei avuto dei figli. Uno, almeno, se Alicia non avesse partorito dei gemelli.

«Sto per diventare nonna» disse la mamma. «Ho quattro anni meno di Jennifer Aniston e sto per diventare nonna. Ho la stessa età di Cameron Diaz e sto per diventare nonna.»

Cameron Diaz era una novità. Non gliel'avevo mai sentita nominare.

«Sì» disse il padre di Alicia. «Be'. È una storia che ha molti aspetti sgradevoli. Ma in questo momento siamo più preoccupati per il futuro di Alicia.»

«E per quello di Sam no?» domandò mia mamma. «Perché anche lui aveva un futuro.»

La guardai. Avevo? *Avevo* un futuro? E dov'era finito?

Da lei avrei voluto sentirmi dire che tutto si sarebbe risolto. Avrei voluto sentirmi dire che lei era sopravvissuta e quindi anch'io potevo sopravvivere. Ma non stava dicendo queste cose. Stava dicendo che non avevo più un futuro.

«Certo. Ma noi siamo più preoccupati per Alicia perché è nostra figlia.»

A me sembrava abbastanza ragionevole. Quando mia mamma si era messa a piangere, mica lo aveva fatto perché era turbata per Alicia.

«Alicia, tesoro» disse. «L'hai appena saputo, vero?»

Alicia annuì.

«Quindi non sai ancora cosa pensare, giusto? Non puoi ancora sapere se vuoi tenerlo o no.»

«Sì che lo so. Non voglio uccidere il mio bambino.»

«Non uccideresti un bambino. È...»

«Ho letto un po' di cose su Internet. È un bambino.»

La mamma di Alicia sospirò.

«Chissà cos'hai letto» disse. «Sta' a sentire. Quelli che scrivono su Internet di aborto sono tutti cristiani evangelici e...»

«E anche se sono cristiani evangelici? I fatti sono fatti» rispose Alicia.

Erano discorsi campati per aria. C'era una gran confusione. Cameron Diaz, i cristiani evangelici... Tutta roba che non volevo sentire. Anche se non sapevo cosa avrei voluto sentire. Qualcosa di meglio c'era?

«Mi sa che vado» disse Mark. Ci eravamo dimenticati della sua presenza e tutti quanti lo guardammo come se non sapessimo ancora bene se c'era o non c'era.

«A casa» aggiunse Mark.

«Sì» disse mia mamma. «Certo.» Sventolò freddamente la mano, ma lui era scalzo, così dovette tornare nella camera di mia mamma.

« Allora, a questo punto che si fa? » chiese il papà di Alicia.

Nessuno aprì bocca per un po', tranne quando Mark ripassò di lì e salutò. Non capivo proprio come si potesse discutere di cosa fare, visto che la cosa da fare era una sola. Alicia era incinta e voleva il bambino. Se le cose stavano così, si poteva anche discutere allo sfinimento, ma non sarebbe cambiato niente.

« Devo parlare con mio figlio in privato » disse la mamma.

« Ormai non c'è più niente di privato » fece il papà di Alicia. « Qualsiasi cosa tu dica a tuo figlio riguarda anche noi. Ormai siamo un'unica famiglia. »

Avrei potuto dirgli che era un'osservazione stupida. La mamma si imbestialì.

« Mi dispiace, ma parlerò con mio figlio in privato per tutta la vita, se è questo che io e lui vogliamo. E non siamo un'unica famiglia. Né ora né, probabilmente, mai. Sam si comporterà sempre in modo corretto e anch'io, ma se credi che questo ti autorizzi a entrare in casa mia ad ascoltare i miei discorsi privati, ti sbagli di grosso. »

Il papà di Alicia stava già per partire al contrattacco, ma Alicia si intromise.

« Voi non ci crederete » disse. « Ma papà è quasi sempre una persona intelligente. Solo che poco fa non lo è stato molto. Papà, credi di voler parlare ancora con me in privato, senza che Sam e sua mamma ci ascoltino? Sì? E allora sta' zitto. Porca miseria. Che roba. »

E suo padre la guardò, poi sorrise, più o meno, e anche mia mamma sorrise, e la cosa finì lì.

*

La prima cosa che la mamma disse quando tutti se ne furono andati fu: «Secondo te è solo sfortuna? O siamo scemi?»

Io ero stato concepito perché mia mamma e mio papà non usavano contraccettivi. Quindi avrei voluto dire: Voi siete stati scemi, io sono stato sfortunato. Ma mi sembrò meglio non dirlo. E in ogni modo non potevo sapere con precisione se ero stato scemo o no. Probabilmente sì. Sul pacchetto dei preservativi non c'è scritto: ATTENZIONE! PER INDOSSARE CORRETTAMENTE UN PRESERVATIVO BISOGNA AVERE UN QI DI UN MILIARDO!

«Un misto, direi» risposi.

«Non ti rovinerà la vita per forza.»

«Ma io la tua l'ho rovinata.»

«Temporaneamente.»

«Già. Quando avrò la tua età, si risolverà tutto.»

«Più o meno.»

«E poi mio figlio avrà un figlio.»

«E io sarò bisnonna, a quarantotto anni.»

Scherzavamo un po', ma non erano scherzi allegri. Tutti e due fissavamo il soffitto cercando di non piangere.

«Secondo te cambierà idea sul fatto di tenerlo?»

«Non lo so. Non credo.»

«La scuola non la lasci.»

«Non voglio lasciarla. E comunque il bambino nascerà a novembre, più o meno. Almeno potrò dare l'esame per il diploma.»

«E poi?»

«Non lo so.»

Non avevo pensato moltissimo a cosa avrei fatto della mia vita. Avevo pensato all'università e basta. E Alicia non aveva mai pensato al suo futuro, a quanto ne sapevo. Forse il segreto era tutto lì. Forse chi aveva già stabilito tutto... forse non rimaneva incinta, o non metteva incinta nessuna.

Era probabile che nessuno di noi, né la mamma e papà, né io e Alicia, avessimo mai pensato abbastanza seriamente al futuro. Se alla mia età Tony Blair sapeva di voler diventare primo ministro, scommetto che era molto accorto a usare i preservativi.

«Tuo papà aveva ragione, eh?»

«Eh già» dissi. Sapevo a cosa si riferiva. Si riferiva a quello che era successo nello studio di Consuela.

«È per questo che sei andato a Hastings?»

«Sì. Volevo trasferirmi lì e non tornare più.»

«Però alla fine hai fatto la cosa giusta.»

«Credo di sì.»

«Vuoi che glielo dica io?»

«A papà? Lo faresti?»

«Sì. Però avrai un debito con me.»

«D'accordo.»

Non mi importava di avere un debito con lei per quello. Di sicuro non avrei mai potuto ripagarla di tutto il resto, quindi era soltanto una piccola cosa in più di cui non si sarebbe nemmeno ricordata.

10

Ecco alcune cose che successero nelle settimane seguenti.
– Mia mamma lo disse a mio papà e lui si fece una risata.
Davvero. Vabbè, non fu la prima cosa che fece. Prima mi
insultò un po', ma era chiaro che lo faceva perché sapeva
di doverlo fare. Poi rise e poi disse: «Porcaccia la miseria,
mio nipote potrà vedermi giocare nella Sunday League. Ci
avevi pensato?» E io avrei voluto rispondere: «Sì, certo, è
la prima cosa che io e Alicia ci siamo detti», ma siccome
era mio papà, probabilmente mi avrebbe preso sul serio.
«D'ora in poi metterò la testa a posto» disse. «Macché vedermi giocare. Giocherà con me. Due dei nostri hanno cinquant'anni. E abbiamo un portiere bravissimo che ne ha
quindici. Quindi, se tuo figlio se la caverà un minimo, potrà giocare al mio fianco. Quando avrà quindici anni, io ne
avrò soltanto quarantanove. Certo, dovrebbe trasferirsi a
Barnet. E bere al Queen's Head.» Tutte scemenze, ma
sempre meglio di un cazziatone. E poi disse che in caso di
bisogno ci avrebbe aiutato.
– Lo vennero a sapere a scuola. Ero in bagno, uno venne
a chiedermi se era vero, io feci una smorfia cercando di farmi venire in mente una risposta e poi dissi: «Boh». E lui:
«Be', dovresti cercare di scoprirlo, caro mio, perché è questo che lei va in giro a dire. Un mio amico sta con una della
sua scuola e là lo sanno tutti». Quando le chiesi se ne aveva
parlato in giro, rispose che l'aveva detto a una sola persona
e che per lei quella persona era già morta. Comunque, se lo

sapeva quello, lo sapevano tutti. Così andai a casa e lo dissi alla mamma, lei telefonò alla scuola e andammo a parlare con loro. Se mi si chiedesse di definire con una sola parola le reazioni del preside e dei prof, quella parola sarebbe «interesse». O forse «entusiasmo». Nessuno mi rimproverò. Probabilmente non ritenevano che fosse compito loro. In ogni modo, venne fuori che a scuola era appena stata introdotta una strategia per le gravidanze precoci, ma non avevano mai avuto occasione di metterla in pratica, così erano tutti contenti. La strategia consisteva nel dirmi che volendo potevo continuare ad andare a scuola e chiedermi se avevamo soldi a sufficienza. E poi darmi un modulo da compilare per fargli sapere se ero soddisfatto della loro strategia.

– Io e Alicia andammo all'ospedale per un'ecografia, cioè quando guardano il bambino attraverso una macchina e, se sei fortunato, ti dicono che è tutto normale. Ci dissero che era tutto normale. Ci chiesero anche se volevamo sapere di che sesso era il bambino e io risposi di no e lei di sì, allora dissi che in realtà era lo stesso e ci informarono che era un maschio. E non mi sorprese molto.

– Tornando dopo l'ecografia, io e Alicia ci baciammo.

– Mi sa che quest'ultima è una notiziona, in realtà. Be', in un certo senso tutto era una notiziona. Se un anno prima mi aveste detto che ai prof non gliene sarebbe importato molto che avessi messo incinta una ragazza, avrei risposto che in quell'unica frase ce n'erano dieci, di notizie. Avrei risposto che era uno di quei giorni in cui dovevano allungare il telegiornale, rimandare l'altro programma e annunciare: «E ora, scusandoci per il ritardo...» Ma quello ormai non sembrava più un evento tanto straordinario. Io e Alicia che ci baciavamo, invece, quella sì era una novità. O meglio, era tornata a essere una novità, visto che c'era stato un periodo in cui era stata roba vecchia. (E prima di allora,

un periodo in cui era stata una novità per la prima volta.)
Vabbè, avete capito. Era un nuovo sviluppo. E bello, anche. Se stai per avere un figlio con qualcuno, in generale è meglio che vi baciate, tu e quel qualcuno.

– Adesso con Alicia era diverso. Le cose erano cambiate quando aveva difeso me e mia mamma a casa nostra. Capivo che non era una ragazza cattiva decisa a distruggermi la vita. Non mi ero nemmeno reso conto di pensarlo finché non aveva detto a suo papà di star zitto, ma una parte di me doveva averlo pensato, perché fu come vederla uscire dall'ombra e cominciai a dirmi: Non è tanto cattiva! La colpa è metà sua e metà mia! (Molto tempo dopo, mi parlarono di una cosa che si chiama pillola del giorno dopo, che ti dà il dottore quando per esempio hai paura che il preservativo si sia sfilato. Così se quella sera, quella sera in cui era successo qualcosa a metà e poi era successo di nuovo qualcosa a metà, avessi confessato, tutto questo non sarebbe accaduto. Quindi, in questa nuova prospettiva, la colpa era al 150 per cento mia e forse al 20 per cento sua.) In più era ancora molto carina. In più, vedere che stava così male mi faceva venir voglia di starle più vicino. In più, tutto sembrava l'atto di un dramma e non riuscivo nemmeno a immaginare di stare con gente che non fosse in scena con me.

Poi, quando uscimmo dall'ospedale dopo l'ecografia, lei mi prese la mano e io ero felice. Non che fossi innamorato di lei o cose del genere. Ma è pazzesco vedere tuo figlio dentro un'altra persona e bisognava... non so... festeggiare, ecco.

«Tutto a posto?» domandò.

«Sì. Tu?»

«Sì.»

«Bene.»

«Posso rimanere così?»

«Così come?»

E mi strinse la mano, per farmi capire com'era così.

«Ah. Sì.»

E anch'io le strinsi la mano. Non mi ero mai rimesso insieme a una ragazza. Ogni volta che mi ero lasciato con una, mi ero lasciato e basta e non mi era più venuta voglia di rivederla. A scuola c'era una coppia che continuava a lasciarsi e tornare insieme ed era una cosa che non avevo mai capito, ma adesso la capivo. Era come tornare a casa dopo una vacanza. Non che da quando non eravamo più insieme ci fosse stato qualcosa di simile a una vacanza. Ero stato al mare, ma non mi ero divertito molto.

«Ti eri stufato di me, vero?» mi chiese.

«Non ti eri stufata anche tu di me?»

«Sì, credo di sì. Un po'. Ci vedevamo troppo. Non vedevamo nessun altro. Non dico... insomma, non dico ragazzi. O ragazze. Dico amici.»

«Già. Be', so io cosa fare. Facciamo un bambino. È un bel modo per... per vedersi meno.»

Rise.

«È questo che hanno detto mia mamma e mio papà. Cioè, non proprio questo. Ma quando hanno cercato di convincermi ad abortire, hanno detto: Dovrai vedere Sam per il resto dei tuoi giorni. Se lui vorrà continuare a vedere suo figlio. Non ci avevo pensato. Se sarai un padre come si deve, ti frequenterò per sempre.»

«Sì.»

«Che effetto ti fa?»

«Non lo so.» E dopo averlo detto, capii di saperlo. «In realtà mi piace. Mi piace l'idea.»

«Perché?»

«Non lo so.» E dopo averlo detto, capii di saperlo. Forse non dovrei dire mai niente, pensai. Dovrei ascoltare le domande e rispondere con un SMS o un'e-mail quando torno a casa. «Be'. Perché prima non avevo mai pensato tanto al futuro. E mi piace saperne qualcosa. Non so se mi piace la ragione per cui ci frequenteremo sempre. Il bambino eccetera. Ma anche essere soltanto amici...»

«Credi che potresti volere più di un'amicizia?» Fu allora che mi fermai per baciarla, e lei mi restituì il bacio e pianse un po'.

Così quel giorno successero due cose che resero più plausibile quel che avevo visto la sera in cui ero stato proiettato nel futuro. Scoprimmo che sarebbe stato un maschio. E ci rimettemmo insieme.

Non ero scemo. Le probabilità di rimanere insieme non erano molte, in realtà. Dovevamo farne di strada, per diventare grandi. Mia mamma si era lasciata con papà a venticinque anni, e questo significa che erano rimasti insieme una decina d'anni, mentre io non avevo mai superato la decina di mesi. Forse nemmeno la decina di settimane. Era come se sulla strada ci fosse una grande gobba, cioè il bambino, e che la gobba si avvicinasse sempre più. E per salire su quella gobba avevamo bisogno di darci una bella spinta. Le gobbe della strada, però, hanno questa caratteristica: prima sali e poi scendi, e nella discesa non c'è bisogno di spingere. Prima ho detto che non ero scemo? Ah! Non sapevo una cosa: che lì la discesa non c'è. Bisogna spingere all'infinito. O almeno finché hai esaurito le forze.

Dopo l'ecografia ci vedemmo un bel po'. Facevamo i compiti da me o da lei, o guardavamo la tele con mia mamma o con i suoi. Ma non sparimmo mai di sopra a fare sesso. La prima volta che eravamo stati insieme ne avevamo fatto un sacco. Adesso Alicia non ne aveva voglia. Io ogni tanto sì, ma avevo deciso di chiudere col sesso, così, anche se c'erano delle parti di me alle quali la cosa interessava, la testa non era fra quelle. Il sesso portava brutte notizie. Alicia disse che non potevi rimanere incinta se lo eri già, ed è per questo che nessuno ha fratelli o sorelle di tre o quattro mesi in più, e secondo me lo sapevo già, mi sarebbe bastato pensarci. Ma non me lo diceva per cercare di convincermi. Stava solo leggendomi il brano di un libro. Leggeva un mucchio di libri sull'argomento.

Voleva saperne di più di... be', più o meno di tutta la faccenda. Mica ne sapevamo molto. Così la mamma di Alicia ci iscrisse a un corso della NCT, che sarebbe la Nonsocosa Nonsocosa per il Parto. Diceva che lei l'aveva trovato molto utile quando era incinta. Ti insegnavano a respirare, a preparare la borsa per l'ospedale, a sapere quando eri vicino al parto eccetera eccetera.

Ci trovammo davanti alla sede, che era una di quelle case vecchie e grandi di Highbury New Park. Io ero in anticipo perché Alicia mi aveva detto di arrivare prima di lei per non farla aspettare lì da sola, ma non sapevo quando sarebbe arrivata, così per sicurezza mi trovai lì con tre quarti d'ora di anticipo. Giocai al Tetris che avevo sul mio cellulare nuovo finché gli altri cominciarono ad arrivare, e allora mi misi a guardarli.

Erano diversi da noi. Arrivavano in macchina e tutti, dal primo all'ultimo, erano più vecchi di mia mamma. O comunque sembravano più vecchi. L'abbigliamento non li aiutava di certo. Alcuni uomini erano in giacca e cravatta, probabilmente perché erano appena usciti dal lavoro, ma quelli che non erano in giacca e cravatta portavano vecchi pantalonacci coi tasconi e giaccone a coste. Le donne erano tutte in golfone peloso e giacca di piumino. Molti avevano i capelli grigi. Mi guardavano come se pensassero che volessi vendergli il crack o derubarli. Quello col cellulare ero io. Non mi sembrava che valesse la pena di derubarli.

«Io non entro» dissi ad Alicia quando arrivò. Ormai si vedeva che era incinta e si muoveva molto più lentamente di prima. Anche se in una gara avrebbe ancora battuto tutte le altre.

162

«Perché?»

«Quella che c'è lì dentro sembra una riunione di professori.»

E nel momento in cui dissi così, arrivò una prof della mia scuola con suo marito. Non era mai stata una mia prof e nemmeno sapevo bene che materia insegnava. Non la vedevo a scuola da un pezzo. Lingue, pensai. Ma la riconobbi e lei riconobbe me, e probabilmente aveva saputo, perché prima sembrò sorpresa e poi no, come se di colpo le fosse venuto in mente.

«Ciao. Tu sei Dean?» mi domandò.

«No.» E non aggiunsi altro.

«Ah» disse e varcò il cancello.

«Chi era?» chiese Alicia.

«Una prof della scuola.»

«Oh, Cristo. Senti, non dobbiamo entrare per forza. Possiamo tentare da qualche altra parte.»

«No, lascia stare. Proviamo una lezione. Vediamo come va.»

Varcammo l'ingresso, salimmo le scale ed entrammo in uno stanzone con la moquette e un mucchio di poltrone a sacco. Nessuno parlava molto, ma quando entrammo tutti ammutolirono. Nemmeno noi dicemmo niente. Ci sedemmo per terra e rimanemmo a fissare le pareti.

Dopo un po' entrò una donna. Era una piccoletta grassoccia con un casino di capelli, così sembrava uno di quei cagnolini ai quali mettono il cappotto. Si accorse subito di noi.

«Ciao» disse. «Con chi sei?»

«Lei» risposi e indicai Alicia.

«Ah» fece. «Ah. Scusami. Credevo che fossi venuto... Comunque. Benissimo. È un piacere vedervi.»

Arrossii e non aprii bocca. Volevo morire.

«Sarà meglio che ci presentiamo tutti» disse. «Io sono

Theresa. Terry.» Poi indicò me e io dissi quasi, ma senza dirlo veramente: «Sam». Probabilmente mi venne fuori qualcosa tipo «Ehm». O «Ahm». Dopo di me, toccò ad Alicia beccarsi il dito puntato. Lei, per sfottere, parlò come se fosse in un cartone animato o qualcosa del genere.

«Ehi, ciao a tutti. Io sono Alicia» disse, cantilenando. Nessuno rise. Avevo l'impressione che, prima di un corso preparto, avessimo bisogno di un sacco di corsi di altre materie. Tanto per cominciare di un corso su come comportarti quando vai a un corso preparto. Nessuno dei due era mai stato in una stanza piena di adulti sconosciuti. Era stato strano anche solo entrare in quella stanza e sedersi. Che cosa bisognava fare quando gli altri stavano zitti e ti fissavano?

Dopo che tutti si furono presentati, Terry ci divise in gruppi: maschi e femmine. Uomini e donne, quel che è. Tirò fuori un grande cartoncino, ci fu chiesto di dire cosa ci aspettavamo dalla paternità e qualcuno avrebbe scritto le risposte con un pennarello.

«Bene» disse uno degli uomini in giacca e cravatta. Poi mi porse il pennarello. «Vuoi avere tu l'onore?»

Probabilmente cercava solo di essere carino, ma a me non andava proprio. Non sono bravissimo a scrivere e non avevo intenzione di espormi al ridicolo.

Scossi la testa e tornai a fissare la parete. Nel punto che fissavo c'era il poster di una donna incinta nuda, così dovetti spostare un po' lo sguardo, se no tutti avrebbero pensato che le guardassi le tette, e non era vero.

«Bene. Cosa vi aspettate dalla paternità? A proposito, io sono Giles» disse quello in giacca e cravatta. E allora lo riconobbi. Era il tipo che avevo incontrato quando ero fuori a passeggiare con Ufo, dopo essere stato proiettato nel futuro. In giacca e cravatta sembrava un altro. Provai un po' di tristezza per lui. Lì era entusiasta e felice. A giu-

164

dicare dallo stato in cui era quando l'avevo incontrato, gli sarebbe andato tutto storto. Passai in rassegna le donne cercando di indovinare chi era sua moglie. Ce n'era una che aveva l'aria nervosa e nevrotica. Parlava molto e si ciucciava i capelli. Conclusi che era lei.

Dopo un po' cominciarono a volare un sacco di parole dalla bocca degli uomini.

« Soddisfazione. »

« Notti quasi in bianco! » (« Ah-ah. » « Troppo giusto. »)

« Amore. »

« Una sfida. »

« Ansia. »

« Povertà! » (« Ah-ah. » « Troppo giusto. »)

« Un punto fermo nella vita. »

E un mucchio di altre parole. Non capivo assolutamente niente di quello che dicevano. Finito il giro, Giles restituì a Terry il cartoncino, lei cominciò a leggere le parole a voce alta e tutti si misero a discuterle. Io mi lasciai distrarre dal pennarello. So che non avrei dovuto farlo, e ignoro la ragione per cui lo feci, ma era lì sulla moquette e tutti erano concentrati sulla discussione, così me lo infilai in tasca. Dopo scoprii che anche Alicia aveva fregato il suo.

« Lì non ci torniamo » dissi dopo ad Alicia.

« Mica devi convincermi. Erano tutti decrepiti. Cioè, lo so che noi siamo giovani. Ma qualcuno lì aveva i capelli grigi. »

« Perché ci ha mandati in quel posto? »

« Ha detto che avremmo conosciuto della gente carina. Ha detto che lei ci aveva trovato degli amici, lì, e che andavano tutti insieme allo Starbucks con i loro figli. Anche se secondo me a quei tempi non c'erano mica, gli Starbucks. Vabbè, insomma, a prendersi un caffè. »

« Io non ho nessuna intenzione di andare allo Starbucks con dei prof. O con quella gente lì. »

«Dovremo andare a un corso dove c'è gente come noi. Ragazzi» disse Alicia.

Mi venne in mente la tipa con cui ero uscito una volta, quella che voleva avere presto un figlio, e mi chiesi se sarebbe andata a un corso così.

«Il fatto è» dissi «che chi va a quei corsi... è scemo, no?»

Alicia mi guardò e scoppiò a ridere, solo che era il genere di risata che si fa quando non ci si diverte.

«Perché? Secondo te noi siamo furbi?»

Dopo il corso, quando tornai a casa, la mamma era seduta a guardare la tele con Mark. Ormai lui era spesso da noi, così non mi stupii di vederlo, ma quando entrai la mamma si alzò in piedi, spense la tele e annunciò che doveva dirmi una cosa. Sapevo di cosa si trattava, ovviamente. Qualche conto l'avevo fatto. Se quella notte avevo davvero visto il futuro, avevo calcolato che TH mi aveva spedito un anno avanti. Quindi tra il figlio di Alicia e il figlio di mia mamma potevano esserci solo cinque o sei mesi di differenza e mia mamma era bella grossa, quindi doveva essere stata all'ottavo mese. Questo significava che suo figlio sarebbe nato quando Ufo avrebbe avuto cinque mesi. E Alicia era al quinto, quindi...

«Vuoi parlargli in privato?» chiese Mark.

«No, no» rispose la mamma. «Avremo tutto il tempo che vorremo per riparlarne a tu per tu. Sam, come sai io e Mark ci vediamo molto, ultimamente.»

«Sei incinta anche tu» dissi.

La mamma prima ci rimase di sasso, poi scoppiò a ridere.

«E quest'idea come ti è venuta?»

Non mi sembrava il caso di spiegarglielo, così mi limitai a scuotere la testa.

«Era questa la tua preoccupazione?»

«No. Non una preoccupazione. Solo che... In questo periodo, quando c'è una novità, è come se la novità fosse sempre la stessa.»

«Adesso che ci penso» disse la mamma, «se avessi un altro figlio, sarebbe più piccolo del tuo. Mio figlio sarebbe più piccolo di mio nipote.» E lei e Mark risero.

«Comunque. No» continuò. «La novità non è questa. La novità è: che ne diresti se Mark si trasferisse da noi. Be', più che una novità, era una domanda. Non stiamo dicendo che si trasferirà qui. Stiamo chiedendo: che ne diresti se Mark si trasferisse qui? Punto di domanda.»

«E se per te è un problema, il discorso è chiuso» disse Mark.

«Mah, viene qui molto spesso e...»

Non sapevo cosa dire. Non conoscevo Mark e non avevo una gran voglia di vivere con lui; d'altra parte non sapevo neanche per quanto tempo ancora avrei abitato lì. Se il futuro che avevo visto era quello giusto, almeno.

«Va bene» risposi.

«Devi pensarci meglio» disse la mamma. E naturalmente aveva ragione, ci pensai meglio. Pensai molte cose. Per esempio:

– Perché avrei dovuto voler vivere con uno che non conoscevo?

– Eccetera.

Insomma, avevo una domandona e un mucchio di domandine che riguardavano la televisione, il bagno e la vestaglia, se capite a cosa mi riferisco con vestaglia. E poi il figlio di Mark. Non volevo che mi venisse appioppato.

«Non voglio che mi venga appioppato suo figlio» dissi.

«Sam!»

«Mi hai chiesto cosa pensavo. E io pensavo questo.»

«Non importa» intervenne Mark.

«Però sei stato maleducato» disse la mamma.

«Volevo solo dire che dovrò già fare il babysitter col mio, di bambino» risposi.

«Non si dice che fai il babysitter, se il bambino è tuo» mi corresse lei. «Si dice che 'fai il genitore'.»

«Lui vive con sua mamma» disse Mark. «Non ci sarà bisogno che badi a lui.»

«Allora va bene. Tutto a posto.»

«Stai dicendo che va bene basta che non ti scomodi» disse la mamma.

«Sì. Più o meno.»

Non capivo perché dovevo scomodarmi. Mica era mia l'idea che lui venisse a vivere da noi. La verità era che, qualsiasi cosa avessi detto, era chiaro che si sarebbe trasferito da noi. E comunque, se non era lui sarebbe stato qualcun altro, prima o poi. E allora sarebbe anche potuta andar peggio, perché magari saremmo finiti a vivere a casa di quell'altro con, non so, i suoi tre figli e il suo Rottweiler.

State a sentire. Io non ho problemi con chi divorzia. Se non sopporti uno, o una, non dovresti rimanerci sposato. È chiaro. E non sarei voluto crescere con mia mamma e mio papà che litigavano sempre. A dir la verità non avrei voluto vivere con mio papà, punto. Ma il problema è che il divorzio ti espone a rischi del genere. È un po' come uscire sotto la pioggia con addosso soltanto una maglietta. Le probabilità di beccarti qualcosa aumentano. Nel momento in cui tuo papà se ne va di casa, c'è la possibilità che entri il papà di qualcun altro. E allora tutto prende una piega assurda. A scuola c'era un ragazzo che praticamente non conosceva nessuno di quelli con cui viveva. Suo papà se n'era andato e si era stabilito lì un altro tipo con due figlie con le quali sua mamma non andava d'accordo. Lei conobbe un altro tipo, se ne andò di casa, non portò con sé suo figlio e il ragazzo si ritrovò a dover abitare con tre persone che non conosceva nemmeno da un anno. Lui non sembrava soffrirne molto, ma a me non sarebbe piaciuto granché. Una casa dovrebbe essere una casa, no? Un posto dove gli altri li conosci.

E poi mi venne in mente che, stando al futuro, avrei finito per abitare con persone che non conoscevo.

11

Il papà di Alicia non lo chiamavo più signor Burns. Lo chiamavo Robert, e così era meglio, perché ogni volta che dicevo signor Burns mi veniva in mente quel vecchione pelato che è proprietario della centrale nucleare di Springfield. Nemmeno la mamma di Alicia la chiamavo più signora Burns. La chiamavo Andrea. Ci davamo del tu.

Evidentemente avevano deciso di Fare Uno Sforzo con me. Fare Uno Sforzo significava chiedermi ogni due giorni come stavo vivendo la situazione e se qualcosa mi preoccupava. Fare Uno Sforzo significava ridere per un'ora se dicevo una cosa che non fosse assolutamente e mortalmente seria. E Fare Uno Sforzo significava Parlare Del Futuro.

Cominciarono a Fare Uno Sforzo più o meno quando smisero di cercare di convincere Alicia ad abortire. Ci provarono parlando con tutti e due, ci provarono parlando con me e ci provarono parlando con lei. Tutto fiato sprecato. Lei il bambino lo voleva. Era l'unica cosa che avesse mai voluto, disse, e secondo me non aveva senso, ma almeno sembrava davvero convinta. E ogni volta che Robert e Andrea cercavano di parlare con me, dicevo: «Capisco il vostro punto di vista. Ma lei non vuole». Poi arrivò il momento in cui si cominciò a vedere la pancia, momento prossimo a quello in cui l'aborto non era più concesso, e loro si arresero.

Sapevo cosa pensavano di me. Pensavano che fossi un rifiuto subumano in felpa con cappuccio che aveva distrutto il futuro della loro figlia e più o meno mi odiavano per questo. Sembrerà strano, lo so, ma lo capivo. Cioè, non avevo certo semplificato le cose, giusto? Quanto alla storia del rifiuto subumano in felpa con cappuccio, era solo ignoranza. La cosa grave era che i loro programmi per Alicia erano andati in fumo. In realtà non credo che avessero dei programmi veri e propri, ma in ogni caso quei piani non prevedevano un figlio. Quelli come loro non avevano una figlia incinta, e si capiva che non se ne capacitavano. Ma si stavano impegnando, e faceva parte del loro impegno trattarmi come uno della famiglia. Fu allora che mi invitarono ad andare a vivere con loro.

Ero da loro a cena e Alicia parlava di un libro che stava leggendo dove si diceva che un bambino può imparare anche dieci lingue, se gliele insegni abbastanza presto. Andrea, che stava ascoltando distrattamente, a un certo punto disse: «Dove andrete a vivere, quando nascerà il bambino?»

Io e lei ci guardammo. Avevamo già deciso. Solo che a loro non l'avevamo detto.

«Qui» disse Alicia.

«Qui.»

«Sì.»

«Tutti e due?» chiese Robert.

«Tutti e due chi?» fece Alicia. «Io e Sam? O io e il bambino?»

«Tutti e tre, allora.»

«Sì.»

«Però!» disse Andrea. «Bene. Perfetto.»

«Cosa credevi che sarebbe successo?» le domandò Alicia.

«Credevo che tu rimanessi ad abitare qui e Sam venisse a trovarvi.»

171

«Noi stiamo insieme. Quindi, se non abiteremo qui, dovremo andare ad abitare da qualche altra parte.»

«No, no, tesoro, è chiaro che qui Sam è il benvenuto.»

«Chiarissimo.»

«Sì, invece. Davvero. Ma siete molto giovani per vivere come marito e moglie nella casa dei genitori.»

Formulata così, l'idea di Alicia sembrava assolutamente demenziale. Marito e moglie? Marito? Moglie? Io sarei stato un marito? E Alicia sarebbe stata mia moglie? Non so se avete mai giocato alle associazioni di idee, come quando uno dice «pesce» e l'altro «mare», o «bastoncini», o «lesso». Ma se qualcuno mi avesse detto «marito», avrei detto cose tipo «anello», o «station wagon», o «partita». E io non avevo mai avuto un anello e non guidavo, anche se qualche partita l'avevo vista. E adesso avrei avuto una moglie.

«Non farne un dramma, Andrea» disse Robert. «Alicia intende solo dire che dormirà nella stessa stanza con Sam e il bambino. Almeno per il momento.»

Non mi sembrava molto meglio, in realtà. Era dall'età di nove anni, quando mi capitava di fermarmi da un amichetto, che non dormivo in stanza con qualcuno. Avevo smesso perché, se quello nel letto accanto si muoveva, non riuscivo a chiudere occhio. Tutto cominciava ad apparire reale. Reale e terribile.

«Forse prima dovresti vedere come va con Sam che abita da un'altra parte» disse Andrea.

«Se mi vuoi infelice possiamo fare così.»

«Oh, Dio santo» fece Robert. «Mica tutto quello che diciamo o facciamo mira a distruggerti la vita, sai? Qualche volta, molto raramente, cerchiamo di pensare al tuo bene.»

«Molto raramente» rispose Alicia. «Molto, molto raramente.»

«Ero sarcastico.»

«Io no.»

«Lo sai, Sam, quanto è brutto dormire nella stessa stanza con qualcuno?»

Robert guardò Andrea.

«Mi dispiace, ma è la verità» disse Andrea. «La difficoltà a dormire. Quelli che scoreggiano e russano.»

«Io non scoreggio e non russo» obiettò Alicia.

«Tu non sai cosa fai. Perché non hai mai dormito con nessuno. E non sai cosa ti succederà, con un bambino.»

«Nessuno ti vieta di andare a vivere da un'altra parte» disse Robert.

«Secondo te non ci avevo pensato?» domandò Alicia.

«Ecco un esempio illuminante» disse Andrea. «Benvenuto, Sam. Unisciti alla nostra famiglia felice.»

Nei panni di Robert o Andrea avrei detto: Non capite? È questo che significa? Marito e moglie? Lasciamo che Sam resti con sua mamma! Il bambino potrà vederlo tutto il giorno tutti i giorni! Ma non dissero così. Dovevano averlo pensato, ma non lo dissero, anche se lo avrei voluto tanto.

Avevo bisogno del mio skate.

Quella sera, quando tornai a casa, andai subito in camera mia a prendere la tavola. Non la usavo dal viaggio a Hastings. Era appoggiata alla parete sotto il poster di TH e capivo che lui era deluso.

«Ho avuto un sacco da fare» dissi.

«Non volevo assumermi la responsabilità di far entrare tanto una donna nella mia vita e coinvolgerla a tutti i livelli» disse Tony. Ma io non ero in vena di fare conversazione, così presi la tavola e scappai via.

Alla Bowl c'era Pessimo, da solo, a fare qualche trick.

Non lo vedevo da quando avevo saputo della cosa di Alicia, ma non mi chiese dov'ero stato, perché lo sapeva. O almeno sapeva del bambino. A quanto mi risultava, nessuno prima aveva mai parlato di me, perché che cosa c'era da dire? Se qualcuno sapeva i fatti miei era perché glieli raccontavo io, non perché se li raccontavano fra loro. Adesso i fatti miei li sapevano tutti, ed era strano.

«Come va?» chiese. Pessimo stava esercitandosi nei rock 'n' roll. Non era migliorato.

«Mah, bene. Sai com'è.»

Stavo facendo un 5-0 grind nella Bowl, fingendo di essere più concentrato di quanto non fossi in realtà.

«Sei nella merda, eh?»

«Grazie.»

«Scusami. Ma è vero.»

«Grazie ancora.»

«Scusami. Ma...»

«Non stavi per dire per la terza volta che sono nella merda, eh?»

«Se non è vero spiegami perché.»

«Non posso spiegarti perché non è vero. Perché è vero.»

«Ah. Scusami. Ancora. Mi è venuto in mente solo adesso.»

«Che cosa?»

«Non so. Quando si dice che un ragazzo della nostra età è nella merda, di solito mica è vero, no? Cioè, alla peggio lo menano. O si becca un cazziatone da un prof. Però mica avrà la vita rovinata, giusto? Succede una cosa piccola piccola e finisce lì. Ma tu che diventi padre... È una roba grave, no? Cioè, sei proprio nella...»

«Non ripeterlo. Davvero. Se no sei tu nella merda. Vecchia scuola. Insomma, dovrò menarti.»

Non avevo mai menato nessuno, ma mi stava mandando in paranoia.

«Scusami, mi dispiace. Cioè, scusami se l'ho quasi detto di nuovo. E mi dispiace di com'è andata.»

«Perché? È stata colpa tua? In realtà sei stato tu a mettere incinta Alicia?»

Scherzavo, ma siccome gli avevo appena promesso botte, aveva l'aria preoccupata.

«Non l'ho nemmeno mai vista. Volevo dire solamente che... Insomma, sfiga.»

«Eh già.»

«Cosa farai?»

«Rispetto a cosa?»

«Boh. Tutto.»

«Non ne ho la minima idea.»

Mi stavo godendo la sensazione che dà il legno della tavola quando batte contro il cemento, soprattutto perché sapevo cosa facevo. Era la prima volta da secoli che sapevo cosa facevo. Pessimo era pessimo nei grind, nei rock 'n' roll e praticamente in tutto, eppure avrei voluto lo stesso essere lui. Avrei voluto che i trick fossero l'unica mia preoccupazione. Prima ero come Pessimo, con la differenza che io con i trick me la cavavo. Dal mio punto di vista, quella era la vita perfetta. Avevo avuto la vita perfetta e non me n'ero accorto, e adesso era finita.

«Pessimo» dissi.

Lui mi ignorò. Il problema, quando ti chiami Pessimo, è che non sempre capisci se gli altri si stanno rivolgendo a te.

«Pessimo. Sta' a sentire.»

«Sì.»

«La tua vita è perfetta. Lo sapevi?»

In quell'istante preciso perse l'equilibrio. Andò a sbattere con le ginocchia sulla panca di cemento, cadde dalla tavola e finì disteso a terra a imprecare, cercando di non piangere.

«Lo sapevi?» ripetei. «Perfetta. In questo istante darei non so cosa per essere al tuo posto.»

Mi guardò per capire se lo stavo prendendo in giro, ma non lo stavo prendendo in giro. Dicevo sul serio. Anch'io ero caduto. Ma un botto così non mi era mai capitato. Le ruote si erano staccate dai truck, i truck dal deck e io, sparato a cinque metri d'altezza, ero finito dritto contro un muro. O almeno, questa era la sensazione. E non mi ero fatto neanche un graffio.

«Ha chiamato Andrea» disse dopo un po' la mamma. La fissai.

«La mamma di Alicia.»

«Ah. Sì.»

«Ha detto che tu e Alicia pensate di vivere insieme a casa sua quando il bambino nascerà.»

Mi guardai le scarpe. Non mi ero mai reso conto veramente che, fuori, i buchi per le stringhe erano rossi.

«Non volevi parlarne con me?»

«Sì. L'avrei fatto.»

«Quando?»

«Oggi. Adesso. Se non mi anticipavi. Mi hai battuto di dieci secondi.»

«Credi che sia tutto uno scherzo?»

È vero che avevo scherzato su quando glielo avrei detto. Ma il senso dello scherzo era che non c'era niente da ridere, in realtà, e che cercavo di essere coraggioso. Prendevo tutto tanto sul serio che scherzare mi sembrava il modo migliore di avvicinarmi all'eroismo. Pensavo che l'avrebbe capito e mi avrebbe voluto bene per questo.

«No» dissi. «Scusami.» Non aveva senso spiegarle tutto. Non mi avrebbe considerato eroico.

«Vuoi vivere a casa di Alicia?»

«Quello che voglio ormai conta poco, no?»

«No» rispose. «Non devi pensare così. Sei un ragazzo. Hai ancora tutta la vita davanti a te.»

«È questo che pensavi quando sei rimasta incinta?»

«No. Ovvio che no. Ma...»

«Ma...?»

«Niente.»

«Ma cosa?»

«Be'. Io non avevo scelta, ti pare? Ti portavo in giro con me. Mica potevo scappare.»

«Perché secondo te i maschi possono scappare?»

Non credevo alle mie orecchie! Mia mamma! Che mi diceva di stare alla larga!

«Non dico che puoi lavartene le mani. Non ti sto consigliando di scappare a Hastings. Sarebbe penoso.»

«Grazie.»

«Mica puoi avere tutto. Mica puoi parlare male di chi se ne lava le mani cinque minuti dopo che hai cercato di farlo tu.»

Non c'era granché da dire.

«Sto dicendo che, non so, puoi andare là tutti i giorni. Prenderti cura di tuo figlio. Fargli da padre. Ma... senza vivere nella camera da letto di Alicia.»

«Lei vuole che stia lì. E poi di notte bisogna alzarsi spesso, ci sono i ruttini e quelle robe lì, no? Perché dovrebbe fare tutto da sola?»

«Ha visto la tua camera? È già tanto che tu riesca a vivere da solo, figuriamoci con qualcun altro. Sparpaglierai dappertutto la tua biancheria sporca? Hai pensato a tutte queste cose?»

Non avevo pensato a nessuna di queste cose. E tanto era inutile.

L'ultima cosa che feci quella sera fu parlare di nuovo con TH.

«Che cosa faccio?» gli domandai. «Non metterti a parlare della tua vita. Sono stufo di sentir parlare della tua vita. Parlami della mia. Dimmi: 'Sam, ecco cosa devi fare con Alicia e il bambino' e poi dammi qualche risposta.»

«Con Riley, fu necessario cambiare stile di vita e io e Cindy trovammo il modo di far funzionare tutto» disse.

Riley era suo figlio. Suo figlio non mi interessava.

«Che cosa ti ho appena detto? La storia di Riley non mi serve a niente. Io non sono uno skater di fama mondiale. Tu non mi ascolti.»

«Non saprò mai come facessero quelli dello skate park a non picchiarmi. Ero proprio un cretino e non me ne rendevo conto.»

Questa l'avevo già sentita. Capii che diceva così quando lo deludevo, quando mi comportavo da cretino. E quando lo deludevo, mi scaraventava chissà dove.

Andai a letto. Ma non sapevo quando mi sarei svegliato.

12

La mamma mi svegliò battendo alla porta della mia camera. Capii di essere nei guai quando cominciai a guardarmi attorno per cercare qualcosa da mettermi addosso. Raccolsi i jeans dal pavimento e poi andai a prendere una maglietta dall'armadio, dove trovai un sacco di roba che non avevo mai visto prima: pantaloni cargo Hawk e due T-shirt Hawk fighissime che volevo da un sacco di tempo, una con l'immagine del falco e l'altra con il logo Hawk in fiamme. Capii subito che quello era il futuro. E la prima cosa che notai del futuro fu che non abitavo da Alicia. Mi infilai la T-shirt con su il logo che brucia e andai in cucina.

Lì c'era Mark con una bambina. O almeno, sembrava una femmina. E non era piccolissima. Era seduta in un seggiolino per bambini e mangiava con un cucchiaio una roba che sembrava Weetabix spappolato.

« Eccolo qua » disse Mark. « Ecco il tuo fratellone. »

Ero preparato. Sapevo chi era lei, dov'ero e tutto quanto. Ero già stato nel futuro. Ma quando Mark disse così, mi sciolsi. Ero il suo fratellone. Lei era la mia sorellina. Ero stato figlio unico per tutta la vita e improvvisamente c'era quella persona nuova. E le piacevo, anche. Cominciò a sorridere e poi aprì le braccia come se volesse farsi prendere su. Mi avvicinai.

« Non ha ancora finito » disse Mark.

Non sapeva che per me era un evento incontrare mia sorella. Lui probabilmente mi aveva visto la sera prima e io probabilmente avevo visto lei la sera prima e per Mark quello era un momento piccolo, uno di un milione di piccoli momenti. Ma per me no. Era tutt'altro che un piccolo momento.

Vedere quella bambina fu diverso. Incontrare Ufo era stato uno choc, per molti aspetti. Allora non sapevo di essere stato spedito nel futuro. E non ero certo che Alicia fosse incinta, quindi vedere tuo figlio prima di avere la certezza assoluta che la tua ragazza, o addirittura ex ragazza, aspetti un bambino... Sarebbe stato uno choc per chiunque. In più non sapevo che effetto mi faceva avere un figlio. O meglio, sapevo che effetto faceva ed era un brutto effetto. Ma quella non era mia figlia, era la mia sorellina e lei non mi avrebbe fatto nessun brutto effetto né mi avrebbe preoccupato.

Volevo sapere come si chiamava.

«Dai, tombolotta. Mangia tutto. Papà deve andare al lavoro.»

«Dov'è la mamma?»

Di colpo mi venne in mente quel ragazzo a scuola che non conosceva nessuna delle persone con cui viveva. Forse la mamma se n'era andata e io vivevo con Mark e una bambina che non sapevo come si chiamava.

«È a letto. Questa qui si è fatta mezza nottata sveglia.»

«Ufo.» «Questa qui.» «Tombolotta.» Perché la gente non chiamava mai i bambini con il loro nome vero?

«Sta bene?» domandai.

«Sì. Benissimo. È solo una peste.»

«Posso darle io da mangiare?»

Mark mi guardò. Evidentemente non capitava spesso che mi offrissi di fare cose del genere.

«Certo. Hai tempo?»

In quel momento mi venne in mente la cosa che più odiavo del futuro, a parte la paura di non tornare mai più nel presente. Nel futuro, non sapevi mai che cosa ci si aspettava che facessi nei vari momenti della giornata.

Scrollai le spalle.

«Cosa devi fare?»

Un'altra scrollata di spalle.

«Università? Ufo?»

Allora si chiamava ancora Ufo. A quanto pareva era il nome che gli era stato appioppato.

«Solito» risposi.

«Quindi non hai tempo.»

«Dopo la vedrò?»

«Sarà qui» disse Mark. «È qui che abita.»

«E anch'io abito qui.»

Era più una domanda, in realtà, ma lui non lo sapeva.

«Ti sei svegliato bello arzillo» disse Mark. «Se sai già dove abiti, oggi niente potrà fermarti.»

Sorrisi, per dimostrargli di sapere che scherzava. Sapevo poco altro.

La mamma entrò in cucina in vestaglia e insonnolita, e anche invecchiata e appesantita. Mi dispiace se dirlo è da maleducati, ma è la verità. Venne a baciare la bambina in cima alla testa. La piccola non sembrò badarci molto.

«Tutto bene?»

«Sì» rispose Mark. «Sam si è appena offerto di darle da mangiare.»

«Oddio» disse la mamma. «Sei di nuovo a corto di soldi?»

Mi tastai le tasche. C'era dentro una banconota.

«No, credo di averne.»

«Facevo del sarcasmo.»

«Ah.»

«Ti sei svegliato rincitrullito?»

«Mark ha appena detto che mi sono svegliato bello arzillo.»

«Anch'io facevo del sarcasmo.»

Detestavo essere così. Secondo me, se TH voleva spedirmi nel futuro, come minimo doveva prima spiegarmi alcune cose. Tipo a che università andavo e come si chiamava mia sorella. Informazioni base. Se sei in una stanza con tua sorella e non sai come si chiama, ti senti scemo, anche se lei è solo una bambina.

«Questo è il tuo cellulare» disse la mamma.

Mi misi in ascolto. Sentivo soltanto una mucca che muggiva.

«È solo una mucca» risposi.

«Sì, la prima volta è stato divertentissimo» commentò la mamma.

Ascoltai di nuovo. Sembrava proprio una mucca. Solo che il muggito faceva: «Mu mu, mu mu... Mu mu, mu mu... Mu mu, mu mu...» Come un telefono. Non era una mucca vera, perché che cosa ci avrebbe fatto una mucca vera nella mia camera da letto? Capii cos'era successo. Era successo questo: in un momento imprecisato tra il presente e il futuro, per ridere avevo scaricato una suoneria che faceva il verso della mucca.

Trovai il cellulare nella tasca del giaccone.

«Pronto?»

«Sono io, Sab.»

«Ah. Ciao, Sab.» Non sapevo bene chi era Sab, ma la voce somigliava un po' a quella di Alicia. Solo che quando eri nel futuro non potevi mai fidarti.

«Sab. Non Sab.»

«Sab non Sab? Cosa vuol dire?»

«Sono Alicia. Ho il raffreddore. Volevo dire 'Sab' e invece è venuto fuori 'Sab'.»

«Sam.»

«Sì. Porco cane. Ti sei svegliato stupido?»

«Sì.» Ammetterlo mi sembrò la cosa più semplice.

«Comunque. So che dovevi andare in università, ma non sto bene per niente e i miei non ci sono e stamattina bisogna portarlo a fare la puntura. Puoi andarci tu?»

«La puntura?»

«Sì. La cosa. L'iniezione. L'immunizzazione. La vaccinazione.»

Sembrava un bel po' di roba per un bambino piccolo.

«Insomma, puoi andarci tu?»

«Io?»

«Sì. Tu. Suo padre. Non possiamo rimandare di nuovo.»

«Dov'è?»

«All'ambulatorio. A due passi.»

«D'accordo.»

«Davvero? Grazie. Ci vediamo fra un pochino. Deve uscire un po'. È sveglio da ore e mi sta facendo impazzire.»

Adesso era mia mamma a dar da mangiare alla bambina. La piccola sorrise e mi aprì di nuovo le braccia, ma la mamma le disse che doveva aspettare.

«Quanto tempo hanno i bambini quando fanno la vaccinazione?»

«Quale vaccinazione?»

«Non lo so.»

«Be', dipende da quale vaccinazione, no?»

«Sì?»

«Parli di Ufo?»

«Sì.»

«Alicia ha detto che voleva fargliela fare adesso. Avrebbe dovuto farla mesi fa, ma lei non era convinta.»

«Di solito quanto tempo hanno?»

Stavo cercando di scoprire quanto tempo aveva mio figlio. E quanti anni avevo io.

«Quindici mesi?»

«Ah ecco.»

Così Ufo aveva qualche mese in più di quindici. Quindici mesi erano un anno e tre mesi. Poteva avere quasi due anni, o forse più di due. Quindi io ne avevo diciotto. Andando a casa di Alicia avrei comprato un giornale per controllare la data, così avrei saputo se potevo bere legalmente in un pub.

«Devo portarcelo io stamattina. Alicia non sta bene.»

«Vuoi che io e Emily ti accompagniamo?»

«Emily?»

«Perché? Vuoi che la lasci a casa da sola?»

«No, no. Solo che... niente» dissi. «No, non importa. Lo porterò a giocare sull'altalena, magari.»

I bambini sui due anni potevano andare sull'altalena, no? Erano fatte per loro quelle altalenine, giusto? Che altro poteva fare un bambino di due anni? Non ne avevo idea.

«Mamma, Ufo è bravo a parlare? Secondo te.»

«Parla a non finire.»

«Anche secondo me.»

«Perché? Qualcuno ha detto qualcosa?»

«No, no. Ma...»

Ma non sapevo se parlava, cioè non sapevo se i bambini di due anni sapevano parlare. E questo mica potevo dirglielo.

«Ci vediamo dopo» dissi. «Ciao, Emily.»

E baciai la mia sorellina sulla testa. Quando uscii si mise a piangere.

Alicia aveva una cera orribile. Era in vestaglia, le piangevano gli occhi e aveva il naso rosso. In realtà era quasi un bene, perché ormai avevo l'impressione che non stessimo più assieme, con me che ero tornato ad abitare a casa mia eccetera eccetera, e mi dispiaceva. Nel presente andavamo d'accordo e lei cominciava a piacermi di nuovo, come mi era piaciuta quando ci eravamo conosciuti. Vederla così... rendeva più semplice la separazione.

«Ho preso veramente il raffreddore» disse, e rise. La guardai. Non capivo di cosa parlava.

«Me l'avrai attaccato tu.» E giù un'altra risata. Cominciavo a temere che avesse una specie di esaurimento nervoso.

«Sta guardando la tele» disse. «Non avevo le forze per fare nient'altro con lui.»

Entrai in soggiorno e vidi questo bambino biondo, con i capelli lunghi e ricci da femminuccia, guardare degli australiani che cantavano con un dinosauro. Si girò verso di me e mi corse incontro, e dovetti prenderlo altrimenti andava a sbattere con la faccia contro il tavolino.

«Papà!» disse, e giuro che per un paio di secondi mi si fermò il cuore. Papà. Era troppo vedere mia sorella e mio figlio nello stesso giorno. Sarebbe stato troppo per chiunque. Lui l'avevo già visto l'ultima volta che ero stato nel futuro, ma allora era stata una cosa da poco e con lui non ero andato da nessuna parte. Quella volta mi aveva fatto impazzire. Anche stavolta mi fece impazzire, ma in senso buono.

Lo feci volteggiare un po' e lui rise, e quando smisi di farlo volteggiare lo squadrai ben bene.

«Cosa c'è?» domandò Alicia.

«Niente. Guardavo.»

Assomigliava a sua mamma, pensai. Stessi occhi e stessa bocca.

«Se faccio il bravo posso mangiare il gelato.»

«Ah, sì?»

«Dopo il dottore.»

«Va bene. E poi andiamo sull'altalena.»

Ufo scoppiò a piangere e Alicia mi guardò come se fossi scemo.

«Non devi andare per forza sull'altalena.»

«No» dissi io. «Se non vuoi.»

Non capivo assolutamente che storia era quella, ma capivo di aver fatto un casino.

«Ti sei dimenticato?» mi ringhiò contro Alicia.

«Sì. Mi dispiace.»

Bisogna viverla, la propria vita; non basta entrare e uscire. Se no non capisci mai le situazioni.

«Comunque. Cerca di tenertelo il più possibile. Sto malissimo.»

Mettemmo Ufo nel passeggino per andare all'ambulatorio, se non che ovviamente non ero capace di chiudere i lacci e così Alicia dovette aiutarmi, ma la mia inettitudine non sembrò sorprenderla. Mi chiese quando avrei imparato. Fu un piacere rendermi conto di non essere capace di far niente, perché così non dovevo giustificare il fatto di saper fare le cose un giorno sì e quello dopo no. Quando uscimmo di casa, però, lui cominciò a scalciare come un matto per cercare di saltar fuori dal passeggino. Sapevo che camminava, perché l'avevo visto attraversare di corsa la stanza per saltarmi in braccio, così armeggiai con i lacci finché qualcosa fece *clic* e lo lasciai libero di correre. Poi mi resi conto che puntava dritto in mezzo alla strada, così dovetti rincorrerlo e fermarlo. Dopodiché lo tenni per mano senza lasciarlo più andare.

Mia mamma aveva ragione. Ufo parlava a non finire. Ogni volta che passavamo davanti a qualcosa diceva: «Guarda, papà!» E metà delle volte non si capiva di che cavolo parlava. Poteva essere una moto o una macchina della polizia; oppure un rametto o una vecchia lattina di Coca. All'inizio cercavo di farmi venire in mente qualcosa da dire, ma cosa si può dire di una lattina di Coca? Mica tanto.

L'ambulatorio straripava di gente. Molti erano genitori con bambini dall'aria malata, bambini con la tosse, bambini con la febbre, bambini riversi sulla spalla della mamma. Ero contento che Ufo non fosse malato come loro. Probabilmente non sarei riuscito ad affrontare la situazione. Aspettai al banco e Ufo andò a curiosare nello scatolone dei giochi che c'era nella sala d'attesa.

«Buongiorno» mi salutò la signora dietro il banco.

«Buongiorno» dissi. «Siamo venuti per la puntura, l'immunizzazione e la vaccinazione.»

La signora rise. «Per oggi una sola delle tre, immagino, eh?»

«Se basta» dissi.

«Ma 'siamo' chi?»

«Ah. Mi scusi. Lui.» Indicai Ufo.

«Sì. E lui sarebbe...?»

Oddio, pensai. Non so come si chiama mio figlio. Sapevo perfettamente di non essere il miglior padre del mondo, ma quando ero andato a prendere Ufo, lui e Alicia mi avevano fatto credere di non essere nemmeno il peggiore. Certo che non sapere come si chiama tuo figlio... Non andava bene. Anche il peggior padre del mondo sa come si chiama suo figlio, così alla fine ero peggiore del peggior padre del mondo.

Se si chiamava Ufo, l'iniziale era «U». E il cognome era o il mio o quello di Alicia. Quindi era o Jones o Burns.

«U. Jones» dissi.

Lei scorse l'elenco e poi guardò il monitor.

«Non c'è nessuno a questo nome» rispose.

«U. Burns» provai.

«Posso chiederle chi è lei?»

«Sono il papà.»

«Ma non sa come si chiama.»

«Già» risposi. «No.»

Mi guardò. Era chiaro che non la considerava una spiegazione soddisfacente.

«Mi ero dimenticato che usiamo il cognome della mamma» aggiunsi.

«Nome di battesimo?»

«Io lo chiamo Ufo.»

«E tutti gli altri come lo chiamano?»

«Tutti lo chiamiamo Ufo.»

«E il suo nome qual è?»

«Meglio che torni domani» dissi.

«Meglio, sì» rispose la signora. «Quando lo conoscerà un pochino meglio. Gli dedichi un po' di tempo. Fatevi una seduta di bonding padre-figlio. Gli chieda come si chiama, cose così.»

Andando al parco, chiesi a Ufo come si chiamava.

«Rufus» rispose.

Rufus. Ma certo. Magari glielo avessi chiesto prima, andando, invece che adesso uscendo. Non sembrò sorpreso della domanda. Sembrava solo contento di aver azzeccato la risposta. Immagino che ai bambini vengano sempre fatte domande alle quali sanno rispondere. Non vedevo l'ora di scoprire come mai avevo accettato di chiamare mio figlio Rufus. Il mio nome preferito rimaneva sempre Bucky.

«Rufus» dissi. «Se la mamma ti chiede se la puntura ti ha fatto male, dille soltanto che sei stato un bambino coraggioso, va bene?»

«Sono stato un bambino coraggioso» rispose.

«Lo so.»

Non gliel'avevano ancora fatta, quella puntura.

*

188

La ragione per cui a Rufus non piaceva l'altalena in quel periodo era che se l'era presa in faccia l'ultima volta che l'avevo portato al parco. A quanto avevo capito, l'avevo lasciato correre vicino a un'altalena e quella l'aveva beccato proprio sul naso. Fu lui a raccontarmelo, mentre varcavamo il cancello del parco. Mi sentii molto in colpa. Era un bambino così bello! Avrei dovuto essere più attento, con lui.

Probabilmente, da quando avevo saputo che Alicia era incinta, in realtà mi ero preoccupato soltanto per me stesso. Mi ero preoccupato per come la cosa mi avrebbe sconvolto la vita, per quello che mia mamma e mio papà mi avrebbero detto e roba del genere. Ma già avevo dovuto impedire a Ufo di andare in mezzo alla strada e avevo visto quei bambini malati all'ambulatorio. E adesso venivo a sapere che per poco non ci era rimasto secco al parco. Non ero abbastanza grande per avere tante preoccupazioni, secondo me. Ma in fondo, chi era abbastanza grande? Mia mamma era sempre preoccupata, e lei era abbastanza grande. Essere abbastanza grandi non bastava. Forse di solito la gente non faceva figli alla mia età per tenersi un po' di tempo in cui preoccuparsi per altre cose, tipo il lavoro, la fidanzata, il calcio.

Giocammo un po' con la sabbia, facemmo qualche discesa dallo scivolo e poi lo misi su uno di quei cavallini di legno con il mollone che sale dalla base per farlo oscillare. Ricordavo quando ci andavo da piccolo. Ero abbastanza sicuro di ricordare che era proprio quel cavallino lì. Non mettevo piede in quel parco da circa cinque anni, ma non mi sembrava che fosse cambiato qualcosa da quando non ci giocavo più.

In tasca avevo venti sterline. Ufo aveva avuto il suo gelato, così adesso me ne rimanevano diciannove e, tanto per fare qualcosa, andammo a piedi da Clissold Park fino a

Upper Street. Poi lui volle andare in un negozio di giocattoli e pensai: Be', un'occhiata possiamo darla, no? E volle una specie di elicottero che costava 9 sterline e 99, così gli dissi che non potevamo comprarlo e lui si buttò a terra a urlare e cominciò a prendere a testate il pavimento. Così adesso mi rimanevano nove sterline. Poi passammo davanti al cinema, dove davano un film per bambini, *Condiamo l'insalata*. Dalla locandina sembrava una specie di copia di Wallace e Gromit con la verdura. Naturalmente lui voleva vederlo e, quando controllai gli orari, stava per cominciare il primo spettacolo. Pensai: Be', sarebbe un modo piacevole di passare due ore. I due ingressi costavano 8 sterline e 50, così adesso mi rimanevano cinquanta pence.

Quando entrammo in sala, sullo schermo c'era un pomodoro gigante che parlava cercando di sfuggire a una bottiglia di maionese e a un salino.

«Non mi piace, papà» disse Ufo.

«Non fare lo sciocco. Stai seduto.»

«NON MI PIACE!» strillò. In sala c'erano solo quattro persone, ma tutte si girarono.

«Cerchiamo di...»

Il pomodoro gigante corse dritto verso l'obiettivo gridando e stavolta Ufo cacciò un urlo di terrore. Lo presi in braccio e uscimmo dalla sala. Avevo speso venti sterline in venti minuti.

«Mi compri i popcorn, papà?» chiese Ufo.

Lo riportai a casa di Alicia. Nel frattempo lei si era vestita e aveva un'aria migliore, anche se non proprio sana.

«Tutto qui quello che sei riuscito a fare?» disse.

«Non stava bene. Dopo la puntura e tutto.»

«Com'è andata?»

«Com'è andata, Ufo?» gli domandai.

Lui mi guardò. Non capiva. Si era dimenticato delle prove che avevamo fatto.

«Dal dottore.»

«C'era un camion dei pompieri» rispose.

«Sei stato coraggioso?» chiesi.

Mi guardò di nuovo. Si capiva che cercava di farsi venire in mente qualcosa, ma non sapeva cosa.

«Sono stato un pompiere coraggioso» rispose.

«Ah, bene» disse Alicia. «Non sembra per niente scombussolato.»

«No. È stato bravo.»

«Vuoi mangiare qui? O devi andare?»

«Devo andare. Sai com'è.»

Speravo che lo sapesse, perché io non lo sapevo.

«Ci si vede presto, Ufo.»

Era vero, più o meno. Se quella notte, dopo essere andato a dormire, fossi stato rispedito nel presente com'era successo la prima volta, l'avrei visto qualche settimana dopo, alla sua nascita. Mi faceva una strana impressione. Avrei voluto abbracciarlo e dirgli che non vedevo l'ora di conoscerlo, ma forse così Alicia avrebbe capito che in realtà non appartenevo al futuro, un futuro che per lei non era il futuro, ovviamente. Sarebbe stato difficile capirlo, ma comunque avrebbe pensato che qualcosa non andava, se avessi detto a mio figlio che non vedevo l'ora di conoscerlo.

Lui mi soffiò un bacio, io e Alicia ridemmo e nel vialetto camminai all'indietro per poter guardarlo ancora un po'.

Andai a casa, dove non trovai nessuno, mi sdraiai sul divano e rimasi a guardare il soffitto pensando che ero scemo. A chi non sarebbe piaciuto fare un salto nel futuro a vedere che cosa combinavano tutti quanti? E io ero lì, nel futuro, e non sapevo cosa fare. Il problema era che quello non era il futuro *futuro*. Se qualcuno mi avesse chiesto com'era il futuro, avrei potuto dire soltanto che avevo una sorellina e un figlio di due anni, due notizie non proprio sensazionali.

Non so da quanto tempo ero lì a pensare, ma a un certo punto entrò la mamma con Emily e i sacchetti della spesa e la aiutai a mettere via tutto mentre Emily ci guardava dalla sua seggiolina a dondolo.

Di colpo avevo bisogno di sapere delle cose. Anzi, avevo bisogno di sapere un sacco di cose, tipo che cosa facevo tutto il giorno. Ma quello che alla fine domandai fu questo.

«Mamma. Come me la sto cavando?»

«Bene. Almeno non hai fatto cadere niente.»

«No, no. Non parlavo di come metto via le cose. Come me la cavo, voglio dire, nella vita?»

«Cosa vuoi? Un voto da uno a dieci?»

«Se ti va.»

«Sette.»

«Bene. Grazie.»

Sette mi sembrava buono. Ma in realtà non mi diceva quello che avevo bisogno di sapere.

«Sei soddisfatto del voto?» domandò. «Troppo alto? Troppo basso?»

«Mi sembra buono.»

«Sì, anche a me.»

«Secondo te dov'è che ho perso i tre punti?»

«Ma che domande fai, Sam? Cos'è che vuoi sapere?»

Che cosa volevo sapere? Probabilmente volevo sapere se il futuro valeva la pena di aspettarlo o sarebbe stato un mare di guai. Non che, in un caso o nell'altro, ci potessi fare qualcosa, ma sarebbe stato utile scoprire se Pessimo aveva ragione. Ero nella merda?

«Secondo te le cose andranno a posto?» chiesi. Non sapevo di quali cose parlavo, o che cosa significava «a posto». Ma era un punto di partenza.

«Perché? In che guai ti sei messo?»

«No, no, non dico che mi sono messo nei guai. Che io

sappia. Volevo solo dire: con Ufo e tutto il resto. L'università. Non so.»

«Credo che tu stia facendo quel che ci si aspetta da te» rispose la mamma. «Perciò ti ho dato sette.»

«Quel che ci si aspetta da te»? Cosa significava?

E di colpo mi resi conto che, anche nel futuro, si sentiva il bisogno di sapere cosa sarebbe successo. A quanto capivo, TH non mi aveva aiutato per niente.

Più tardi andai alla Bowl con la mia tavola e nessuno sembrò molto sorpreso: evidentemente non avevo smesso di skateare. E, anche se morivo di fame, dissi alla mamma e a Mark che non avrei cenato con loro, perché non avrei saputo parlare di ieri, oggi o domani. Cazzeggiai un po' in camera mia, giocai con l'Xbox, ascoltai della musica e me ne andai a letto. E quando mi svegliai, non avevo più né i pantaloni cargo Hawk né la T-shirt con il logo Hawk in fiamme, così capii che ero tornato nel presente.

13

Così adesso sapete tutto. Non ho più niente da dire. Non
so se avete pensato che quella storia del futuro fosse inventata o che ero impazzito, ma a questo punto non ha molta
importanza, giusto? Nella vita reale abbiamo avuto un
bambino che si chiama Rufus. Ecco qua. Fine della storia.

Così adesso probabilmente penserete: Se questa è la fine
della storia, perché non sta zitto, così vado a fare qualcos-
s'altro? La verità è che, quando ho detto che sapevate tutto... Era abbastanza vero, per quanto riguarda i fatti. Cioè,
c'è ancora qualche puntino da unire. Ma insomma è nato il
nostro bambino ed è nata anche la bambina di mia mamma, io e Alicia prima abbiamo vissuto nella sua camera da
letto e poi separati. Il fatto è che si arriva a un punto in cui i
fatti non contano più e, pur sapendo tutto, non si sa niente,
perché non si conoscono le emozioni. È questo il problema
delle storie, no? I fatti possiamo anche raccontarli in dieci
secondi, volendo, ma i fatti non sono niente. Adesso vi racconto quello che dovete sapere di *Terminator*: nel futuro,
dei robot supercomputerizzati vogliono dominare la Terra
e distruggere il genere umano. La nostra sola speranza, nel
2029, è il leader della resistenza. Così i robot mandano Arnold Schwarzenegger, che è il Terminator, indietro nel
tempo perché uccida il leader della resistenza ancora prima che nasca. Più o meno è tutto qui. E c'è anche uno della
resistenza che torna indietro nel tempo per proteggere la
madre del futuro leader. È per questo che si combatte tan-

to. Così abbiamo la madre indifesa del futuro leader più il combattente della resistenza contro Arnold il Terminator. Vi sono piaciuti questi fatti? No. È chiaro che non vi sono piaciuti, perché non avete provato emozioni, quindi non ve ne frega niente. Non dico che la storia mia, di Alicia e di Ufo sia bella come *Terminator*. Dico semplicemente che, stando solo ai fatti, si perde il senso della storia. Così adesso vi racconto il resto.

Una cosa da sapere è che alla Bowl feci un botto esagerato. Lì non mi ero mai fatto male, perché alla Bowl ci si andava solo per cazzeggiare. Per farmi male sul serio, probabilmente avrei dovuto essere a Grind City, dove ci sono dei veri skater che skateano davvero, e non dietro casa, dove vado cinque minuti prima di cena.

Non fu colpa mia, anche se è ovvio che io lo dica, immagino. Non so neanche bene se tecnicamente fu proprio una caduta. Ecco come andò. Alla Bowl, il solo modo per rendere lo skate minimamente interessante è arrivare di lato, sorvolare i tre gradini, o magari farci qualcosa di più figo se ci si sente capaci, e atterrare direttamente nella Bowl. La Bowl deve essere vuota, chiaro, ma, perfino quando è buio, se c'è qualcuno lo vedi o lo senti anche da molto lontano. Mi correggo: lo vedi o lo senti a condizione che quel qualcuno non stia dormendo in mezzo alla Bowl, usando la tavola come cuscino. Era questo che stava facendo Lepre, anche se non me ne resi conto finché non fui sospeso in aria e sul punto di atterrargli sulla pancia. È una caduta, se qualcuno dorme in quel modo lì?

Nessuno al mondo sarebbe potuto rimanere sulla tavola in una situazione del genere, quindi non potevo prendermela con la mia incapacità. Potevo prendermela con Lepre, però, e lo feci ad alta voce, quando mi ritornò il fiato in corpo e la fitta al polso si calmò un po'.

«Ma che cazzo fai, Lepre?»

«Che cosa faccio? Io? E tu?»

«Io skateavo, Lepre. Nella Bowl. È a questo che serve. Chi è che si addormenta in mezzo a una conca di cemento? Dove la gente skatea.»

Lepre rise.

«Non c'è niente da ridere. Avrei potuto rompermi il polso.»

«No. Sì. Scusa. Ridevo perché pensavi che ero addormentato.»

«E invece?»

«Riposavo un po'.»

«E che cavolo di differenza c'è?»

«Non mi ero veramente addormentato, lì in mezzo. Sarebbe stato assurdo.»

Me ne andai. Bisogna essere dell'umore giusto per parlare con Lepre e io non ero dell'umore giusto.

Alla fine mia mamma, per sicurezza, decise di portarmi a fare una radiografia al polso. Ci fecero aspettare un secolo, per poi comunicarci che era tutto a posto, a parte il male cane.

«Credo che dovrai lasciar perdere» disse la mamma durante l'attesa. Non capivo di cosa parlava. Lasciar perdere cosa? Di star lì ad aspettare? Di andare da qualche parte con lei?

La guardai, per farle capire che non capivo.

«Lo skate» disse. «Non so se potrai andare ancora sullo skate. Per il momento, almeno.»

«Perché?»

«Perché per i prossimi due anni la tua vita sarà tutto uno spingere e trasportare. E Alicia non ti ringrazierà se ti romperai un braccio e non potrai far niente.»

«È stata solo una scemenza di Lepre.»

«Come se non ci fossimo mai venuti, al pronto soccorso.»

È vero che mi ero rotto qualcosina, dita delle mani e dei piedi. Ma niente che mi avrebbe impedito di scarrozzare in giro un bambino.

« Non ho nessuna intenzione di smettere. »

« Parli da irresponsabile. »

« Sì, be' » dissi. « Mica l'ho chiesto io di avere un figlio. »

Mia mamma tacque. Avrebbe potuto dire un sacco di cose, ma non le disse. E io continuai a skateare e non caddi più. Ma solo perché ebbi fortuna. E perché Lepre non usò più la Bowl per dormirci.

Mark si trasferì da noi molto prima che io me ne andassi. Una persona può essere l'opposto di un'altra? Se la risposta è sì, allora Mark è l'opposto di papà, in tutti i sensi, salvo che sono tutti e due maschi inglesi, della stessa statura e con la pelle dello stesso colore, e hanno gusti simili in fatto di donne. Chiaro, no? Per tutti gli altri aspetti erano l'opposto. A Mark piaceva l'Europa, per esempio, e la gente che ci viveva. E qualche volta spegneva la tele per aprire un libro. E leggeva dei giornali su cui erano stampate delle parole. Mi piaceva. O comunque mi piaceva abbastanza. E sono contento che stesse con la mamma. Lei stava per diventare nonna a trentadue anni – una nonna trentaduenne *incinta* – e questo per lei era un passo indietro. E Mark era un passo avanti. Così si sarebbe ritrovata esattamente dov'era, il che era meglio di quanto ci si poteva aspettare.

Alla fine la mamma ci riuscì, a dirmi che era incinta. Non me lo disse molto tempo dopo averlo saputo, ma decisamente molto tempo dopo che l'avevo saputo io. Qualche volta avrei voluto dirle: « Senti, non preoccuparti. Credo di essere stato spedito nel futuro, quindi so già tutto ». Era questo che provavo quando la mamma cercava di farsi coraggio per dirmi del bambino.

A dir la verità, probabilmente l'avrei capito anche se non fossi stato spedito nel futuro, perché lei e Mark erano proprio incapaci di tenerlo nascosto. Tutto cominciò appena prima che cambiassi casa, quando la mamma smise di bere il suo bicchiere di vino a cena. Se non fosse stato per Alicia non avrei saputo che molte donne smettono di bere alcolici quando sono incinte, soprattutto nelle prime settimane. Ma lo sapevo, e la mamma sapeva che lo sapevo, così tutte le sere si versava un bicchiere di vino ma non lo toccava, come se in quel modo potesse imbrogliarmi. Il fatto è che toccava a me sparecchiare dopo cena, così per circa cinque sere di fila presi dal tavolo il suo bicchiere pieno di vino e dissi: «Mamma, questo lo vuoi?» E lei: «No, grazie, in realtà non ne ho voglia. Mark, lo vuoi tu?» E lui: «Se proprio devo» e lo sorseggiava guardando la tele. Era demenziale. Se non avessi capito tutto, avrei detto qualcosa – tipo: «Mamma, perché tutte le sere ti versi il vino e poi non lo bevi?» E lei probabilmente si sarebbe messa a bere acqua a tavola. Ma siccome sapevo, non dissi mai niente.

Poi, una mattina, Mark offrì a me e alla mamma un passaggio, perché doveva andare a lavorare in macchina e sarebbe passato davanti alla mia scuola e davanti all'ufficio di mia mamma. Eravamo in ritardo, perché lei era in bagno a vomitare. Sentivo che vomitava, e anche Mark sentiva che vomitava. E siccome lui sapeva perché, e anch'io sapevo perché, nessuno disse niente. Ha senso? Mark non disse niente perché non voleva essere lui a dirmelo. E io non volevo dire niente perché l'idea era che non lo sapessi. Io guardavo Mark e lui guardava me, e facevamo come se stessimo ascoltando un cane che abbaia o un DJ alla radio, insomma, le cose che si sentono sempre e di cui è inutile parlare. Poi arrivò un conato fortissimo e io, senza volere, feci una smorfia; Mark se ne accorse e disse: «Tua mamma non sta molto bene».

« Ah. Eh già. »

« Tutto bene? » le domandò Mark quando uscì dal bagno. E lei gli fece una faccia come per dire di star zitto e rispose: « Non trovavo il cellulare ».

E Mark: « Stavo dicendo a Sam che non stai molto bene ».

« E perché gli hai detto così? »

« Perché vomitavi tanto forte che i muri vibravano. »

« Sarà meglio spiegare » disse lei.

« Adesso non posso » fece Mark. « Devo assolutamente andare a questa riunione. »

« Lo so. Buona giornata. » E lo baciò sulla guancia.

« Dopo chiamami » disse lui. « Fammi sapere come... insomma... »

« Sono tranquillo » la rassicurai quando lui se ne fu andato. « Puoi dirmi qualsiasi cosa: non sarà un problema. »

E poi, di colpo, mi venne un pensiero tremendo. Se mi ero sbagliato? Se il futuro era sbagliato e la mamma stava per dirmi che aveva una malattia incurabile? Il cancro o roba del genere? Le avevo appena detto che non sarebbe stato un problema.

« Cioè, se è una bella notizia non sarà un problema » rettificai. « Se è una brutta notizia, sarà un problema. » Ma poi mi sembrarono parole stupide, perché le brutte notizie sono un problema per tutti, mentre di solito ricevere una bella notizia fa piacere.

« Se è una bella notizia mi farà piacere o non sarà un problema » rettificai di nuovo. « Se è una brutta notizia sarà un problema. »

Mio papà diceva sempre che se eri in una buca dovevi smettere di scavare. Era una delle sue frasi preferite. Significava che se eri nei guai non dovevi peggiorare le cose. Se lo ripeteva sempre: « Se sei in una buca, Dave, smetti di scavare ». Smisi di scavare.

« Hai indovinato? » chiese la mamma.

« Spero di sì. »

« Cioè? »

« Se mi sbaglio, vuol dire che hai qualcosa di grave. »

« No, non ho niente di grave. »

« Allora bene. Allora ho indovinato. »

« Avevi già indovinato. »

« Sì. Ma quella volta mi sbagliavo. »

« Ma perché hai continuato a credere che sarei rimasta incinta? Io non avrei mai pensato di avere un altro figlio. »

« Intuito maschile. »

« Gli uomini non hanno intuito. »

« Questo qui sì. »

Non era vero, in realtà, se si usava la logica e si lasciava stare il futuro. La prima volta avevo cannato in pieno e la seconda mi ero accorto che lei non beveva più vino e l'avevo sentita vomitare in bagno. Mica ci voleva un grande intuito.

« Davvero non è un problema? » domandò.

« No. Cioè, è una bella cosa. Saranno amici, no? »

« Lo spero. Di sicuro avranno la stessa età. »

« Che tipo di parentela avranno? »

« Stavo cercando di capirlo. Mio figlio sarà lo zio, o la zia, del tuo. E mio nipote avrà qualche mese in più di mio figlio. Io sono al quarto mese e Alicia all'ottavo. »

« Pazzesco, eh? »

« Immagino che succeda spesso » disse la mamma. « Ma non pensavo che potesse succedere a noi. »

« E che effetto ti fa? »

« Mah. Bello. Cioè, all'inizio credevo di non volerlo tenere. Ma poi non so... È il momento giusto, no? »

« Per te, forse. »

E risi, per farle capire che scherzavo.

Di colpo mia mamma non era più mia mamma. Eravamo due amici che lo stesso anno erano andati a cacciarsi nello stesso posto stupido. Era un periodo pazzesco della mia vita, se ci si mettevano dentro anche i viaggi nel futuro. Non c'era niente di prestabilito. Le cose potevano succedere quando volevano loro, invece che nel momento in cui dovevano succedere, come nei film di fantascienza. Adesso riusciamo anche a riderci sopra, ma... No, non è vero. Ci riusciamo soltanto in momenti molto, molto particolari.

Capii che c'erano due futuri. C'era quello in cui ero stato catapultato. E poi c'era il futuro *reale*, quello che potevi vedere solo aspettando, quello in cui non potevi fare un salto e via, quello in cui potevi andare soltanto vivendo i giorni che mancavano per arrivarci... E questo aveva perso importanza. Anzi, era quasi scomparso. In parte, almeno. Prima che Alicia rimanesse incinta, pensavo spesso a come sarebbe andata. Chi non ci pensa? Ma poi smisi. Avevo la sensazione... non so... L'anno scorso, alcuni ragazzi della scuola qui vicino andarono in vacanza in Scozia, a fare un'arrampicata, e le cose si misero male. Erano rimasti fuori fino a tardi, il prof non aveva abbastanza esperienza come scalatore, ormai si era fatto buio e loro erano rimasti bloccati su una cengia, e dovettero chiamare i soccorsi. Quanti erano i ragazzi sulla cengia, quella sera, a pensare: Faccio l'esame di inglese o di francese? Voglio diventare fotografo o web designer? Neanche uno, scommetto. Quella sera il loro futuro era, non so, un bagno, un toast, qualcosa di caldo da bere. Una telefonata a casa. Ecco, quando hai una fidanzata incinta e vai ancora a scuola, è sempre così. Io e Alicia eravamo su una cengia, per così dire, a pensare all'arrivo di Ufo (anche se non lo chiamavamo ancora Ufo) e ogni tanto anche alla sua prima settimana di vita, ma senza mai spingerci molto più in là di così. Non avevamo smesso di sperare. Solo che era un altro genere di speranza, una speranza in altre cose. Speravamo che si risolvesse tutto in un modo non troppo negativo.

Ma il problema era che dovevamo lo stesso fare qualcosa per il futuro, perché è questo che si fa per gran parte del tempo a sedici anni, no? Gli altri – a scuola e all'università, professori e genitori – vogliono sapere che progetti hai, che cosa vuoi, e non puoi dirgli che vuoi una sola cosa: che tutto vada bene. Mica c'è un diploma, per questo.

Alicia era al quinto mese di gravidanza quando fu il momento di dare gli esami per il diploma e al settimo quando arrivarono i risultati. I suoi erano bruttissimi e i miei passabili, e ormai non ce ne importava più granché. Ma mi toccò lo stesso sentire la mamma di Alicia che si lamentava delle ripercussioni negative di quella storia su sua figlia e di quanto era ingiusto che i ragazzi invece se la cavassero sempre come se niente fosse. Non mi sembrò il caso di farle sapere che Alicia, quando l'avevo conosciuta, mi aveva detto che voleva fare la modella. Non era quello che sua mamma e suo papà volevano sentirsi dire. Non era il ritratto di Alicia che volevano vedere.

Così passammo l'estate a cercare di capire che cosa volevamo fare in futuro e ad aspettare. Per capire che cosa volevamo fare in futuro ci impiegammo dieci minuti. Io mi iscrissi agli ultimi due anni facoltativi e Alicia decise di prendersi un anno di riposo per tornare poi a studiare quando il bambino avesse avuto un anno. L'attesa, invece... Quella durò due mesi interi. Non ci si poteva fare niente.

14

Stavo skateando da solo alla Bowl quando di colpo si materializzò mia mamma. Era senza fiato, ma questo non le impedì di sgridarmi perché il mio cellulare non era acceso.

«È acceso» dissi.

«E allora perché non rispondevi?»

«È nella tasca del giaccone.»

Indicai il giaccone, che era sulla panca di pietra accanto alla Bowl.

«E a cosa ti serve, così?»

«Fra un minuto sarei andato a controllare.»

«Ah, così serve molto, quando hai la fidanzata incinta.»

Tutti e due stavamo sprecando tempo a discutere sulla frequenza con cui avrei dovuto controllare le chiamate, anche se soltanto lei sapeva che sprecavamo tempo, perché aveva delle informazioni che non mi aveva ancora trasmesso.

«Ma cosa ci fai qui?»

Probabilmente sapevo come mai aveva fatto quella corsa da casa fino alla Bowl, ma chissà perché lo rimuovevo. Anzi, chiunque può immaginare perché. Ero spaventato a morte.

«Alicia ha le doglie!» urlò la mamma, come se in quei due minuti le avessi impedito di dirlo. «Devi correre!»

«Sì» dissi. «Sì. Va bene.»

Presi su la mia tavola e più o meno mi misi a correre. Solo che correvo sul posto. Un po' come se stessi scaldando il motore. Il problema era che non sapevo dove andare.

«Ma correre dove?»

«A casa di Alicia. Svelto.»

Ricordo di aver provato un filo di nausea quando mi disse di correre a casa di Alicia. Nelle ultime quattro settimane avevo fatto delle fantasie e degli incubi sul parto. L'incubo era che, quando Alicia cominciava ad avere le doglie, sua mamma e suo papà non c'erano e lei partoriva sull'autobus o in taxi; io ero con lei e non sapevo cosa fare. La fantasia era che mi trovavo fuori casa, non so dove, e arrivava un messaggio per informarmi che Alicia aveva avuto il bambino e tutti e due stavano bene, e io mi ero perso tutto. Così, quando la mamma mi disse di correre da Alicia, sapevo che non mi sarei perso tutto e che c'era ancora la possibilità che il bambino nascesse al piano superiore dell'autobus 43.

Quando passai di corsa davanti alla mamma, lei mi fermò e mi baciò sulla guancia.

«Buona fortuna, tesoro. Non aver paura. È una cosa incredibile.»

Ricordo cosa pensavo in Essex Road correndo a casa di Alicia. Pensavo: Spero di non sudare troppo. Non volevo puzzare al momento di fare quel che dovevo fare, anche se non sapevo cos'era. E poi pensavo: Spero che non mi venga troppa sete. Perché, anche se nella borsa di emergenza che avevamo preparato per l'ospedale c'era una bottiglia d'acqua, mica potevo bermela io, no? Era l'acqua di Alicia. E non potevo chiedere un bicchiere d'acqua alle infermiere, perché loro erano lì per prendersi cura di Alicia, non di me. E non potevo nemmeno sgattaiolare in bagno e attaccarmi al rubinetto, perché di sicuro Ufo avrebbe scelto proprio quei cinque minuti per nascere. Quindi possiamo dire che ero preoccupato per me, non per Alicia e il bambino, salvo che la ragione per cui ero preoccupato per me era che sapevo che non avrei dovuto preoccuparmi per me.

Venne ad aprire la mamma di Alicia. Andrea. Venne ad aprire Andrea.

«È nella vasca» disse.

«Ah. Bene.» Le passai davanti e andai a sedermi in cucina. No, voglio dire, non che mi sia seduto come se mi sentissi a casa mia. Ero agitato, così mi sedetti un po' di traverso su una sedia della cucina e cominciai a battere il piede a terra. Ma la mamma di Alicia mi guardava come se fossi impazzito.

«Non vuoi andare da lei?» domandò.

«Sì. Ma è nella vasca.»

Andrea scoppiò a ridere.

«Puoi entrare, sai?»

«Davvero?»

«Oddio» disse. «Il padre del bambino di mia figlia non l'ha mai vista nuda!»

Arrossii. Ero abbastanza sicuro di averla vista tutta. Solo che non l'avevo vista tutta in una volta.

«Stai per vederne delle belle» aggiunse. «Vederla nella vasca mi sembra l'ultima delle preoccupazioni.»

Mi alzai in piedi. Non ero ancora sicuro.

«Vuoi che venga con te?»

Scossi la testa e salii le scale. Ma speravo ancora che la porta del bagno fosse chiusa a chiave.

Da quando ci eravamo rimessi insieme, io e Alicia non avevamo ancora fatto sesso. Così negli ultimi mesi avevo un po' perso la mano con quel che c'era sotto le sue T-shirt sformate e i maglioni di suo fratello, non so se mi spiego. Non potevo crederci. Era diventata un'altra. Era come se nella pancia avesse un bambino di due anni e il seno sarà stato cinque volte più grande dell'ultima volta che l'avevo visto. Era come se ogni parte di lei stesse per scoppiare.

«Otto minuti» disse. Anche la voce era strana. Sembrava più profonda e più vecchia. Era come se di colpo Alicia dimostrasse trent'anni, mentre io me ne sentivo sette. La mia età e la sua procedevano spedite in direzioni opposte. Quella roba degli otto minuti non la capii, così la ignorai.

«Adesso devi cronometrare?»

Lei annuì guardando l'orologio. Non sapevo cosa fare.

Eravamo andati al corso prenatale, anche se nessuno l'avrebbe mai immaginato, vedendomi. Dopo il disastro a Highbury New Park, dove tutti i nostri compagni di corso erano insegnanti o persone coi capelli grigi, la mamma ci aveva trovato un corso più adatto a noi all'ospedale. Lì c'era gente più o meno della nostra età. Avevo conosciuto così la ragazza che mi aveva fatto vedere come si cambiava un pannolino nei bagni del McDonald's. E lì avevo conosciuto anche tutte le altre ragazze di cui mi parlò quel giorno, Holly, Nicola eccetera. Di papà non ce n'erano molti. Comunque, l'insegnante dell'ospedale ci aveva spiegato come misurare le contrazioni e tutto il resto. Ma prima mia mamma che era venuta alla Bowl a dirmi che Alicia aveva le doglie, poi io che ero corso come un pazzo a casa di Alicia, ero entrato in bagno e avevo visto nella vasca una donna nuda che non assomigliava minimamente ad Alicia... Insomma, per un po' mi si svuotò la testa. Lei si rese conto che non capivo cosa voleva da me, così si mise a urlare.

«Cronometra le contrazioni, coglione» disse. E non lo disse nemmeno in tono carino. Era arrabbiata e delusa, e io fui lì lì per buttare l'orologio nella vasca e andarmene a casa. Per dodici ore fui lì lì per andare a casa cinque o sei volte.

Di colpo fece un verso terribile, spaventoso. Sembrava il verso di un animale, anche se non avrei saputo dire quale, perché non sono un grande esperto di animali selvatici e cose del genere. Il verso più simile che avevo sentito era stato il raglio di un asino, in un campo accanto al nostro albergo in Spagna. Per poco l'orologio non finì davvero nella vasca, stavolta perché per lo spavento feci un salto.

«Be'?» disse.

La guardai. Non capiva? Credeva che ci fosse qualcun altro in bagno? Un asino?

«Sei stata... sei stata tu» risposi. Non fui contento di dirlo. Sembrava sgarbato.

«Non il verso, coglione imbecille tarato» disse lei. «Lo so che sono stata io. Il tempo. Quanti minuti?»

Fu un sollievo sapere di non aver capito, perché significava che non stavo impazzendo. D'altra parte non sapevo quanti erano i minuti e intuivo che lei si sarebbe arrabbiata.

«Non lo so.»

«Oh, merda. E perché cazzo non lo sai?»

Al corso ci avevano detto del turpiloquio. L'insegnante ci aveva avvertiti che la nostra compagna avrebbe potuto insultarci e dire cose che non intendeva dire a causa del dolore eccetera eccetera. Ma io mi ero fatto l'idea che Alicia avrebbe cominciato a dire parolacce soltanto al momento di spingere, quindi quello non era buon segno.

«Non mi hai detto quando sono state le ultime» risposi. «Quindi non posso saperlo.»

Allora si mise a ridere. «È vero. Scusami.»

Poi allungò la mano per prendere la mia e me la strinse dicendo: «Sono contenta che tu sia qui con me» e si mise a piangere un pochino. «Ho una paura tremenda.»

E lo so, vi sembrerà stupido, ma una delle cose di cui vado più fiero è di non aver detto: «Anch'io». Certo, avrei voluto dirlo. Non era ancora cominciato niente e avevo già paura. Dissi soltanto: «Andrà tutto bene» e anch'io le diedi una strizzatina alla mano. Non erano parole molto utili. Ma fu meglio così che dire: «Anch'io» e mettersi a piangere e/o scappare a Hastings. Questo non le sarebbe servito proprio a niente.

Sua mamma ci portò all'ospedale e Alicia non partorì in macchina. Avrebbe voluto che sua mamma andasse a centoquaranta all'ora e, sui dossi di rallentamento, a zero all'ora. Se siete mai stati in macchina in giro per Londra, o in qualsiasi altra città, probabilmente, saprete già che non si può andare a centoquaranta all'ora nemmeno alle tre del mattino, un po' per via del traffico e un po' perché ci sono dossi di rallentamento ogni venti centimetri. E comunque non erano le tre del mattino. Erano le tre del pomeriggio. Insomma, andammo a circa cinque chilometri all'ora, cioè troppo piano quando non c'erano i dossi di rallentamento e troppo forte quando c'erano. Avrei voluto chiedere ad Alicia di smettere di ragliare, perché la cosa mi stressava, ma sapevo di non poterglielo dire.

Non avrei dovuto preoccuparmi della sete. In ospedale, nella nostra stanzetta c'era un lavandino, e comunque avevamo tutto il tempo che volevamo. A un certo punto succedeva così poco che uscii e andai a comprare una Coca e una tavoletta di cioccolato. Mi ero aspettato tutto uno «Spingi! Spingi! Dai che si vede la testa!» e io che correvo da... In realtà non sapevo da dove e verso dove sarei corso. Da una parte all'altra di Alicia, immagino. In ogni modo, non avrei dovuto preoccuparmi che non ci fosse il tempo per andare in bagno a bere un po' d'acqua, e nemmeno di dover fermare la macchina per far partorire Alicia davanti alle Poste o da qualche altra parte. Quanti bambini nascono ogni anno, in questo paese? La risposta è: circa seicentomila. L'ho cercato su Internet. E quanti di questi nascono su un autobus, o su un marciapiede? Due o tre. (Qui tiro a indovinare. L'ho cercato su Internet. Ho messo in Google: «Bambini nati su un autobus in Gran Bretagna», ma la ricerca non ha prodotto risultati.) È per questo che ogni tanto se ne parla sui giornali: perché sono casi parti-colari. È lento, il travaglio. Prima lento e poi veloce. A me-no che tu non sia una di quelle a cui nasce un figlio sull'au-tobus.

Comunque, l'infermiera ci accolse all'ingresso del re-parto di ostetricia e ci condusse in una stanza, e Alicia si coricò. Sua mamma le fece un massaggio e io disfeci la bor-sa che avevamo preparato secoli prima. Ce l'avevano detto al corso, di prepararla. Io ci avevo messo dentro della bian-cheria e una T-shirt pulite e anche Alicia ci aveva messo dentro dei vestiti. E poi avevamo un mucchio di patatine, biscotti e acqua. Avevamo anche un lettore CD portatile e dei CD. L'insegnante del corso prenatale aveva detto che la musica era ottima per rilassarsi, e ci eravamo dati molto da fare per scegliere le canzoni e masterizzare CD. Perfino la mamma di Alicia ne aveva preparato uno, e a noi era sem-brato un po' assurdo, ma lei aveva detto che dovevamo rin-graziarla. Infilai la spina del lettore e misi su il mio CD, cosa che probabilmente vi sembrerà un po' da egoisti. Ma avevo pensato che all'inizio nessuno avrebbe fatto molto caso alla mia musica, così potevo cominciare con quella. E siccome era skate music, potente e veloce, poteva dare ad Alicia un po' di energia. Il primo pezzo era *American Idiot*, dei Green Day.

«Spegni subito quella roba prima che ti ammazzi» disse Alicia. «Non voglio sentir parlare di americani idioti.» Co-sì, fine della mia musica. Misi su il suo CD.

«Che merda è quella?» disse. «È orribile.»

Sul suo CD c'era soprattutto R&B, con un po' di hip-hop ogni tanto. E la prima canzone era di Justin Timberlake, *Sexy Back*, per la quale si era entusiasmata quando era an-data al corso di danza prenatale. Nessuno vuole sentir par-lare di sesso quando sta partorendo, esattamente come nessuno vuole vedere la pubblicità di McDonald's quando sta vomitando, e gliel'avevo detto di non mettere quel pezzo nel CD. Avevamo litigato.

«Te l'avevo detto che questo pezzo non andava bene» dissi. Non avevo resistito. Sapevo che non era il momento giusto, ma sapevo anche di aver ragione.

«Questo non è mio. L'avrai messo tu.»

«Che bugiarda.» Ero veramente arrabbiato. Justin Timberlake non mi piaceva (e non mi piace tuttora), quindi non era bello sentirmi dire che l'avevo scelto io. Ma era l'ingiustizia a bruciarmi più di tutto. Le avevo detto che faceva cagare! Le avevo detto che non andava bene per il parto! E adesso lei sosteneva che l'idea era stata mia.

«Dai, smettila» disse Andrea.

«Ma è stata lei a volere quel pezzo!»

«Lascia perdere.»

«Non sono stata io» disse Alicia. «Sei stato tu.»

«Lei però non lascia perdere. Lei non molla.»

Andrea si avvicinò, mi mise un braccio sulle spalle e sussurrò al mio orecchio.

«Lo so. Ma tu devi lasciar perdere. Almeno per le prossime ore in cui saremo qui dentro, tutti faremo come dirà lei, le daremo ragione e le porteremo quel che vorrà. D'accordo?»

«D'accordo.»

«È un bell'esercizio.»

«Per cosa?»

«Per quando ci sarà il bambino. Bisognerà lasciar perdere una cinquantina di volte al giorno.»

Quando disse così, di colpo mi si chiarì qualcosa. Sapevo che Alicia stava per avere un bambino. L'avevo anche visto, diciamo. Ma lì, in ospedale, l'impressione era che tutto si sarebbe esaurito nel parto: nato il bambino, i nostri compiti sarebbero finiti; avremmo potuto mangiare le patatine avanzate e tornarcene a casa. Invece sarebbe stato soltanto l'inizio. Certo, a casa ci saremmo tornati. Ma ci saremmo tornati col bambino, a litigare fra noi per Justin Timberlake e con nostro figlio per una cosa o l'altra, in continuazione, per sempre. Con questo in mente era facile lasciar perdere la questione di Justin Timberlake.

« Metto il mio CD? » propose Andrea.

Nessuno rispose, così lo mise, e ovviamente era perfetto. Non sapevamo che pezzi erano, ma erano tutti dolci e tranquilli, qualche volta mescolati con della musica che avrei definito classica, e anche ammesso che si parlasse di sesso, scopate e simili, se ne parlava in un modo a noi incomprensibile, ed era un bene. Forse nessuno dei due avrebbe voluto che la mamma di Alicia assistesse al parto. Ma senza di lei sarebbe stato un guaio. Io me ne sarei andato a casa indignato prima che Ufo nascesse, lasciando lì Alicia a sclerare con quella stupida musica che aveva scelto e intanto a cercare di partorire. La verità era che avevamo bisogno di un genitore, non di un figlio.

Le contrazioni rimasero regolari per un po' e poi rallentarono, dopodiché cessarono completamente per un paio d'ore. L'infermiera ce l'aveva con noi perché eravamo arrivati troppo presto e ci disse di andarcene a casa, ma la mamma di Alicia non ne volle sapere e fece la voce grossa. Noi con l'infermiera non avremmo fatto la voce grossa. Ce ne saremmo andati a casa e Alicia avrebbe finito col partorire sull'autobus. Quando le contrazioni si fermarono, Alicia si assopì e fu allora che andai a farmi una passeggiata e a prendermi la Coca.

Quando tornai dormiva ancora. Nella stanza c'era una sedia, occupata dalla mamma di Alicia. Leggeva un libro intitolato *Cosa aspettarsi quando si aspetta*. Mi sedetti per terra e giocai a Tetris sul cellulare. Una donna della stanza accanto se la passava malissimo e le urla che cacciava mi facevano rimescolare quel che avevo nello stomaco. A volte, anche se non sta succedendo granché, hai la netta sensazione che quel momento lo ricorderai per tutta la vita.

«Non c'è da preoccuparsi» disse la mamma di Alicia dopo un po'.

«Per cosa?»

«Tutto. L'attesa. Le urla della stanza accanto. È tutta vita.»

«Probabile.»

Cercava di essere gentile, così non le dissi che era proprio quello a preoccuparmi. Non volevo che la vita fosse così. Non volevo che la donna della stanza accanto cacciasse quelle urla. Non volevo che anche Alicia, a un certo punto, si rimettesse a fare quei versi. Non sapevo nemmeno se volevo Ufo.

«È strano» disse Andrea. «L'ultima cosa al mondo che vorresti quando hai una figlia di sedici anni è un nipotino. Eppure, adesso che sta succedendo, mi va benissimo così.»

«Già» risposi, perché non sapevo che altro rispondere, se non: Be', contenta tu. Solo che non avrei saputo esprimerlo in un modo che non risultasse sarcastico.

«Ho cinquant'anni» riprese lei. «E se Alicia avesse avuto un bambino quando io ho avuto lei, avrei avuto sessantotto anni. Sarei stata vecchia. Sì, lo so che secondo te sono vecchia anche adesso. Ma posso ancora correre, giocare e... Be', mi divertirò. Quindi c'è una parte di me che è contenta di quello che è successo.»

«Bene.»

«E una parte di te?»

Ci pensai. Non è che non sapevo cosa dire. Avrei voluto dire: No, in realtà no. Anche se mio figlio l'avevo conosciuto, quando ero stato proiettato nel futuro, e mi era sembrato un bambino simpatico, così mi pareva brutto dire che non lo volevo. Ma non mi sento padre, e sono troppo giovane per essere padre, e già non so come me la caverò nelle prossime ore, figuriamoci nei prossimi anni. Ma mica potevo dirlo, no? Perché come avrei fatto a spiegare quella storia del futuro, di TH e tutto il resto?

Forse era per questo che ero stato mandato nel futuro. Forse Tony Hawk voleva solo impedirmi di dire cose di cui un giorno mi sarei pentito. So perché Andrea voleva parlare. L'attesa ci dava l'impressione di avere poco tempo per dire quello che pensavamo, come se sapessimo di dover morire in quella stanza. E se fossimo stati in un film, le avrei detto quanto amavo Alicia, quanto amavo il bambino e quanto volevo bene a lei, avremmo pianto e ci saremmo abbracciati, Alicia si sarebbe svegliata e il bambino, magicamente, sarebbe nato. Ma non eravamo in un film e io non amavo praticamente nessuna di quelle persone.

Non saprei che altro raccontare. Poco dopo Alicia si svegliò e le contrazioni ripresero, stavolta sul serio. Bisogna contare un sacco, quando si partorisce. Prima conti il tempo che passa fra una contrazione e l'altra, poi conti i centimetri. La cervice si dilata, cioè il buco si ingrandisce, l'infermiera ti dice di quanto e quando arriva a dieci centimetri si parte. Non so ancora bene che cos'è la cervice. Non mi pare che nella vita normale venga fuori spesso.

Comunque, Alicia arrivò a dieci centimetri senza problemi, poi smise di ragliare come un asino e cominciò a ruggire come un leone quando gli cavano un occhio. E non è solo che sembrasse imbestialita. Era davvero imbestialita. Insultò me, sua mamma, mia mamma e l'infermiera. Gli insulti rivolti a me mi sembrarono i peggiori di tutti ed è per questo che Andrea dovette trattenermi più volte dall'andarmene via, ma a dir la verità probabilmente cercavo solo dei pretesti per scappare. Quello non sembrava un posto in cui potevano succedere cose belle. Sembrava piuttosto un posto dove scoppiavano bombe, volavano gambe e vecchie vestite di nero si mettevano a strillare.

Per un bel po' si vide la testa del bambino. Io non la vidi perché non volevo guardare, ma c'era, diceva Andrea, e questo significava che il bambino sarebbe uscito presto. Invece non uscì presto, perché rimase bloccato, così l'infermiera dovette tagliare qualcosa. Ne parlo come se fosse successo tutto velocemente, ma in realtà fin lì non era stata una cosa veloce. Quando però l'infermiera tagliò quel che doveva tagliare, il bambino uscì in un attimo. Aveva un aspetto orribile. Era coperto di roba, sangue, viscidume e credo anche cacca di Alicia, e aveva la faccia tutta schiacciata. Se non fosse stato perché lo avevo già visto, avrei pensato che avesse qualcosa che non andava. Ma Alicia rideva, Andrea piangeva e l'infermiera sorrideva. Per un attimo non provai niente.

Ma poi Alicia disse: «Mamma, mamma. Che canzone è questa?»

Non mi ero neanche accorto che c'era la musica. Erano ore che si sentiva il CD di Andrea a ripetizione e l'avevo come cancellato dalla testa. Dovetti guardare il lettore per sentire una voce maschile cantare una canzone lenta e il suono del piano. Non era uno di quei pezzi che normalmente avrei ascoltato. Ma i pezzi che ascoltavo normalmente andavano bene per skateare e malissimo per partorire.

«Non so come si intitola» rispose. «Ma il cantante si chiama Rufus Wainwright.»

«Rufus» ripeté Alicia.

Non so perché, ma questo mi commosse più del momento in cui il bambino era uscito. Allora mi sciolsi.

«Perché piangi?» mi chiese Alicia.

«Perché ci è appena nato un bambino» risposi.

«Ma va'? Te ne accorgi adesso?»

E la verità era proprio quella.

214

*

Mia mamma arrivò quando Ufo era nato da circa un'ora. Evidentemente le aveva telefonato Andrea, perché io non l'avevo chiamata. Arrivò senza fiato perché non aveva avuto la pazienza di aspettare l'ascensore. «Dov'è? Dov'è? Fatemelo vedere» disse.

Lo disse in un tono assurdo, fingendosi fuori di sé, ma stava solo fingendo di fingere. Si capiva che era fuori di sé. Non guardava né Alicia né me né Andrea – non in faccia, almeno. Aveva gli occhi che schizzavano dappertutto, in cerca di un fagottino che potesse essere nostro figlio. Alla fine vide il fagottino contro il mio petto e me lo strappò dalle braccia.

«Oddio» disse. «Sei tu.»

All'inizio non capii. Pensai che il senso fosse: «Sei tu!», come quello che si dice a uno che vedi per la prima volta ma di cui hai sentito parlare molto, o a uno che non vedevi da tempo e non ti aspettavi di incontrare. Così pensai che fosse tutta commossa di vederlo. In realtà voleva dire che Ufo era identico a me. Andrea aveva già detto che era identico ad Alicia, a Rich e a una quindicina di parenti, il che mi avrebbe confuso parecchio le idee se avessi pensato che valesse la pena di dar retta a quelle due. Ma non ne valeva la pena, non in quel momento, almeno. Erano impazzite. Sparavano mille parole al secondo e ridevano un sacco, e a volte si mettevano a piangere prima ancora di aver finito di ridere.

Mia mamma lo abbracciò forte e poi se lo staccò un po' di dosso per guardarlo di nuovo.

«Com'è andata?» domandò, senza scollare gli occhi dalla faccia del bambino.

Lasciai che Alicia raccontasse delle contrazioni che smettevano, degli analgesici e del bambino bloccato e rimasi ad ascoltare. E ascoltando le guardavo, e a un certo punto non ci capii più niente. Di colpo Alicia mi sembrava più vecchia di mia mamma, perché lei aveva avuto il suo bambino, mentre mia mamma doveva aspettare ancora qualche mese, e le faceva delle domande e Alicia aveva tutte le risposte. Così mia mamma era la sorella minore di Alicia, cioè mia cognata. E questo aveva un suo senso, perché Andrea sembrava tanto più vecchia di mia mamma che era difficile crederle tutt'e due nonne di Ufo. Andrea sembrava semmai la mamma di mia mamma. E io non sapevo più chi ero. È una sensazione pazzesca non sapere chi sei per delle persone che sono con te in una stanza, soprattutto se più o meno sono tutte imparentate con te.

«Si chiama Rufus» dissi.

«Rufus» ripeté mia mamma. «Ah. Bene.»

Si capiva che il nome non le piaceva.

«Quando è nato stava cantando uno che si chiama Rufus» spiegai.

«Be', allora poteva andare peggio. Poteva chiamarsi Kylie. O Coldplay. Coldplay Jones.»

Almeno mia mamma fu la prima a dirlo. Nelle settimane a venire sentii quella battuta almeno diecimila volte. «Be', allora poteva andare peggio. Poteva chiamarsi Snoop. O Arctic Monkey. Arctic Monkey Jones.» O Madonna, o Sex Pistols, o 50 Cent, o Charlotte. Di solito sceglievano un nome femminile o di una band, anche se a volte, invece del nome femminile, optavano per un rapper. E dopo aver detto il nome della band aggiungevano sempre il cognome per mostrare quant'era buffo. «O Sex Pistols. Sex Pistols Jones.» Non aggiungevano il cognome al nome femminile perché non avrebbe fatto ridere. «O Charlotte. Charlotte Jones.» Charlotte Jones è un nome femminile normalissimo, no? Che battuta sarebbe stata? Comunque la battuta era sempre la stessa e io mi sentivo sempre in dovere di ridere. Alla fine smisi di dire a tutti perché si chiamava Rufus, perché temevo che a un certo punto avrei spaccato la faccia a qualcuno.

Fu il cognome, però, ad attirare l'attenzione di Andrea.

«O Burns» disse.

Mia mamma non capì, secondo me perché in inglese «burns» è un verbo normalissimo, come «corre» o, non so, «vomita». Quando senti la parola «Burns», prima di pensare a uno della famiglia di Alicia pensi a qualcosa che ha preso fuoco, che «brucia», appunto. Adesso non è più la prima cosa che ci viene in mente, ma prima sì, ed è la prima cosa che viene in mente a quasi tutte le persone normali.

«Come?»

«Burns» ripeté Andrea. «Coldplay Burns.»

Sul cognome di Ufo Andrea era seria. Non avevamo mai affrontato il discorso, e presto o tardi avremmo dovuto farlo, anche se un'ora dopo la sua nascita mi sembrava un po' troppo presto. Ma, anche se era un discorso serio, era difficile non ridere. Fu il modo in cui lo disse. Era tutta concentrata sul cognome, così pronunciò il nome come se fosse normale.

«Hai detto Coldplay Jones, ma lui sarà Coldplay Burns, no?» disse Andrea.

Intercettai l'occhiata di Alicia. Anche lei si sforzava di non ridere. Chissà perché pensavamo di non poter ridere. Forse perché ci rendevamo conto che tutt'e due facevano molto sul serio. Però scoppiando a ridere avremmo potuto farle smettere.

«A meno che nei prossimi mesi Alicia e Sam si sposino e Alicia prenda il cognome di Sam. Due cose altamente improbabili.»

Mia mamma sorrise educatamente.

«Credo che in questi casi si possa scegliere il cognome, giusto? Comunque. Non vorremo discuterne adesso.»

«Credo che non ci sia niente da discutere, ti pare? Sono sicura che tutti noi vogliamo regalare a questo bambino la migliore partenza possibile e...»

Che palle. Io e Alicia avevamo discusso di sua madre. Alicia dice che sua mamma non è cattiva, solo che qualche volta parla senza riflettere. Non so se questo ha senso. Perché, è vero, c'è un mucchio di gente che parla senza riflettere. Questo lo capisco. Ma il fatto che siano brave persone o no dipende da quello che dicono. O sbaglio? Cioè, se dici qualcosa di razzista senza riflettere evidentemente sei un razzista. Perché significa che per non dire cose razziste devi pensarci in continuazione. Insomma, vuol dire che il tuo razzismo è sempre lì e per impedirgli di uscire devi mettere in moto il cervello. Andrea non è razzista, però è snob, perché per non dire cose snob deve pensarci in continuazione. Che senso aveva quella storia di dare a Ufo la migliore partenza possibile? La risposta più ovvia è: nessuno. Che importanza aveva se si chiamava Coldplay Jones o Coldplay Burns? Semmai il problema sarebbe stato chiamarsi Coldplay, ah-ah. Ma con un cognome o l'altro cosa cambiava? Quando leggi un elenco di cognomi, non sai se Burns è più figo di Jones.

Ma il punto, per lei, non era questo. Il punto erano le due famiglie. Andrea voleva dire che Rufus Jones avrebbe abbandonato la scuola a sedici anni per diventare papà, si sarebbe trovato uno schifo di lavoro, non avrebbe preso uno straccio di diploma e probabilmente avrebbe cominciato a farsi di crack. Invece Rufus Burns avrebbe, non so, frequentato l'università per poi diventare medico o primo ministro o roba simile.

«Scusa» disse mia mamma. «Vuoi spiegarti meglio?»

«Mi sembra evidente» rispose Andrea. «Nessuna offesa, ma...»

«Nessuna offesa? E come ti viene in mente? Come puoi pensare che quello che stai per dire non sia offensivo?»

«Non sto esprimendo un'opinione sulla tua famiglia. Mi attengo semplicemente ai fatti.»

«E quali sono i fatti, riguardo a questo bambino? Non ha nemmeno un'ora di vita.»

Era come un film horror, o un brano di non so quale testo sacro. Due angeli, uno buono e uno cattivo, che si contendevano l'anima di un neonato. Mia mamma era l'angelo buono, e non lo dico solo perché era mia mamma.

Proprio in quel momento, ancora prima che Andrea potesse dirci quali erano i fatti, entrò il papà di Alicia. Capì subito che aria tirava, perché disse «Ciao» a bassa voce, come se quell'unica parola potesse scatenare un pandemonio.

«Ciao, Robert» disse mia mamma. Poi si alzò, lo baciò sulla guancia e gli passò Ufo. «Congratulazioni.»

Robert lo tenne in braccio qualche istante e gli spuntò qualche lacrimuccia.

«Com'è andata?» domandò.

«È stata bravissima» rispose Andrea.

«Sei tu» disse Robert e stavolta capii. Voleva dire che il bambino era identico ad Alicia.

«Ha già un nome?»

«Rufus» risposi. «Ufo.»

«Ufo?» ripeté Alicia. E rise. «Mi piace. Come ti è venuto in mente?»

«Boh. Ho pensato...» Stavo per dire: Ho pensato che tutti lo chiamano così, ma mi interruppi.

«Rufus» disse suo papà. «Sì. Bello. Gli dona.»

«Rufus Jones» completò Alicia.

Non c'è bisogno che vi parli delle liti e delle lacrime che

seguirono. Ma lei fu irremovibile e da quel giorno in poi lui si chiamò Rufus Jones, e si chiama ancora così. Fu il modo in cui Alicia comunicò qualcosa a me e a mia mamma. Non so che cosa, esattamente. Ma era una cosa bella.

15

Rufus nacque il 12 settembre. Se le contrazioni non si fossero interrotte, sarebbe nato l'11 settembre, e non sarebbe stato bellissimo, anche se dall'11 settembre a oggi devono essere nate un bel po' di persone l'11 settembre. Comunque, di preoccupazioni ne avevamo già abbastanza senza aggiungerci quelle per cose che non erano successe.

Il 13 settembre mi trasferii da Alicia. Dopo pranzo lei andò a casa sua, io andai a casa mia a prendere un po' di roba e poi mia mamma e Mark mi portarono in macchina da lei. Ebbi la nausea praticamente tutto il giorno. Credo che fosse la nostalgia, ma come facevo a saperlo, visto che non mi ero mai allontanato da casa per molto tempo? Ero andato qualche volta in vacanza con la mamma e avevo dormito una notte a Hastings, nient'altro.

«Devi soltanto vedere come va» disse la mamma. «Non sarà per sempre. Nessuno si aspetta che tu rimanga a vivere là fino a... fino a... per molto tempo.» Non potevo criticarla per non aver concluso la frase. Non era possibile concluderla.

Aveva ragione. Lo sapevo, in fondo al cuore. Ma quanto tempo era «non per sempre»? Due giorni? Una settimana? Un anno?

Mi venne in mente cos'aveva detto mio papà quando aveva smesso di fumare. Aveva detto: «Devi domandarti continuamente: 'Adesso, in questo momento preciso, voglio una sigaretta? Perché se non la vuoi, non fumarla. E se credi di poter sopravvivere a quel momento, sei già arrivato al momento dopo. Bisogna vivere così'». Era questo che mi dicevo. In questo istante preciso, voglio andare a casa? Se riuscirò a resistere per questo istante, poi sarò già nel prossimo. Cercavo di non pensare al domani, alla settimana prossima, al mese prossimo.

Certo, non era una vita molto rilassata. Non ero a casa mia.

Andrea ci fece entrare tutti e andammo nella camera da letto di Alicia. Durante l'estate l'avevamo abbellita un po', esattamente come sapevo. Avevamo tolto il poster di Donnie Darko e appeso quello con l'alfabeto di animali rosa e azzurri, così la stanza era meno cupa di prima. Alicia era a letto ad allattare Ufo.

«Ufo, guarda» disse. «C'è papà. È venuto ad abitare qui con noi.»

Credo che cercasse di essere carina, ma non mi fece stare molto meglio. Non sarebbe stato male se Ufo si fosse guardato in giro e avesse detto, non so: «Urrà! C'è papà!» Ma non lo disse, perché aveva un giorno di vita.

«A stare per un po' qui con voi» la corresse mia mamma.

«Ad abitare qui con noi» ripeté Alicia.

A me sembra che ci siano molte cose di cui non vale la pena di discutere. A scuola è un continuo sentire di qualcuno che distruggerà qualcun altro. L'Arsenal distruggerà il Chelsea. Il Chelsea distruggerà l'Arsenal. Io direi: facciamoli giocare, no? Tanto la metà delle volte finisce pari. Qui era la stessa cosa. Nessuno sapeva niente. Facciamo succedere il futuro, pensavo. Per me era un pensiero nuovo, visto che un giorno sì e uno no l'avevo passato a preoccuparmi per quel che sarebbe successo.

Non c'era posto per tutti, ma nessuno si mosse. Io e la mamma eravamo seduti ai piedi del letto. Andrea campeggiava sulla soglia. Mark era appoggiato alla parete accanto alla porta. Nessuno disse niente e tutti fingemmo di guardare Ufo che veniva allattato, il che significava guardare il seno di Alicia. Immagino che per la mamma o Andrea non ci fossero problemi, ma per un maschio era più difficile. A quel primo corso al quale eravamo andati mi ero allenato a evitare di guardare il seno, ma là si trattava di un poster. Il seno di Alicia invece era reale. Chiaramente. Guardai Mark. Non sembrava farsi problemi, ma non capivo se era solo una messa in scena e in realtà era imbarazzato. Il fatto è che, se distoglievi lo sguardo – come avevo appena fatto, per vedere se Mark guardava – dimostravi che ci stavi pensando, e questo era altrettanto imbarazzante. Così, in un caso o nell'altro avevi la sensazione di sbagliare.

«È agitato» disse Alicia. «Mi sa che qui dentro siamo in troppi.»

«Io aspetterò fuori» si offrì prontamente Mark, così capii che si era scocciato di stare lì a fissare il soffitto. Mia mamma e Andrea sembravano non averla nemmeno sentita.

«Anch'io» dissi.

«Tu non sei costretto a uscire» rispose Alicia. «Tu abiti qui.»

La mamma non disse niente, ma si capiva che ci stava pensando. Anzi, non stava pensando ad altro. Era chiaro che non pensava al fatto che Alicia stava forse facendo una sottile allusione a chi doveva rimanere e chi doveva andarsene.

«Ho detto che TU ABITI QUI» ripeté Alicia.

«Anch'io» disse Andrea.

«No, tu no. Non in questa stanza.»

«Nemmeno Sam» intervenne la mamma. «Lui qui ci starà solo per un po'.»

223

«Secondo me, Alicia voleva dire» spiegai «che dovrebbero uscire tutti tranne me.»

«E Ufo» aggiunse lei con una voce da bambina.

«Ho recepito il messaggio» rispose mia mamma, parole un po' ridicole, visto che era stato necessario ripeterglielo. «Dopo chiamami» disse e mi baciò sulla guancia.

Quindi la mamma e Andrea uscirono e si chiusero la porta alle spalle.

«Allora» disse Alicia. «Eccoci qua, Ufo. La mamma e papà. La tua famiglia è questa.» E rise. Era emozionata. Sentii il pranzo che mi si spostava nello stomaco, come se volesse tornare a casa con la mamma e Mark.

Non mi ero portato molta roba, solo un paio di borse piene di jeans, T-shirt e biancheria. Il poster di TH però l'avevo portato, e non appena lo appoggiai sul letto capii che era stato uno sbaglio.

«Che cos'è?»

«Cosa?»

«Quello sul letto.»

«Questo?»

«Sì.»

«Ah, è solo... sai... Sta poppando?»

«Sì. E no, non lo so.»

«Che cosa non sai?»

«Non so cos'è quello. Il poster.»

«Ah, è solo...» Le avevo già chiesto se Ufo mangiava. Non mi sembrava che rimanesse molto da dire, oltre a quello che voleva sapere.

«È il poster di Tony Hawk.»

«Vorresti appenderlo qui?»

«Ah. Qui. Non ci avevo pensato.»

«E allora perché l'hai portato?»

Cosa potevo rispondere? Non avevo mai detto ad Alicia che parlavo con Tony Hawk. Nemmeno adesso lo sa. E quel giorno, il giorno in cui andai a vivere con la mia fidanzata e con mio figlio, non era il giorno giusto per dirglielo.

«La mamma ha detto che se lo lasciavo a casa lo buttava via. Lo metterò sotto il letto.»

E lì rimase, tranne nei momenti in cui mi servì.

16

Mi svegliai a notte fonda. Non ero nel mio letto e accanto a me c'era qualcuno, e un bambino piangeva.

«Merda.» Riconobbi la voce. La persona accanto a me era Alicia.

«Tocca a te» disse.

Non risposi. Non sapevo dov'ero e nemmeno quando ero, e non capivo cosa significava «Tocca a te». Stavo sognando di essere a una gara di skate a Hastings. Bisognava skateare su e giù per la scala della pensione dov'ero stato.

«Sam. Svegliati. Si è svegliato. Tocca a te.»

«Sì» risposi. Adesso capivo cosa significava «tocca a te» e sapevo sia dov'ero sia quando ero. Ufo aveva all'incirca tre settimane. Non ricordavamo un momento in cui non fosse stato con noi. Dormivamo tutte le notti come se non dormissimo da mesi; venivamo svegliati ogni notte dopo una, due o, se eravamo fortunati, tre ore, e non sapevamo mai dov'eravamo e nemmeno chi faceva quel rumore, e ogni volta dovevamo fare uno sforzo di memoria. Era pazzesco.

«Non può aver fame di nuovo» disse Alicia. «L'ho allattato un'oretta fa e non ho più latte. Quindi o deve fare il ruttino o ha il pannolino sporco. Sono ore che non lo cambiamo.»

«Mi incasino sempre con i pannolini.»

«Sei più bravo di me.»

Era vero. Tutt'e due le affermazioni erano vere. Con i

pannolini mi incasinavo sempre, ma ero più bravo di Alicia. Mi piaceva essere più bravo di Alicia. Mi ero aspettato che lei fosse più brava di me, ma a quanto pareva non riusciva mai a stringergli abbastanza il pannolino e la pupù gli sporcava sempre la tutina. Me ne rimasi lì a bearmi al pensiero e subito mi riaddormentai.

«Sei sveglio?»

«Non proprio.»

Mi tirò una gomitata. Un colpo dritto nelle costole.

«Ahia.»

Quel dolore nel costato mi era familiare e per un attimo non capii perché. Poi ricordai che Alicia mi aveva tirato una gomitata come quella la notte che ero stato spedito nel futuro. Stanotte era quella notte. Mi ero raggiunto. Era tutto uguale ma era tutto diverso.

Alicia accese l'abat-jour e mi guardò per controllare se ero sveglio. Ricordo che quando l'avevo vista quella notte del viaggio nel futuro l'avevo trovata orrenda. Adesso invece non mi sembrava orrenda. Aveva l'aria stanca, con la faccia gonfia e i capelli unti, ma ormai era così da un po' di tempo e mi ci ero abituato. Era cambiata, questo sì. Ma tutto era cambiato. Non credo che mi sarebbe piaciuta molto, se non fosse cambiata. Sarebbe stato un po' come se non prendesse sul serio Ufo.

Mi alzai dal letto. Avevo addosso una T-shirt di Alicia e il paio di boxer che mi ero messo quella mattina, o non so quale mattina. Il piccolo dormiva nella culla ai piedi del nostro letto. Era paonazzo per il pianto.

Mi chinai per avvicinare la faccia. La volta prima, quando non sapevo niente, avevo respirato dalla bocca per non sentire eventuali odori, prima di scoprire che la pupù dei neonati ha un buon odore, o quasi. «Sì, bisogna cambiarlo.»

Nel futuro avevo fatto finta che non fosse necessario,

227

anche se ero certo del contrario. Ma adesso non c'era bisogno di fingere. Lo misi sul fasciatoio, gli sbottonai il pigiama e il body e glieli sollevai sopra il sedere, aprii il pannolino e pulii. Poi arrotolai il pannolino, lo infilai in un sacchetto, gliene misi uno nuovo e riabbottonai. Facile. Lui piangeva, così lo presi in braccio, me lo appoggiai al petto, cominciai a ninnarlo e lui si calmò. Sapevo come tenerlo senza fargli ricadere la testa da una parte e dall'altra. Gli cantai anche qualcosa, una canzoncina inventata. Gli piaceva, credo. O almeno, quando cantavo sembrava riprendere sonno più in fretta.

Alicia si riaddormentò e io restai solo al buio, con mio figlio contro il petto. La volta prima ero confuso ed ero rimasto lì, in piedi, al buio, a farmi un sacco di domande. Ricordo ancora quali. Sì, adesso abitavo lì e più o meno sopravvivevamo. Ci davamo sui nervi a vicenda, ma col bambino avevo altro a cui pensare. Com'ero come padre? Non male, fino a quel momento. Come ce la cavavamo io e Alicia? Abbastanza bene, anche se era un po' come a scuola, quando si lavora in coppia a una ricerca di biologia che però ti tiene occupato giorno e notte. In realtà non ci guardavamo mai. Ce ne stavamo seduti l'uno accanto all'altra, a guardare l'esperimento. Anche se Ufo non era una rana sezionata o roba del genere. Tanto per cominciare era vivo, e si trasformava di minuto in minuto. E poi uno mica può fare tanto il sentimentale con una rana sezionata, a meno che non sia uno psicopatico.

Rimisi Ufo nella culla e tornai a letto, e Alicia mi abbracciò. Era calda e mi strinsi a lei. Improvvisamente Ufo emise una specie di rantolo e poi si mise a russare. Una cosa che ho notato è che i rumori di Ufo rendono più quieta la stanza. Uno penserebbe il contrario, no? Sarebbe più normale pensare che, per rendere quieta una stanza a notte fonda, nessuno dovesse fare rumore. Ma secondo me, il timore che il bambino smetta improvvisamente di respirare è tanto forte che i suoi versi affannosi hanno un effetto simile a quello del battito del proprio cuore, che ti dice che tutto è a posto.

«Tu mi ami, vero, Sam?» domandò Alicia.

Mi venne in mente l'ultima volta, nel futuro, e ricordavo di non aver risposto. Adesso sapevo più cose.

«Sì» dissi. «Certo.»

Non sapevo ancora se era vero. Ma sapevo che avrebbe avuto maggiori probabilità di diventare vero se avessi detto così, perché io sarei piaciuto di più a lei, lei sarebbe piaciuta di più a me e alla fine avremmo potuto amarci come si deve e, se fosse successo, la vita sarebbe stata più semplice.

Capita una cosa strana. Viaggi nel futuro e poi pensi: Be', adesso so. E invece, come dicevo prima, se non conosci le emozioni non sai niente. Il futuro, quando ci ero andato, mi era sembrato orribile. Ma quando poi ci fui dentro, in realtà non lo trovai tanto brutto.

Poi, circa tre ore dopo aver pensato così, cominciarono a staccarsi tutte le ruote.

Quella mattina andai in università, forse per la terza volta in tre settimane. L'ultima volta che ci ero andato, più o meno una settimana dopo la nascita di Ufo, avevo fatto a botte. Io non faccio mai a botte con nessuno. Nessuno faceva mai il prepotente con me e io non facevo mai il prepotente con nessuno e a scuola niente mi interessava tanto da farmi picchiare qualcuno.

Stavo parlando con un ex compagno di scuola davanti a un'aula e un tipo coi capelli pieni di gel si avvicinò e si mise ad ascoltarci. Annuii per salutarlo, ma evidentemente lui non aveva intenzione di fare amicizia.

«Che cazzo c'hai da fare sì?» disse, dopodiché imitò il

mio cenno della testa; più che altro sembrava l'imitazione di un disabile che dà una testata a qualcuno. «Cosa mi rappresenta?»

E immediatamente capii che avrei fatto a botte con lui. O comunque capii che le avrei prese. Non sapevo se avrei cercato di dargliele anch'io, cosa che sarei stato costretto a fare, se davvero avessi dovuto fare a botte e non semplicemente prenderle. Non sapevo perché stava per darmele, ma la piega che aveva preso il discorso portava dritto lì. Lo si fiutava nell'aria. Non sarebbe riuscito a calmarsi neanche volendo, e non voleva.

«Comunque» continuò. «Grazie di occuparti di mio figlio. Mi fai risparmiare dei soldi.»

Mi ci volle un po' per capire di cosa parlava. Chi è suo figlio? pensavo. Quand'è che mi sono occupato di suo figlio?

«Però è mio, lo sai, vero?»

«Scusa. Non capisco di cosa...»

«Cazzo, è vero, tu capisci proprio pochino, eh?»

Avrei voluto che mi facesse una domanda normale, una a cui potessi rispondere sì o no. Perché, certo, all'ultima avrei potuto rispondere no, visto che obiettivamente capivo poco. Ma sapevo che dire no non mi avrebbe aiutato moltissimo.

«Non capisce neanche di cosa parlo» disse rivolto al mio ex compagno di scuola. «Il figlio di Alicia, coglione. Ti ha detto che era tuo.»

Ah. Ecco.

«E tu chi sei?» domandai.

«Non importa chi sono.»

«Be', se sei il padre del figlio di Alicia importa, invece. Tanto per cominciare importerebbe ad Alicia. E a me. Come ti chiami?»

«A lei non direbbe niente, credo. È così puttana che non se lo ricorda nemmeno.»

«E allora come fai a dire che è tuo figlio? Potrebbe essere il figlio di chiunque.»

Chissà perché, questa cosa evidentemente lo mandò in bestia, anche se avevo soltanto espresso l'ovvio. Non c'era molta logica in quel che diceva e non ci fu logica nemmeno nella sua incazzatura.

«Fatti sotto, allora» disse e avanzò verso di me. Visto che non era una cima, ero abbastanza sicuro che a menar le mani se la cavava bene e che mi sarei preso delle gran legnate. Pensai di colpire per primo, tanto per poter dire ad Alicia che gliele avevo date anch'io. Sollevai il piede e, mentre lui si avvicinava, lo colpii nelle palle. Non fu un vero e proprio calcio. Fu una specie di pedata in aria, perché lo beccai con la suola.

Fine della storia. Lui crollò tenendosi lo scroto e imprecando, e per un po' si rotolò per terra, come un calciatore ai Mondiali. Non potevo crederci. Perché attaccar briga, se eri così sega?

«Tu sei morto» disse, ma lo disse sdraiato a terra, quindi non mi spaventai molto. E ormai si era raccolto un bel gruppetto a vedere cosa succedeva e un paio di ragazzi gli ridevano in faccia.

Ma, per dirla tutta, c'era un'altra ragione per cui avevo voluto dargli un calcio. Non soltanto volevo dire ad Alicia che gli avevo dato quel che si meritava. Volevo dargli un calcio anche perché credevo a ogni parola che aveva detto. Avevo capito che quello era il tipo con cui era stata Alicia appena prima di conoscermi e pensandoci mi resi conto che tutto tornava. Non era vero che lei lo aveva mollato perché lui voleva andarci a letto. Non aveva senso. Che senso avrebbe rompere con uno perché vuole fare sesso con te e poi fare subito sesso con un altro? E poi...

Merda! Cazzo! Che coglione ero stato... Era stata sua l'idea di fare l'amore senza mettere subito il preservativo, giusto? E perché? Cosa le era saltato in mente? Aveva detto che voleva sentirmi meglio, ma la verità era che pensava già di essere incinta. E quel tipo lì l'aveva già mollata! Così doveva trovare al più presto un coglione che si prendesse la colpa! Adesso tutto quadrava. Come avevo fatto a essere così cieco? Succedeva spesso che un ragazzo scoprisse di non essere il padre del figlio della fidanzata. Forse succedeva sempre. Prendete *EastEnders*. Praticamente nessuno, in *EastEnders*, ha mai avuto un figlio senza poi aver scoperto che il vero padre era un altro.

Così subito dopo le lezioni tornai a casa a litigare con lei.

«Com'è andata all'università?» domandò. Era sdraiata sul letto ad allattare Ufo guardando qualcosa alla tele. In quelle prime settimane praticamente non faceva altro.

«Secondo te?»

Mi guardò. Capì che ero di pessimo umore, ma non sapeva perché.

«Cosa vorresti dire?»

«Ho fatto a botte.»

«Tu?»

«Sì, io. Perché io non dovrei?»

«Non è da te.»

«Oggi era da me.»

«Botte in che senso? Stai bene?»

«Sì. Non sono stato io a cominciare. Quello si è avvicinato, gli ho dato un calcio e...» Scrollai le spalle.

«E...?»

«E niente. Fine della storia.»

«Un calcio e fine?»

«Sì.»

«E lui chi era?»

«Non so come si chiama. Tu forse lo sai. Dice di essere il padre di Ufo.»

«Quello stronzo di Jason Gerson.»

«Allora sai di chi parlo.»

Una parte di me voleva vomitare. Molto probabilmente era la parte chiamata stomaco. E un'altra parte di me pensò: Ecco fatto, ora me ne vado. È il figlio di un altro e io posso tornarmene a casa. Questa parte probabilmente era più imparentata col cervello.

«Ti dispiacerebbe spiegarmi chi è quello stronzo di Jason Gerson?» le chiesi in tono tranquillo, anche se non ero tranquillo. Avrei voluto ammazzarla.

«Il tipo con cui stavo prima di te. Quello che ho lasciato perché continuava a dire che voleva fare sesso con me.»

In qualsiasi altro momento ci sarebbe stato da ridere. Quanto tempo era passato? Meno di un anno? E adesso la ragazza che mi diceva di aver lasciato quello stronzo di Jason Gerson perché voleva fare sesso con lei era sdraiata su un letto ad allattare un bambino.

«Come hai fatto a capire che era lui?»

«So che va alla tua università e che è un pezzo di merda. È proprio tipo da dire una cosa del genere. Mi dispiace, amore. Dev'essere stato terribile.»

«Però è perfetto, vero?»

«Che cosa?»

«Come tutto torna.»

«Torna cosa?»

«Non so. Mettiamo che rimani incinta. E mettiamo che il tipo che ti ha messa incinta ti lascia. Ti serve al più presto un fidanzato, così puoi fargli credere che il figlio sia suo. E ci vai subito a letto, dopodiché gli dici: Dai, proviamo senza preservativo, solo per questa volta, e...»

Mi guardò. Non avevo ancora finito che già piangeva. Non riuscii a restituirle lo sguardo.

« È questo che pensi? »

« Dicevo solo per dire. »

« Per dire cosa? »

« Niente. »·

« Non sembra niente. »

« Stavo solo esponendo i fatti. »

« Ah. Allora parliamo di questi altri fatti. Quando ci siamo conosciuti? »

Riflettei. Capii dove voleva andare a parare. Tacqui.

« Più o meno un anno fa, giusto? Perché ci siamo conosciuti alla festa di compleanno di mia mamma e lei compie gli anni la settimana prossima. »

Perché non ci avevo pensato, tornando a casa? Perché non avevo fatto qualche conto? Perché se avessi fatto i conti, avrei potuto risparmiarmi un mucchio di casini.

« E Ufo quanto tempo ha? »

Diedi un'alzatina di spalle, gesto che a lei probabilmente sembrò un « Non lo so ».

« Ha tre settimane. Quindi, se non ho appena avuto una gravidanza di undici mesi, non può essere di Jason, ti pare? A meno che tu non creda che andassi a letto con tutti e due nello stesso periodo. È questo che credi? »

Alzai di nuovo le spalle. Ogni alzata di spalle peggiorava la mia situazione, ma il problema era che ero ancora arrabbiato per Jason, per le botte e per le cose che aveva detto, e non avevo intenzione di fare marcia indietro. Anche se ormai mi era chiaro che avevo sbagliato tutto, era come se non potessi cambiare rotta. Il timone non c'era più. Quella storia dei mesi avrebbe dovuto risolvere tutto, in effetti, ma non fu così.

« E secondo te quando andavo a letto con lui? Prima di colazione? Perché io e te ci vedevamo tutti i pomeriggi e tutte le sere. »

Un'altra alzata di spalle.

«Comunque» continuò Alicia. «Se ti fidi così poco di me, è tutto inutile, no? Ecco la cosa che mi fa arrabbiare di più.»

Quello sarebbe stato un bel momento per chiederle scusa, ma non lo feci.

«Secondo me vuoi che tutto sia inutile.»

«Cosa vorresti dire?»

«Così sei libero, no?»

«Cosa vorresti dire?»

Capivo tutto, in realtà. Ma chiederle ogni volta cosa voleva dire era un modo per non stare zitto.

«So che non vuoi stare qui. Così ti piacerebbe che ti dicessi di tornare a casa dalla tua mammina. Mi sorprende che ti sia messo a fare a botte con Jason. Probabilmente avresti voluto dargli un bacio.»

«Non sono mica...»

«OH CRISTO SANTO!» urlò. «LO SO CHE NON SEI GAY!»

«Tutto bene lì dentro?» disse la voce di Andrea dall'altra parte della porta.

«VA' VIA! Non sto dicendo che sei gay, imbecille. Dio santo. Lo sapevo che l'avresti detto. Fai pena. Probabilmente avresti voluto dargli un bacio perché, se il padre era lui, tu non eri più costretto a stare qui.»

Ah. Più o meno era quello che avevo pensato. Non le spiegai che a quello stronzo di Jason Gerson avevo tirato un calcio o una pedata nelle palle solo perché stava venendomi addosso e non perché aveva detto che era il padre di Ufo.

«Questo non è vero» dissi. «Io sono contento che Ufo sia mio figlio.»

Non sapevo cosa era vero e cosa no. Era tutto troppo complicato. Ogni volta che guardavo il nostro bambino bellissimo, mi stupivo che fra noi ci fosse un legame. E quindi sì, ero contento che Ufo fosse mio figlio. Ma quando quello stronzo di Jason Gerson aveva detto quelle cose, avrei voluto davvero dargli un bacio, non un bacio da gay. E quindi no, non ero contento che Ufo fosse mio figlio. Non mi era mai capitato di fare una discussione come quella, una discussione che non capivo fino in fondo, in cui un ragionamento era giusto e sbagliato nello stesso tempo. Era come se, di colpo, mi fossi svegliato sullo skate di TH in cima a una di quelle rampe verticali che non finiscono più. E qui come ci sono arrivato? ti chiedi. Queste cose mica le so fare! Portatemi giù! In una decina di secondi eravamo passati dalle discussioni su quale film vedere alle discussioni sul significato della nostra vita.

«Tu credi che l'unica vita a essere stata incasinata sia la tua, vero? Tanto io una vita mica l'avrei avuta, quindi per me avere un bambino o no fa lo stesso» disse lei.

«Invece so che avresti avuto una vita. Me l'hai detto tu. Mi hai detto che volevi fare la modella.»

Quando tiri a qualcuno un calcio nelle palle, o se volete una pedata per sbaglio, a un certo punto pensi: Perché l'ho fatto? Ecco, in quel momento mi sentii esattamente così. Perché gliel'ho detto? Sapevo perché lei mi aveva detto che voleva fare la modella. L'aveva detto per capire se la trovavo bella. E poi era successo tanto tempo prima, quando ci eravamo appena conosciuti e cercavamo di essere carini l'uno con l'altra. A quell'epoca dicevamo cose assurde. Non bisognerebbe mai estrapolare delle parole da una conversazione gradevole per ficcarle in mezzo a una conversazione sgradevole. Alla fine, invece di un bel ricordo e un brutto ricordo, ti ritrovi con due ricordi di merda. Quando ripenso al piacere che all'epoca mi aveva fatto capire cosa c'era dietro le parole di Alicia... Be', il punto è proprio questo, no? Non voglio ripensarci.

Dietro le mie parole non c'era niente. O meglio, sapevo che erano parole brutte e che le avevo dette per ferire, ma soltanto dopo che mi erano uscite di bocca cominciai a chiedermi perché erano cattive. E mentre Alicia era lì a letto che piangeva, qualche ragione la trovai.

– Sembravano una presa in giro. Facevano pensare che non l'avessi mai considerata abbastanza carina per poter fare la modella.

– Facevano pensare che la considerassi stupida, perché quando si era parlato di cosa volevamo fare da grandi, quella era l'unica cosa che le era venuta in mente.

– Facevano pensare che ridessi di lei perché adesso era sciatta e cicciotta, tutta diversa da una modella.

«È strano, no?» disse quando riuscì a parlare. «Secondo mia mamma e mio papà tu mi hai rovinato la vita, mi hai fregato eccetera eccetera. E io ho cercato di difenderti. Secondo tua mamma, io ti ho rovinato la vita e ti ho fregato. E so bene che non sarei mai diventata, non so, una scienziata della NASA o una grande scrittrice o quello che secondo i miei potevo diventare. Ma qualcosa nella vita avrei fatto. Non cose esagerate. Qualcosa e basta. E adesso, secondo te, che possibilità ho? Guardami. Tu hai fatto a botte all'università? Bella roba. Almeno oggi sei andato in università. Io dove sono andata? Ho fatto avanti e indietro da qui alla cucina. Quindi piantala. Piantala con questa storia che ti ho rovinato la vita. Tu una mezza possibilità ce l'hai. Io che possibilità ho?»

Era il discorso più lungo che mi facesse da settimane. Mesi, forse.

Decisamente in ritardo mi calmai e chiesi cento volte scusa, ci abbracciammo e addirittura ci baciammo un po'. Erano secoli che non lo facevamo. Ma quella fu solo la prima lite. Spianò la strada a tutte le altre.

Alicia e Ufo si addormentarono e io presi su la mia tavola e uscii per un po'; quando tornai trovai lì mia mamma, seduta al tavolo della cucina con Ufo in braccio.

«È arrivato papà» disse. «Mi ha aperto Alicia, ma è andata a farsi un giro. Le ho detto io di uscire. Era un po' stressata. E qui non c'è nessun altro.»

«Allora siamo noi tre soli. Bene.»

«Com'è andata all'università?»

«Sì, bene.»

«Alicia mi ha detto del problemino.»

«Ah» dissi. «Quello. No, non è niente.»

Mi guardò. «Sei sicuro?»

«Sì. È la verità.»

Ed ero sincero. Non era niente.

17

Un paio di giorni dopo le botte all'università e la lite, mio
papà telefonò per invitarmi fuori a mangiare qualcosa. Mi
aveva telefonato il giorno in cui era nato Ufo, ma ancora
non si era degnato di venire a vedere il bambino. Diceva di
avere mille impegni di lavoro.
«Puoi portare il bambino, se vuoi.»
«Al ristorante?»
«Figlio mio» disse. «Tu mi conosci. Io dall'esperienza
non ho imparato quasi niente, quindi non ho molti consigli
da dare. Ma una cosa dei tempi in cui sei nato tu me la ricordo: se sei un giovane papà, nei pub e posti così è più facile farsi servire.»
«E perché non dovrebbero servirti, nei pub?»
«Non parlo di me, sciocchino. Parlo di te. Tu sei mino-
renne. Ma se con te c'è un bambino, nessuno ti chiede
niente.»
Non valeva la pena di rispondergli che al ristorante, se
con me c'era un adulto, potevo farmi portare da bere
quando volevo. La mamma, a cena, mi faceva sempre bere
un bicchiere di vino per insegnarmi a bere in modo re-
sponsabile. Se lui aveva un solo consiglio da darmi, gli
avrebbe spezzato il cuore sapere che non serviva a niente.
Aspettai che in casa non ci fosse nessuno e poi tirai fuori
Tony Hawk da sotto il letto e lo appesi alla parete con i
vecchi pezzetti di scotch rimasti attaccati dietro. Si arricciò

un po', ma rimase appeso il tempo necessario perché gli dicessi che mio papà sarebbe venuto a trovarmi.

«Per mio papà era naturale fare tutto il possibile per aiutare i suoi figli, ma superò se stesso quando fondò l'Associazione nazionale skateboard» disse Tony.

Tony non faceva molte battute durante le nostre conversazioni, ma questa era buona. Cioè, nel libro non è una battuta. Suo papà aveva fondato davvero l'Associazione nazionale skateboard solo perché suo figlio era uno skater. Ma nel nostro discorso era una battuta. Mio papà non avrebbe fondato un bel niente per me.

«Eh già» dissi. «Mio papà non è così. Mio papà...» Non sapevo da dove cominciare. Mi imbarazzava dire che mio papà odiava gli europei e cose così.

«Per Frank e Nancy Hawk – grazie dell'immortale sostegno» disse Tony. Così si leggeva all'inizio di *Hawk – Occupation: Skateboarder*. E il papà di Tony era morto, così l'«immortale sostegno» mostra quanto ancora pensi a lui.

«Se scrivessi un libro non nominerei mio papà, nemmeno se fosse un'autobiografia» risposi. «Direi: 'Quando sono nato avevo solo la mamma'.»

«Fui un incidente; quando arrivai, mia mamma aveva quarantatré anni e mio papà quarantacinque.»

Sa che anch'io sono stato un incidente. Sa pure che i miei genitori erano più o meno l'opposto dei suoi.

«Quando mio papà avrà quarantacinque anni io ne avrò...» Contai gli anni sulle dita. «Ventotto!»

«Siccome quando arrivai i miei erano in là con gli anni, avevano perso la severità tipica dei genitori e acquisito una mentalità più da nonni» disse Tony.

«Mio papà non è abbastanza vecchio per essere padre, figuriamoci nonno.»

«Gettammo le sue ceneri nell'oceano, ma ne conservai

un po' per dopo» riprese Tony. «Di recente io e mio fratello abbiamo sparso all'Home Depot le ceneri rimaste.»

Il papà di Tony morì di cancro. È la parte più triste del libro. Ma non capivo perché mi diceva queste cose quando avremmo dovuto parlare dell'inettitudine dei miei genitori.

«Scusami» dissi. Non sapendo cosa aggiungere, staccai il poster dalla parete, lo arrotolai e lo rimisi sotto il letto.

Così arrivò mio papà, salutò Alicia, disse a tutte le persone disposte ad ascoltare che il bambino era identico a me e poi mettemmo Ufo nel porte-enfant e lo portammo al ristorante italiano di Highbury Park. In fondo c'era un séparé con una lunga panca rivestita in pelle: lo appoggiammo lì, in posizione riparata. Un mucchio di gente venne a guardarlo.

«Ci prenderanno per una coppia di froci che l'hanno adottato» disse mio papà. Fu il suo modo per dire che dimostravamo la stessa età, anche se non era vero allora e non è vero adesso.

Ordinò due birre e mi strizzò l'occhio.

«Bene» disse quando ce le portarono. «Sto bevendo una birra con mio figlio e suo figlio. Mio figlio e mio nipote. Porca vacca.»

«Che effetto ti fa?» chiesi, tanto per dire qualcosa.

«Non brutto come pensavo. Probabilmente perché non ho nemmeno trentacinque anni.» Guardò verso il tavolo accanto, dove due ragazze mangiavano la pizza e ridevano. Sapevo perché mio papà guardava là.

«Hai visto quelle due?» mi disse. «Per venire da te non scavalcherei né l'una né l'altra.»

Se foste degli alieni in visita sulla Terra, la metà delle volte non capireste cosa dice mio papà, nemmeno dopo aver imparato la lingua. Anche se poi ci si arriva abbastanza alla svelta. I suoi argomenti di conversazione erano: che era senza soldi, che aveva visto una che gli piaceva, oppure qualcosa di brutto sugli europei. Aveva mille espressioni per ciascuno di questi argomenti e praticamente nemmeno una parola per tutto il resto.

«Ah» disse. «Ecco l'altro consiglio. Niente di meglio di un bambino, per rimorchiare.»

«Eh già» risposi. «Grazie.»

Nessuna delle due sembrava minimamente interessata a noi o a Ufo.

«So cosa pensi. Pensi: Cosa me lo dice a fare, 'sto vecchio scemo? Io ce l'ho già, la ragazza. Ma vedrai che ti tornerà utile. Un giorno.»

«Forse quel giorno Ufo non sarà più un bambino.»

Rise. «Dici?»

«Grazie.»

«Non fraintendermi. Alicia è una bellissima ragazza. E ha una bella famiglia... Ma...»

«Ma...?» Cominciava proprio a scocciarmi.

«Non hai una possibilità che è una» disse.

Sbattei sul tavolo il bicchiere di birra perché mi aveva stufato e una delle due ragazze – quella che avevo scelto io, con gli occhi castani e i capelli scuri, lunghi e mossi – si girò a vedere cosa succedeva.

«Perché mi hai portato fuori, se volevi dirmi queste cose? È già dura senza che ti ci metti tu.»

«Non è dura, figlio mio» disse. «È impossibile.»

«E tu come fai a saperlo?»

«Ah, tiro solo a indovinare. Mica ne so niente, in realtà. Chiaro.»

«Sì, ma come fai a sapere di me e Alicia? Noi siamo persone diverse.»

«Non importa chi siete. Non si può stare nella stessa stanza con un neonato senza mandarsi in paranoia a vicenda.»

A queste parole non dissi niente. Avevamo cominciato a mandarci in paranoia a vicenda il giorno della litigata.

«Io e tua madre abbiamo finito per diventare come fratello e sorella. E mica nel senso buono. Non era mica un rapporto incestuoso.»

Feci una smorfia. Le sue battute erano quasi sempre orribili. Incesto, adozione gay, non gliene fregava niente.

«Scusami. Ma hai capito cosa volevo dire. Stavamo lì a guardare 'sto coso e basta. Te. Ed era un continuo: Respira? Ha fatto la cacca? Bisognerà cambiarlo? Solo di questo si parlava. Non ci guardavamo mai in faccia. Quando sei più grande può anche andar bene così, perché di solito prima di quel periodo ce n'è stato un altro e sai che nel futuro ce ne sarà un altro ancora. Ma quando hai sedici anni... Tua madre la conoscevo da cinque minuti. Una situazione da pazzi.»

«Dove abitavate?» A nessuno dei due l'avevo mai chiesto. Sapevo che non avevamo abitato sempre nella nostra casa, ma sapere cos'era successo prima che potessi ricordare qualcosa non mi era mai interessato. Adesso mi sembrava che valesse la pena di saperlo.

«Da sua mamma. Tua nonna. Mi sa che l'abbiamo fatta morire. Con tutti quei pianti.»

«L'altro giorno la mamma diceva che ero un bambino bravo. Come Ufo.»

«Ah, tu eri un angelo. No, era lei che piangeva sempre. Quando abbiamo saputo di te abbiamo deciso di sposarci, quindi era diverso. Maggiori pressioni, diciamo. E la casa di tua nonna era piccolissima. Te la ricordi?»

Annuii. Era morta quando avevo quattro anni.

«Ma in fondo non era poi tanto diverso. Una stanza è sempre una stanza, no? Dico solo che nessuno si aspetta che tieni duro. Come papà devi tener duro, se no ti faccio vedere io...» Cercai di non ridere del mio papà inetto che mi diceva di fare il bravo padre se no... «Ma l'altra cosa... Non rimanerci sotto. Tanto alla tua età le storie non durano più di cinque minuti. E se c'è un figlio, si scende a tre. Non cercare di farla durare tutta la vita, se non sai nemmeno come arrivare a sera.»

Probabilmente mio papà è l'adulto meno ragionevole che conosca. Anzi, probabilmente è la persona meno ragionevole che conosca, a parte Lepre, che però non conta come persona. Come mai, allora, quell'anno era stato l'unico a dirmi cose sensate? Di colpo capii perché TH mi aveva raccontato quella storia delle ceneri di suo padre. Voleva che trattassi mio papà come se fosse un vero e proprio papà, uno che poteva avere delle cose interessanti da dirmi, uno che poteva aiutarmi davvero. Se TH avesse cercato di farmelo capire un qualsiasi altro giorno della mia vita, avrebbe sprecato il suo tempo. Ma è per questo che TH è un genio, no?

D'altra parte, se mio papà non mi avesse fatto quel discorso, forse io e Alicia non avremmo litigato, quando tornai a casa. Volle sapere dove avevamo messo Ufo in macchina e risposi che avevamo sistemato il porte-enfant sul sedile posteriore ed eravamo andati pianissimo, e lei se la prese a morte. Inveì contro mio papà; normalmente non me ne sarebbe importato niente, ma siccome stavolta mi aveva aiutato presi le sue difese. E prendere le sue difese significò dire tutta una serie di cose sui genitori di Alicia che probabilmente non avrei dovuto dire.

Non credo invece che mio papà c'entrasse qualcosa con il litigio di due giorni dopo. Mi ero seduto sul telecomando e non alzavo il sedere, così i canali continuavano a cambiare. Non ricordo perché facevo così. Probabilmente perché vedevo che la cosa la mandava in bestia. E mio papà decisamente non c'entrava niente con il litigio del giorno dopo ancora, che riguardava una T-shirt rimasta per circa una settimana sul pavimento della camera da letto. In quel caso fu solo colpa mia. Almeno per la parte che riguardava la T-shirt. La T-shirt era di Alicia, ma me l'aveva prestata, ed ero stato io a buttarla per terra quando me l'ero tolta. Ma siccome era sua, l'avevo lasciata lì. Intendiamoci, non pensavo: Quella maglietta non è mia. Non pensavo: Anche se l'ho usata io, non la raccoglierò perché non è mia. Semplicemente non la vedevo perché non era mia, come non si vedono mai i negozi poco interessanti, lavanderie, agenzie immobiliari eccetera. Non ci si accorge che esistono. Secondo me, però, non sarebbe dovuta finire per forza così, con tutti i vestiti, dal primo all'ultimo, lanciati per la stanza e calpestati.

Tutto ci sfuggiva di mano. Come quando un'insegnante perde il controllo della classe. Per un po' aveva funzionato, dopodiché successe una cosa, poi un'altra e alla fine tutti i giorni succedeva qualcosa, perché non c'era niente e nessuno a impedirlo. Le porte erano spalancate.

Quando tornai a casa mia, la ragione non furono le liti. Almeno, così ce la raccontammo. Mi ero beccato un forte raffreddore e tossivo e starnutivo quasi tutta la notte, continuando a svegliare Alicia quando invece aveva bisogno di dormire il più possibile. In più lei non era contenta che prendessi in braccio Ufo e gli passassi i miei germi, anche se sua mamma diceva che così gli si rafforzava il sistema immunitario.

«Se vuoi vado a dormire in soggiorno» dissi.

«Non ce n'è bisogno.»

«Il divano andrà benissimo.»

«Non preferiresti un letto? Che ne dici di dormire nella camera di Rich?»

«Sì. Potrebbe andare.» So che il tono non era entusiasta. «Solo che è la stanza accanto» aggiunsi.

«Ah. Quindi ti sentirei lo stesso.»

«Probabile.»

Tutti e due fingevamo di sforzarci di riflettere. Uno dei due avrebbe avuto abbastanza coraggio?

«Potresti sempre tornare nella tua vecchia stanza» disse Alicia. E rise, per sottolineare quant'era assurda l'idea.

Anch'io risi e poi finsi di cogliere una cosa che lei non aveva colto.

«Per una notte non sarebbe la fine del mondo» dissi.

«Capisco cosa vuoi dire.»

«Solo finché non tossirò più tutta la notte.»

«Sei sicuro che non ti dispiaccia?»

«Mi sembra sensato.»

Me ne andai quella notte stessa, e non tornai. Ogni volta che passo a trovare Ufo, i suoi mi chiedono come va il raffreddore. Ancora adesso, dopo tanto tempo. Ricordate il mio secondo viaggio nel futuro? Quando portai Ufo a fare la vaccinazione? E Alicia disse: «Ho preso veramente il raffreddore» e rise? È per questo che rideva.

La prima notte a casa fu triste. Non riuscivo a addormentarmi, perché nella mia camera c'era troppo silenzio. Avevo bisogno dei versi di Ufo. E mi sembrava innaturale che lui non ci fosse, e questo significava che anche la mia camera da letto, dove avevo dormito praticamente tutte le notti della mia vita, mi sembrava innaturale. Ero a casa mia, e volevo essere a casa mia. Ma ormai la mia casa era anche un'altra e non potevo essere contemporaneamente in tutt'e due. Ero con mia mamma, ma così non potevo stare con mio figlio. Mi sentivo in una situazione assurda. Da allora mi sento in una situazione assurda.

«Tuo padre ti ha detto qualcosa quando siete usciti a mangiare la pizza?» mi chiese mia mamma dopo un paio di notti che ero a casa.

«Tipo?»

«Non lo so. Mi sembra una strana coincidenza. Esci con lui e improvvisamente torni a casa.»

«Abbiamo parlato.»

«Oddio.»

«Oddio cosa?»

«Non voglio che lo ascolti.»

«Aveva ragione. Ha detto che non dovevo vivere per forza lì, se non volevo.»

«Ma certo. Guarda cos'ha fatto lui.»

«Ma era la stessa cosa che avevi detto tu.»

Per un po' tacque.

«Io però lo dicevo da un punto di vista materno.»

La guardai per capire se scherzava, ma non scherzava.

«E lui da che punto di vista lo diceva?»

«Di sicuro non materno. Cioè, è chiaro. Ma neppure paterno. Lo diceva da un punto di vista maschile.»

Di colpo immaginai me, Alicia e Ufo discutere così un giorno. Forse quello era un casino destinato a non chiudersi mai. Forse Alicia sarebbe sempre stata arrabbiata con me per il mio raffreddore, così, anche se avessimo mai trovato un punto di equilibrio – come adesso l'avevano trovato mia mamma e mio papà – non l'avrebbe mai ammesso.

«Comunque» disse. «Tu sei qui soltanto perché hai il raffreddore.»

«Lo so.»

«Quindi quel che ti ha detto tuo papà non c'entra niente.»

«Lo so.»

«Quindi.»

«Sì.»

La notte che tornai a casa col raffreddore, andai dritto in camera mia a parlare con Tony Hawk. Inutile dire che il poster me l'ero portato via.

«Ho un po' di raffreddore» gli dissi. «Così sono tornato a casa per qualche giorno.»

«Sapevo che, anche se amavo Cindy, vivevamo in due
mondi diversi che non si sarebbero mai incontrati» rispose
Tony. «Nel settembre del 1994 ci separammo. Purtroppo
fu necessario arrivare a questo per capire l'importanza di
essere genitori.»

Lo guardai. Ammetto che ci aveva visto subito giusto, riguardo al raffreddore. Ma, francamente, che parlasse proprio a me dell'importanza di essere genitori... Che altro c'e-
ra nella mia vita, oltre a Ufo? Andavo in università praticamente una volta al mese, non avevo mai il tempo di skateare
e parlavo soltanto del bambino. Mi aveva deluso. Non mi
faceva riflettere per niente.

«Non ci separammo male» continuò. «Tutti e due ci
impegnammo per dare a Riley la miglior vita possibile.»

«Grazie tante» dissi.

Il fatto è che, dietro le parole di TH, c'è sempre più di
quanto si creda.

18

Su Internet si trova un sacco di roba sugli adolescenti che hanno figli. Be', certo, su Internet c'è un sacco di roba su tutto. È per questo che è fantastico. Se hai un problema, lì se ne parla, e ti senti meno solo. Se da un giorno all'altro le braccia ti sono diventate verdi e vuoi parlarne con quelli della tua età che hanno le braccia verdi, troverai il sito che fa per te. Se mi rendessi conto di poter fare sesso soltanto con professoresse di matematica svedesi, sono sicuro che troverei un sito per le professoresse di matematica svedesi che vogliono fare sesso soltanto con diciottenni inglesi. Così, se ci si pensa, non è poi tanto strano trovare su Internet informazioni di ogni genere su adolescenti e gravidanza. Avere un figlio a sedici anni non è come avere le braccia verdi. Siamo più noi di loro.

Più che altro trovai ragazzi come me che si lamentavano. Non potevo criticarli, perché avevano mille motivi per lamentarsi. Si lamentavano perché non avevano una casa, non avevano soldi, non avevano la possibilità di fare un lavoro che gli rendesse più di quanto dovevano sborsare per farsi tenere i figli. Raramente mi consideravo fortunato, ma leggendo queste cose capii di esserlo. I nostri genitori non ci avevano mai cacciati di casa.

Poi trovai un testo pieno di informazioni, alcune scritte dal primo ministro. In gran parte erano informazioni inutili – per esempio si diceva che, quando alle adolescenti succedeva di rimanere incinte, quasi sempre si trattava di un incidente. MA VA'??? Alcune facevano morir dal ridere – tipo: un adolescente su dieci non ricorda se la sera prima ha fatto sesso o no, cosa che ha dell'incredibile, se ci si pensa. Secondo me si voleva dire che un adolescente su dieci la sera prima si era sparato tante di quelle sostanze che non sapeva cos'era successo. Non si voleva dire, immagino, che gli adolescenti sono degli smemorati, come quando non ti ricordi se hai messo la tuta da ginnastica nella borsa. Questa mi sarebbe proprio piaciuto andare a dirla a mia mamma. Tipo: «Mamma, so che non avrei dovuto farlo. Ma almeno il giorno dopo non me l'ero dimenticato!»

Seppi che la Gran Bretagna aveva il peggior tasso di gravidanze precoci in Europa, che tra parentesi significa il tasso più alto. Ci impiegai un po' a capirlo. Per un attimo avevo creduto che volesse dire il contrario, cioè che il nostro tasso di gravidanze precoci fosse basso e il primo ministro ci incoraggiasse a incrementarlo. Seppi anche che, dopo una quindicina d'anni, l'ottanta per cento dei padri adolescenti non aveva più rapporti con i figli. L'ottanta per cento! Otto su dieci! Quattro su cinque! Significava che, quindici anni dopo, molto probabilmente io non avrei più visto Ufo. Non potevo permetterlo.

Uscii arrabbiato e arrivai a casa di Alicia ancora arrabbiato. Bussai troppo forte e Andrea e Rob ce l'avevano con me prima ancora di farmi entrare. Probabilmente non sarei dovuto andare, ma erano già le nove, più o meno, e lei alle dieci dormiva già, così non ebbi il tempo di calmarmi. Io la vedevo così: non sarei stato io a troncare i rapporti con Ufo. Avrei troncato i rapporti con mio figlio solo se Alicia mi avesse impedito di vederlo, se avesse cambiato casa senza dirmi dove andava. Quindi sarebbe stata tutta colpa sua.

«Cos'è questo baccano?» domandò Andrea quando venne ad aprire.

«Devo vedere Alicia.»

«Sta facendo il bagno. E abbiamo appena messo a letto Ufo.»

Non sapevo se ero ancora autorizzato a vedere Alicia nella vasca da bagno. Il giorno in cui era nato Ufo, Andrea mi aveva praticamente portato in bagno. Da allora, avevo vissuto con lei e poi me n'ero andato, però non ci eravamo proprio lasciati, anzi, non avevamo nemmeno parlato di lasciarci, anche se secondo me tutti e due sapevamo cosa sarebbe successo. E quindi? Potevo o non potevo vedere Alicia nuda? Ecco le informazioni che il primo ministro avrebbe dovuto dare su Internet. Chi se ne importava se non ti ricordavi cos'avevi fatto la sera prima? La sera prima era passata. Era troppo tardi per la sera prima. Noi volevamo sapere delle sere dopo, le sere in cui volevi parlare con la fidanzata o ex fidanzata nuda e non sapevi se in mezzo doveva esserci una porta o no.

«Allora cosa faccio?» chiesi ad Andrea.

«Va' a bussare.»

Dovetti riconoscere che era una risposta sensata. Salii le scale e bussai alla porta.

«Sto uscendo» rispose Alicia.

«Sono io.»

«Cosa ci fai qui? Ti è passato il raffreddore?»

«No» dissi. Solo che non fui abbastanza pronto per farmi uscire di bocca qualcosa come «Do» e farle credere di avere ancora il naso tappato. «Devo parlarti.»

«Di cosa?»

Non volevo parlare da dietro una porta del fatto che quindici anni dopo non avrei più visto Ufo.

«Puoi uscire? O entro io?»

«Oh, porca miseria.»

La sentii uscire dalla vasca e poi la porta si aprì. Era in accappatoio.

« Speravo di avere dieci minuti per me. »

« Scusami. »

« Cosa c'è? »

« Vuoi parlare qui? »

« In camera nostra c'è Ufo che dorme. In camera mia. Giù ci sono la mamma e papà. »

« Se vuoi puoi tornare nella vasca. »

« Eh già, così puoi guardarmi meglio, eh? »

Ero lì da appena due minuti e già mi dava sui nervi. Non volevo guardare niente. Volevo parlare delle probabilità che avevo di non vedere più mio figlio. Le avevo chiesto se voleva tornare nella vasca perché mi dispiaceva di avere interrotto il bagno.

« Ho cose migliori da guardare » dissi. Non so perché scelsi proprio quelle parole. Pensai addirittura di aver sbagliato, di aver detto una parola per un'altra, per esempio « guardare » invece di « fare ». « Ho cose migliori da fare » forse volevo dire. Ero arrabbiato con lei e lei faceva la vanitosa. Il mio era un modo per dirle: Guarda che non sei 'sta gran bellezza.

Poi mi corressi: « Persone ». « Persone » perché Alicia non era una cosa.

« Cosa vorresti dire? »

« Quello che ho detto. »

Non mi sembrava che si potesse fraintendere.

« Quindi ti vedi già con un'altra? Vai a letto con un'altra? »

Non risposi subito. Non capivo com'era saltata a quella conclusione.

« Ma cosa dici? »

« Sei proprio una merda. 'Oh, ho il raffreddore!' Raccontapalle. Vattene. Ti odio. »

« Ma cosa ti viene in mente? » A questo punto urlavamo tutti e due.

«Hai persone migliori da guardare? Allora va' da loro e guardatele bene.»

«Ma no...»

Non mi lasciava parlare. Si mise a spingermi fuori dalla porta e poi Andrea corse su per le scale.

«Che cavolo succede qui?»

«Sam è venuto a dirmi che si vede con un'altra.»

«Simpatico» commentò Andrea.

«Ufo puoi scordartelo» disse Alicia. «Non ti permetterò di avvicinarti a lui.»

Non ci credevo. Era tutto demenziale. Mezz'ora prima mi ero preoccupato perché quindici anni dopo avrei potuto non vedere più Ufo, ero venuto a parlarne con Alicia e il primo giorno di quei quindici anni avevo già smesso di vederlo. Avrei voluto strangolarla; invece le voltai le spalle e feci per andarmene.

«Sam» disse Andrea. «Rimani. Alicia. Non mi interessa cos'ha fatto Sam. Tu non devi mai fare minacce come quella a meno che non sia successo qualcosa di grave.»

«E secondo te questo non sarebbe grave?» chiese Alicia.

«No» rispose Andrea. «Secondo me no.»

La cosa si risolse. Alicia si vestì, Andrea ci preparò un tè e ci sedemmo al tavolo della cucina a parlare. Detto così sembra tutto più civile di quanto non fu nella realtà. Mi lasciarono parlare e alla fine riuscii a chiarire che non mi vedevo con nessun'altra e non volevo vedermi con nessun'altra e che quella storia di guardare persone migliori non aveva fondamento e non significava niente. Dopodiché raccontai che ero arrivato arrabbiato per via di quello che si diceva nella relazione, o quel che era, del primo ministro, cioè che avrei smesso di vedere Ufo, e non volevo.

«E per ironia della sorte Alicia ha cercato di impedirti

di vederlo proprio stasera» disse Andrea. Alicia fece una specie di risata; io no.

«Com'è che succede?» domandai. «Com'è che tutti quei papà smettono di vedere i figli?»

«Le cose si complicano» rispose Andrea.

Non riuscivo a immaginare quanto avrebbero dovuto complicarsi perché smettessi di vedere Ufo. La mia sensazione era che non avrei mai potuto smettere di vederlo, non mi sembrava possibile fisicamente. Sarebbe stato come smettere di vedermi i piedi.

«Quali cose?»

«Quante volte credi di poter litigàre, prima di rinunciare a Ufo? Litigare come stasera.»

«Centinaia di volte» risposi. «Centinaia e centinaia di volte.»

«Bene. Diciamo che per i prossimi dieci anni litigate così due volte alla settimana. Siamo a mille volte. E mancano ancora cinque anni per arrivare a quindici. Capisci cosa voglio dire? Ci si arrende. Non si riesce a gestire la situazione. Ci si stanca. Un giorno potresti odiare il nuovo fidanzato di Alicia. O magari ti trasferisci per lavoro da un'altra parte del paese. O all'estero. E quando torni, il fatto che Ufo non ti riconosca più potrebbe deprimerti... Le ragioni possono essere tante.»

Io e Alicia restammo zitti.

«Grazie, mamma» fece Alicia dopo un po'.

Come dicevo, per il futuro reale, quello in cui non puoi fare un viaggetto e via, non ci si può far niente. Bisogna starsene lì ad aspettare che arrivi. Quindici anni! Non potevo aspettare quindici anni! Di lì a quindici anni avrei avuto un anno in più di David Beckham adesso, due in meno di Robbie Williams, sei in meno di Jennifer Aniston. Di lì a quindici anni Ufo avrebbe potuto fare lo stesso sbaglio che avevamo fatto io e mia mamma e diventare papà, e io sarei stato nonno.

Il fatto, però, era che non avevo scelta: dovevo aspettare. Che senso avrebbe avuto accelerare i tempi? E come si faceva? Mica potevo comprimere quindici anni di rapporti con Ufo in due o tre, vi pare? Non sarebbe servito a niente. Dopo quindici anni reali avrei potuto lo stesso non avere più rapporti con lui.

Odio il tempo. Non fa mai quello che vorresti tu.

Prima di tornare a casa chiesi di vedere Ufo. Dormiva come un sasso, con le mani vicino alla bocca, e faceva i suoi soliti versini. Per un po' tutti e tre rimanemmo lì a guardarlo. Fermi così, pensai. Che nessuno si muova. In quei quindici anni non avremmo avuto problemi, se fossimo riusciti a rimanere lì, senza parlare, a guardar crescere un bambino.

19

Vi sto raccontando tutto questo come se fosse una storia, con un inizio, uno sviluppo e una fine. E in effetti è una storia, immagino, visto che ogni vita è una storia. Ma non è una di quelle storie col finale. O comunque, un finale non c'è ancora. Ho diciotto anni, Alicia pure e Ufo ne ha quasi due, mia sorella uno e nemmeno mia mamma e mio papà sono vecchi. La storia rimarrà a metà ancora per un bel po', a quanto vedo, e immagino che debbano arrivarne ancora delle belle. Ma probabilmente avete delle domande da farmi, così cercherò di darvi delle risposte.

E la bambina di tua mamma? Che cosa è successo?

La bambina di mia mamma, Emily, nacque nello stesso ospedale in cui era nato Ufo, ma nella stanza accanto. Ovviamente c'era anche Mark e io ci andai con Ufo, in autobus, un paio di ore dopo.

«Ecco la nonna» dissi quando entrammo. «Ed ecco la zia.» Ormai mia mamma era diventata «la nonna», ma è difficile che si venga chiamati «nonna» quando si ha un neonato da allattare. Ed è difficile che si venga chiamati «zia» quando si hanno due ore di vita.

«Porca miseria» disse Mark. «Un bel casino.» Rideva, ma la mamma non era d'accordo.

«Perché un casino?»

«È nata cinque minuti fa e ha già un nipote più grande di lei, due fratellastri nati da due madri diverse, una mamma che è già nonna e chissà cos'altro ancora.»

«Cos'altro?»

«Be'. Niente. Ma mi sembra già abbastanza.»

«È semplicemente una famiglia, no?»

«Una famiglia in cui tutti hanno l'età sbagliata.»

«Uh, quanto sei arretrato. L'età giusta non esiste.»

«Forse no.» Le dava ragione perché la vedeva felice e anche perché non era un argomento di cui discutere in una stanza d'ospedale quando era appena nata una bambina. Però secondo me l'età giusta esiste. E sedici anni non è l'età giusta, nemmeno se, a cose fatte, cerchi di dare il meglio di te. Mia mamma me lo ripeteva praticamente da quando ero nato. Avevamo avuto un figlio all'età sbagliata, con la persona sbagliata. Mark la prima volta aveva sbagliato, e così pure mia mamma, quindi chi poteva dire che stavolta l'avessero imbroccata? Non stavano insieme da molto. Per quanto io e Alicia volessimo bene a Ufo, sarebbe stato stupido fingere che fosse stata una bella idea, come sarebbe stato stupido fingere che a trent'anni, o anche a diciannove, saremmo stati ancora insieme.

Una cosa non sapevo: aveva importanza che tutti noi avessimo scelto la persona sbagliata per farci un figlio? Perché tutto dipendeva da come sarebbe andata, no? Se nonostante la situazione fossi riuscito a laurearmi e a diventare il grafico migliore che si fosse mai visto e fossi stato un bravo padre per Ufo, sarei stato contento di avere mia mamma e mio papà come genitori. Con un'altra mamma e un altro papà, le cose sarebbero andate diversamente. Chissà, magari era stato papà a trasmettermi il gene del grafico, anche se non sapeva nemmeno tirare una riga. A biologia avevo studiato i geni recessivi, e magari il suo gene del grafico era recessivo.

Di sicuro un sacco di persone famose avevano avuto dei genitori che non avrebbero mai dovuto mettersi insieme. E se non si fossero messi insieme, quelle persone sarebbero diventate famose? Il principe William, mettiamo. Vabbè, esempio sbagliato, perché con lo stesso padre sarebbe stato comunque il principe William. O il principe Unnomequalsiasi. Magari William era stata un'idea di Diana. E magari non avrebbe voluto essere principe. Altro esempio: Christina Aguilera. Ha scritto delle canzoni su suo padre che abusava di lei e roba del genere. Ma senza suo padre non sarebbe stata Christina Aguilera, giusto? E non avrebbe potuto scrivere quelle canzoni, se suo padre si fosse comportato bene.

Sono faccende complicate.

Quel giorno, nel futuro, quando hai portato Ufo a fare la vaccinazione... è un giorno esistito veramente?

Sì. Il futuro è furbo. O almeno è furbo il modo in cui Tony Hawk lo fa succedere. Quando vivo realmente quei momenti – i momenti che ho già vissuto viaggiando nel futuro – succedono più o meno le stesse cose successe la prima volta, ma per ragioni e con sensazioni diverse. Quel giorno, per esempio, successe veramente che Alicia mi chiamò perché aveva il raffreddore e io dovetti portare Ufo dal dottore. Ma quando arrivai là, sapevo come si chiamava, quindi non si poteva certo dire che in tanto tempo non avessi imparato niente, ah-ah.

Però l'iniezione non gliela fecero, quindi questo successe veramente. Il fatto è che, in sala d'aspetto, quando dissi a Ufo che la puntura non gli avrebbe fatto male, lui attaccò a piangere. Secondo me, siccome normalmente non gli dicevo che una cosa non gli avrebbe fatto male, aveva capito che quella cosa lì invece gli avrebbe fatto male, se no non glielo avrei detto. E allora pensai: Che lo porti lei dal dottore. Io non ce la faccio.

Mi pare di ricordare che la Miller, a religione, una volta abbia detto che alcune persone credono di dover vivere la propria vita più volte, come i vari livelli in un videogame, prima di metterla a punto. Ecco, non so più di che religione parlava, ma è una religione in cui potrei credere. Chissà, magari sono un indù o un buddhista senza saperlo. Quella giornata dal dottore l'ho vissuta due volte e tutt'e due le volte ho sbagliato, ma piano piano sto migliorando. La prima volta cannai in pieno, perché non sapevo nemmeno il vero nome di Ufo. La seconda volta avevo chiaro il suo nome e sapevo badare a lui, ma non ero ancora abbastanza bravo per fargli fare quel che doveva. Probabilmente non mi sarà offerta una terza occasione, perché quel giorno non è più nel futuro. Appartiene al passato. E Tony Hawk non mi ha ancora fatto fare viaggi all'indietro. Solo in avanti. Così, tornando a casa mi chiesi se più in là avrei avuto un altro figlio. Magari avrei dovuto portarlo (o portarla) dal dottore per la vaccinazione, e allora sì che avrei fatto tutto per bene – avrei azzeccato subito il nome e gli/le avrei detto che non gli/le avrebbe fatto male e che poteva piangere quanto voleva perché tanto la puntura bisognava farla. Sarebbe stata una giornata perfetta. E allora sarei potuto andare avanti, invece di continuare a vivere e rivivere la mia vita all'infinito.

Ah, un'altra cosa. Dopo non lo portai nel negozio di giocattoli a sprecare tempo, così risparmiai quelle 9 sterline e 99 dell'elicottero. Le cose le imparo. Solo che le imparo molto lentamente.

*

Parli ancora con Tony Hawk? E lui ti risponde ancora?

Vedrete.

L'università procede?

Sì, grazie. Insomma, riesco a studiare. E i professori sono comprensivi. Anche se non credo di riuscire a fare tutto, visto il poco tempo che ho. Ricordate quando dicevo che mia mamma e mio nonno avevano inciampato sul primo gradino? Ecco, io invece sono arrivato a metà della scala. Solo che non vedo come potrei spingermi più in alto. E probabilmente a un certo punto dovrò scendere, se non troverò il modo di rimanere quassù.

Chissà se Ufo riuscirà ad arrivare un po' più in alto. Nella mia famiglia è così. Se combini un casino, fra un minuto arriverà un figlio che potrebbe fare meglio di te.

E com'è andata con Alicia?

Sapevo che me lo avreste chiesto.

Qualche tempo fa – appena dopo che ad Alicia era passato il raffreddore – andammo di nuovo a letto insieme, per la prima volta dalla nascita di Ufo. Non ricordo bene come successe, né perché. Era una domenica sera ed eravamo stati tutto il giorno con Ufo, noi tre assieme, perché avevamo stabilito che gli piaceva avere vicino tutti e due i genitori. Di solito invece facevamo un weekend a testa. Andavo a casa di Alicia e lo portavo fuori, oppure a casa mia per farlo stare un po' con la baby-zia. Probabilmente a lui andava bene anche così. Il fatto è che ci sentivamo in colpa, secondo me. Ci sentivamo in colpa, credo, perché viveva nella camera da letto di una sedicenne e si ritrovava dei genitori che non sapevano nemmeno da che parte cominciare, con un figlio. Invece stare tutti insieme al parco o allo zoo era una cosa che riuscivamo a fare. Era difficile, ma era difficile come trattenere il fiato per cinque minuti, non come dare un esame di matematica. Insomma, anche un imbecille poteva provarci.

Lo portammo a Finsbury Park, che da quando ero piccolo è stato rinnovato, così non dovevo starmene lì a pensare che appena quattro o cinque anni prima ero io ad appendermi al ponticello. Andrea e Robert avevano dato ad Alicia venti sterline, così noi due pranzammo al caffè e Ufo mangiò patatine e gelato e giocò almeno quattro volte con una di quelle macchine piene di palline che rimbalzano dentro uova di plastica trasparenti. Non parlammo di niente. Cioè, non parlammo della vita e cose così. Parlammo delle palline, delle anatre, delle barche, dell'altalena, dei maschietti che avevano il monopattino Thomas the Tank Engine. E quando Ufo era sull'altalena o giocava con la sabbia, uno dei due si sedeva su una panchina.

Mia mamma una volta mi aveva chiesto di cosa parlavamo io e Alicia quando ci vedevamo per stare con Ufo e avevo risposto che non parlavamo di niente, me ne stavo sulle mie. Secondo mia mamma era un segno di maturità, ma la verità era che avevo paura di lei. Se voleva litigare, non le importava dov'eravamo, così mi sembrava più sicuro starmene seduto su una panchina a guardarla mentre spingeva Ufo sull'altalena piuttosto che stare vicino a lei. Se stavi vicino a lei, di colpo potevi sentirti scaricare addosso tutti gli insulti del mondo in mezzo a un campo giochi e veder formarsi un drappello di curiosi. Non dico che la metà delle volte non fosse colpa mia. Dimenticavo i nostri accordi, pezzi dell'equipaggiamento, roba da mangiare e da bere. Ridevo come uno stupido di cose su cui lei non voleva sentirmi scherzare, come per esempio i suoi chili di troppo. Io ci scherzavo perché avevo cominciato a considerarla una sorella, o una mamma (mia, non di Ufo), o una compagna di scuola. E lei non rideva a quelle mie battute perché la cosa non era reciproca.

Il giorno che andammo a Finsbury Park fu carino, davvero. Nessun litigio, Ufo era felice, c'era il sole. Ci stavamo impegnando. Tornai a casa di Alicia per aiutarla a dar da mangiare a Ufo e metterlo a letto e poi Andrea mi chiese se volevo fermarmi a cena. Dopo cena entrai nella sua camera a vedere Ufo addormentato prima di tornare a casa, lei mi mise un braccio attorno al collo, da cosa nasce cosa e finimmo nella stanza di suo fratello. Il buffo è che nemmeno quella volta avevamo i preservativi. Dovette andare di nuovo a rubarne uno ai suoi.

Era un pezzo che non lo facevo. Me n'ero stato molto sulle mie, non so se mi spiego. Fino a quella sera non avevo voluto fare sesso con Alicia perché non si mettesse in testa che stavamo insieme. Ma non potevo nemmeno fare sesso con un'altra. Se l'avesse scoperto avremmo fatto la litigata del secolo. E poi avevo paura. Se avessi messo incinta un'altra ragazza? Sarebbe stata la mia fine. Avrei passato tutta la vita ad andare a trovare i miei figli da una casa all'altra, mettendo piede in università una volta ogni tanto.

Così io e Alicia facemmo sesso e cosa successe? Si mise in testa che stavamo insieme. Dopo, eravamo sdraiati sul letto di suo fratello e lei chiese: «Allora che ne pensi?»

E io: «Di cosa?»

Giuro che non sto tralasciando niente. «Allora che ne pensi?» furono le sue prime parole sull'argomento.

«Di provarci di nuovo» rispose.

«Quando ne abbiamo parlato?»

«Ne stiamo parlando adesso.»

Quando dico che non tralascio niente, dico la verità. Ma

dico la verità com'è nei miei ricordi, ed è una cosa diversa, vero? Dopo aver fatto sesso rimanemmo in silenzio per un po' e poi lei chiese: «Allora che ne pensi?» Lo chiese mentre facevamo sesso? O quando tacevamo da un po'? Mi ero addormentato? Non ne ho idea.

«Ah» dissi, perché ero sorpreso.

«Tutto qui quello che hai da dire? 'Ah'?»

«No, no. Certo.»

«Allora che altro dici?»

«Non è un po' presto?»

Intendevo dire: Non è un po' presto, visto che siamo appena andati a letto insieme? E non: Non è un po' presto, visto che sono appena tornato a casa mia? Sapevo che ero tornato a casa mia un sacco di tempo prima. Non avevo perso del tutto il contatto con la realtà.

Alicia rise.

«Sì» disse. «Certo. Quanti anni dovrà avere Ufo, perché tu prenda una decisione? Quindici? È un'età che potrebbe andare?»

Dopodiché mi resi conto che non mi era sfuggito niente. Niente di piccolo, almeno. Mi era sfuggito soltanto il quadro generale, tutto quello che era successo in quegli ultimi mesi. Lei credeva che dal mio raffreddore in poi avessi cercato di prendere una decisione e io credevo di averla presa.

«Però, quando me ne sono andato, tu volevi che me ne andassi, vero?»

«Sì. Ma da allora le cose sono cambiate, no? Adesso è tutto sistemato. È stato difficile quando Ufo era piccolo. Ma adesso abbiamo risolto, no?»

«Sì?»

«Sì. Secondo me sì.»

«Be'» dissi. «Allora tutto a posto, no?»

«Quindi è un sì?»

Gli ultimi due anni mi erano sembrati in gran parte un

sogno. Le cose erano successe troppo lentamente o troppo velocemente e la maggior parte delle volte era stato difficile credere che succedessero davvero. Andare a letto con Alicia, poi Ufo, poi la mamma che rimaneva incinta... I viaggi nel futuro mi sembravano reali tanto quanto questi fatti.

Se dovessi dire quando mi svegliai, direi che mi svegliai in quel momento, quando la porta della camera di Rich si aprì ed entrò la mamma di Alicia.

Urlò. Urlò perché dentro era buio e non si aspettava di vedere qualcuno. E urlò perché le persone che trovò lì dentro non erano vestite.

«Fuori» disse, quando ebbe finito di urlare. «Fuori. Vi voglio vedere giù vestiti fra due minuti.»

«Dove sta il dramma?» disse Alicia, ma le tremava la voce, così capii che non era coraggiosa quanto voleva far credere. «Abbiamo anche avuto un figlio.»

«Quando sarete giù vi dirò dove sta il dramma.» E se ne andò sbattendo la porta.

Ci rivestimmo senza dire una parola. Era assurdo. Avevamo la netta sensazione di essere nei guai e io mi sentivo molto più piccolo di quando avevo scoperto che Alicia era incinta. Avevamo quasi diciotto anni, nostro figlio dormiva nella stanza accanto e stavamo per beccarci una sgridata perché eravamo andati a letto insieme. Di sicuro posso dirvi che una cosa l'avevo imparata, in quei due anni. L'età non è un concetto ben definito. Puoi raccontarti che hai diciassette anni, o quindici, o quel che vuoi, e magari è anche vero, all'anagrafe. Ma la verità anagrafica è solo un aspetto della questione. Posso dire per esperienza che è un continuo sbandare da una parte e dall'altra. Si possono avere diciassette, quindici, nove e cent'anni lo stesso giorno. Andando a letto con la madre di mio figlio dopo tanto tempo che non facevo sesso mi era sembrato di avere venticinque anni, diciamo. E poi passai dai venticinque ai nove in due secondi, nuovo record mondiale. Non so proprio perché farmi beccare a letto con una ragazza mi diede la sensazione di avere nove anni. Il sesso dovrebbe farti sentire più grande, non più piccolo. A meno che tu non sia già grande, immagino. Perché allora potrebbe essere il contrario. Capite in che senso si sbanda da una parte e dall'altra?

Quando scendemmo, Andrea e Robert erano seduti al tavolo della cucina. Andrea aveva davanti a sé un bicchiere di vino e fumava, cosa che non le avevo mai visto fare.

«Sedetevi» disse.

Ci sedemmo.

«Possiamo prendere un bicchiere di vino?» chiese Alicia. Andrea la ignorò e Alicia fece una smorfia.

«Adesso vuoi rispondere alla mia domanda?» chiese ancora Alicia.

«Che domanda?» volle sapere Robert.

«Ho chiesto alla mamma dove stava il dramma.»

Nessuno dei due rispose. Robert guardò Andrea come per dire: La risposta è tutta tua.

«Non capisci?» disse Andrea.

«No. Siamo già stati a letto insieme, sai?»

Non mi sentivo più un bambino di nove anni. Ero attorno ai quattordici, ma puntavo deciso verso la mia età effettiva e presto forse l'avrei superata. Ero dalla parte di Alicia. Ora che non mi sentivo più una nullità, era difficile capire dove stava il problema. Certo, nessuno vorrebbe pensare a un famigliare che fa sesso, ma io, se ci penso, tutt'al più provo un filo di nausea. Mica mi arrabbio. Eravamo sotto le coperte, quindi non si era visto niente. E poi avevamo già finito. Non stavamo facendo niente. E, come aveva detto Alicia, Ufo era la prova vivente che non era una novità. Forse il problema era che eravamo nella stanza sbagliata. Magari Andrea non se la sarebbe presa tanto, se ci avesse beccati nella camera di Alicia. Anzi, non sarebbe nemmeno entrata. Pensai di tentare quella strada, visto che nessun altro pareva avere un'idea precisa di cosa avevamo fatto di male.

«Il problema è che eravamo nella camera di Rich?» chiesi.

«Ma che razza di differenza fa?» disse Andrea. Quindi non era quello il problema. «Di' qualcosa, Robert. Perché devo essere l'unica ad agitare il bastone?»

Robert batté le palpebre e si mise a giocherellare con l'orecchino.

«Be'» rispose. E non trovò altro da dire.

«Gran bell'aiuto!» disse lei.

«Be'» riprese lui, «condivido il... l'imbarazzo di tua madre. E...»

«Mica si tratta solo di imbarazzo.»

«In tal caso sono un po' perplesso. Sapevamo già che Sam e Alicia hanno una... relazione sessuale, quindi...»

Avevamo una relazione sessuale? pensai. Non ne ero sicuro.

«Avete una relazione sessuale?» chiese Andrea.

«In realtà no» risposi.

«Sì» rispose Alicia nello stesso istante.

«E perché?» domandò Andrea.

«Perché?» ripeté Alicia.

«Sì, perché?»

Stava diventando la discussione peggiore della mia vita. Se avessi dovuto scegliere fra dire a mia mamma che Alicia era incinta e dire ai genitori di Alicia perché eravamo andati a letto insieme, di sicuro avrei scelto di parlare con mia mamma. Era stato terribile, ma lo aveva superato. Quest'altra cosa, invece, dubitavo di poterla mai superare.

«Lo ami? Vuoi stare con lui? Credi che questa storia abbia un futuro? Non pensi di andare a letto con qualcun altro, un giorno?»

Io non amavo Alicia, in realtà. Non come l'avevo amata la prima volta. Mi piaceva ed era una brava mamma, ma non volevo stare con lei. Mi era facile immaginare che un giorno sarei andato a letto con un'altra. Non sapevo se questo significava che non dovevamo stare assieme adesso, ma sapevo che di preoccupazioni ne avevamo già abbastanza. Ascoltando Andrea mi venne la nausea, perché sapevo che, se Alicia non ci avesse messo un freno, avrei dovuto farlo io.

«Mamma, lui è il papà di Ufo.»

«Questo non significa che tu debba scoparci» disse Andrea. Adesso fremeva di rabbia. Non capivo.

«Be'» fece Robert. «Prima o poi...»

«Cosa?» Andrea lo guardò come se volesse prendere un coltello dal cassetto e tagliargli la lingua.

«Scusami. Pessima battuta. Volevo solo dire che... Be', se lui è il padre di suo figlio...»

Alicia ridacchiò.

«E secondo te è una battuta di buon gusto, vero?»

«Sai, buon gusto e umorismo non sempre vanno insieme.»

«Risparmiaci le tue cavolo di lezioni sulla teoria del comico. Non capisci cosa sta succedendo, Robert?»

«No.»

«Non le consentirò di rovinarsi la vita come io ho rovinato la mia.»

«Non mi sto rovinando la vita» disse Alicia.

«Tu *credi* di non rovinartela. Credi che andare a letto col padre di tuo figlio sia giusto perché vorresti tenere tutti uniti. Così passano dieci anni, poi altri dieci e ti rendi conto che ormai nessun altro ti vuole più e che hai sprecato tanto tempo per una cosa che qualsiasi persona sana di mente si sarebbe buttata alle spalle anni prima.»

«Porca miseria, mamma. Pensavamo solo di fare un altro tentativo.»

«Credo che tu non abbia afferrato il punto, Alicia» disse Robert, pacato. Andrea non riusciva a guardarlo negli occhi. Aveva esagerato e lo sapeva.

Quella notte furono versati fiumi di lacrime. Andai di sopra con Alicia e le dissi la mia, nel modo più carino che riuscii a trovare. Anche se non fu necessario dire granché. Non appena attaccai, lei disse: «Lo so, lo so» e scoppiò a piangere. L'abbracciai.

«Non è giusto, vero?»

«No» risposi, ma non sapevo bene che cosa non era giusto né perché.

«Vorrei che si potesse ricominciare tutto da capo. Noi non abbiamo avuto le stesse opportunità degli altri.»

«Le stesse opportunità per far cosa?»

«Per stare insieme.»

A me sembrava che avessimo avuto almeno due opportunità. Una prima di Ufo, per esempio, e lì avevamo rovinato tutto. Poi ne avevamo avuta un'altra dopo la sua nascita, e le cose non erano andate molto meglio. Era difficile immaginare cosa sarebbe potuto cambiare, se avessimo ricominciato tutto da capo. Ci sono persone che non sono destinate a stare insieme. E io e Alicia eravamo due di quelle persone. Secondo me non credeva in quello che diceva. Voleva solo fare la sentimentale. Non importava. Frugai nella mente in cerca di una frase azzeccata, qualcosa di adatto alla situazione.

«Anche se ti amo ancora» dissi, «viviamo in due mondi diversi che non si incontreranno mai. Non voglio che ci separiamo male. Secondo me dovremmo impegnarci per dare a Ufo la miglior vita possibile. Dovremmo fare di tutto per facilitargli le cose.»

Lei mi allontanò con una spinta e mi guardò.

«E questa da dove viene?»

«Da Tony Hawk» risposi. «Quando lui e Cindy si separarono.»

Sulle scale sentii Andrea e Robert che litigavano furiosamente. Non mi affacciai alla porta della cucina a salutare.

Ricordi quando, nel futuro, hai chiesto a tua mamma di darti un voto da uno a dieci per come te la cavavi? Ecco, tu che voto ti daresti?

Bella domanda. Ma capisco come mai mia mamma non sapeva rispondere. Mi darò due voti. Uno per come me la cavo nelle cose di tutti i giorni: l'università, Ufo eccetera. E il voto, qui, è otto. Potrei far meglio, ma in generale me la cavo bene. Tutto quello che Alicia fa con Ufo lo so fare anch'io. So fargli da mangiare, so metterlo a nanna, leggergli le favole, fargli il bagnetto. Sgobbo, non faccio tardi, studio ogni volta che posso e tutto quanto. A volte bado a Emily e con Mark e suo figlio vado d'accordo. Se però mi chiedete di darmi un voto per la mia vita... Mi sa che più di tre non posso darmi. Mica era questa la vita che avevo in mente. Non vi pare?

20

Mi sveglia il bip del cellulare. A quanto pare sono sul piano di sopra di un autobus che sta percorrendo Upper Street. Accanto a me c'è una bella ragazza, di diciannove o vent'anni. Mi sorride; io ricambio il sorriso.

«Chi è?» domanda. Parla del mio cellulare, quindi evidentemente mi conosce.

Oddio. Mi ha rispedito nel futuro. Questa ragazza mi conosce, mentre io non conosco lei, non so che cosa ci faccio sull'autobus e...

«Boh» rispondo.

«Perché non guardi?»

Infilo la mano in tasca e tiro fuori il cellulare. Non lo riconosco. È piccolissimo.

È un messaggio di Alicia.

«DOVE 6?»

«Cosa le dico?» chiedo alla ragazza.

«Perché non le dici dove 6?» Pronunciando l'ultima parola fa una smorfia per farmi capire che sta dicendo il numero, non il verbo.

«Upper Street.»

«Che genio» commenta, e con la mano mi scompiglia i capelli.

«Allora le dico così?»

«Oddio. Se sei così adesso, come sarai ridotto a sessant'anni?»

Bene. Non avevo ancora sessant'anni. Era già qualcosa.

«Allora scrivo soltanto 'Upper Street'.»

«È abbastanza inutile» disse la bella ragazza. «Tanto adesso scendiamo.»

Si alzò, premette il pulsante per prenotare la fermata e scese al piano di sotto. La seguii. Non mi veniva in mente neanche una domanda consentita. Avevo capito che io e la bella ragazza stavamo per incontrare Alicia. Di chi era stata l'idea? Se era stata mia, cercavo la morte. Alicia lo sapeva che veniva anche la bella ragazza? O doveva essere una sorpresa?

Scendemmo al Green e tornammo indietro fino a un ristorante cinese che non avevo mai visto prima, forse perché non mi ero mai trovato in quella parte del futuro. Cominciavo ad avere la sensazione di essere stato praticamente da tutte le altre parti.

Il ristorante era quasi vuoto, così vedemmo subito Alicia. Si alzò in piedi e salutò con la mano. Era con un tipo più o meno della sua età, anche se non sapevo qual era.

«Pensavamo che ve la foste fatta sotto» disse Alicia, e scoppiò a ridere.

«Scusateci, siamo un po' in ritardo» rispose la bella ragazza.

A quel punto anche il tipo si alzò. Tutti sorridevano come nella pubblicità di un dentifricio. In altre parole, i denti sorridevano, ma tutto il resto no. Anch'io sorridevo, senza neanche sapere che cavolo succedeva.

«Lui è Carl» disse Alicia. «Càrl, Sam.»

«Ciao» feci io. Ci stringemmo la mano. Mi sembrava un tipo passabile, quel Carl, anche se avrebbe potuto suonare in una band. Aveva i capelli lunghi e scuri con la riga da una parte e il pizzetto.

Le ragazze erano in piedi l'una di fronte all'altra e si sorridevano. Aspettavano che dicessi qualcosa, ma siccome non sapevo come si chiamava la bella ragazza, non avevo granché da dire.

«Inutile aspettare lui» disse Alicia, alzando gli occhi al cielo. «Io sono Alicia.»

«Io Alex.» E tutti ci sedemmo. Alex mi diede una strizzatina al ginocchio sotto il tavolo, credo per dirmi che era tutto a posto.

Fu a questo punto che cominciai ad agitarmi. Probabilmente, se non fossi stato nel futuro, sarei stato agitato per tutto il viaggio in autobus, pensando al primo incontro fra Alex e Alicia. Così, non sapendo cosa stava per succedere, in un certo senso mi ero risparmiato una mezz'ora di agitazione.

«Lui stava bene?» chiese Alicia. Guardava me, e io non sapevo nemmeno di chi parlava, figuriamoci se sapevo come stava, così feci una specie di movimento circolare con la testa, qualcosa a metà fra il sì e il no. Tutti risero.

«E questo cosa vorrebbe dire?» domandò Alex.

Alzai le spalle.

«Siccome, a quanto pare, Sam è momentaneamente impazzito» disse Alex, «risponderò io. È andato tutto benissimo. Solo che non voleva che uscissimo: per questo siamo in ritardo di cinque minuti.»

Deve trattarsi di Ufo, pensai. Avevamo lasciato Ufo da qualche parte. C'era qualcosa di male? Non avremmo dovuto? Nessuno ebbe niente da ridire, così dovetti concludere che non c'era niente di male.

«Non so proprio come fa la mamma di Sam all'ora della nanna, quando ce li ha tutti e due» commentò Alex.

«No» dissi, scuotendo la testa. «No» era praticamente la prima parola che pronunciavo e mi sembrava abbastanza innocua. Dicendo di no non potevo sbagliare. Alzai il tiro. «Io non ce la farei mai e poi mai.»

«Ma cosa dici?» fece Alicia. «Ti sarà capitato un milione di volte.» Merda. Sbagliato di nuovo.

«Be', sì, è vero. Ma... mica è facile, eh?»

«Per te sì» disse Alex. «Sei bravissimo. Quindi piantala, se no sembra che te la tiri.»

Avrei avuto ragione a tirarmela. Sapevo mettere a nanna due bambini da solo? Ufo qualche volta dormiva da me?

La piantai e ascoltai cosa dicevano le ragazze. Carl, tra il fatto che suonava in una band e tutto il resto, quasi non aprì bocca, così manifestai la mia solidarietà maschile rimanendomene zitto anch'io. Ascoltai le ragazze parlare di Ufo e dei loro studi. Alex l'avevo conosciuta a un corso, quindi studiava quello che studiavo io, anche se non sapevo cos'era. Alicia frequentava un corso part time di moda alla Goldsmiths. Era in gran forma. Aveva l'aria sana e felice, e per un attimo mi rattristai all'idea di averla resa infelice e malaticcia. Alex mi piaceva molto. In questo ero stato proprio bravo. Era bella e anche simpatica e spiritosa.

Ogni tanto venivo a sapere qualcosa di me. Venni a sapere queste cose.

– A quanto si diceva ero uno studente universitario part time. Alicia adesso aveva il suo corso da frequentare, così anch'io dovevo fare la mia parte con Ufo. In più avevo un lavoro. E in più ogni tanto badavo a Emily. Tra il lavoro, Ufo, Emily e l'università, non uscivo molto.

– Avevo dato via la mia tavola. Anche Carl skateava e Alicia gli disse che, finché non avevo smesso, ero stato un bravo skater. Mi dispiaceva. Di sicuro mi mancava.

– Quella mattina Ufo era sveglio alle 5.15. Alex era rimasta a letto. Evidentemente qualche volta Alex dormiva da me. Speravo che usassimo almeno tre preservativi ogni volta che facevamo sesso.

– Ero sempre di corsa, dalla mattina alla sera, e quella era la prima volta che uscivo a cena dopo secoli. E lo stesso valeva per Alicia, solo che lei non doveva badare a Emily. Mi sembrava che Alex mi compatisse un po'. Chissà, forse stava con me solo perché le facevo pena. Ma non me ne importava niente. Mi sarei accontentato anche così. Era magnifica.

Tutto questo mi affaticava. In quel ristorante cinese, con quelle persone, mi sembrava che le cose procedessero bene, ma dalla posizione in cui mi trovavo, cioè nel lontano presente, dovevo farne ancora, di strada, per arrivare fin lì. C'era ancora da sgobbare e da litigare, c'erano bambini da accudire, soldi da trovare, sonno da perdere. Però ce l'avrei fatta. Per forza ce l'avrei fatta. Non sarei stato seduto lì, se non ce l'avessi fatta, giusto? Secondo me è questo che Tony Hawk aveva sempre cercato di dirmi.